江山醫統

卷17

射日真經

石章魚 著

人外有人，天外有天
在這個世界上
如果想要讓自己更好的活下去
就必須要讓自己變得更強

目錄

第一章

未來何去何從

「捨不得離開？」
霍勝男露出一絲苦澀笑意：「我現在還有其他選擇嗎？」
心中縱有不捨，現實殘酷無情，逼迫她不得不離開雍都，
離開這片生養她的土地，她的內心中充滿迷惘，
不知未來將去向何方？

薛勝景信守承諾，不但釋放了霍小如，還一併釋放了她樂舞團的那些姐妹，胡小天總算可以鬆口氣，總算這貨沒有食言。

帶著霍小如一行離開了燕王府，望著憔悴了不少的霍小如，胡小天心中不禁生出憐意，兩人在櫻花樹下站著，樂舞團的其他姐妹識趣地躲到遠處，好給他們兩人留出說話的空間。

霍小如凝望胡小天英俊的面龐，俏臉上流露出幾分羞澀，雖然知道胡小天已經淨身入宮當了太監，可不知為何，在面對他的時候仍然感覺到心跳加速，柔聲道：「多謝胡大人搭救。」

胡小天道：「換成是我，你也一定會出手相助，畢竟咱們是朋友。」

霍小如聽到朋友這兩個字，芳心中為之一暖，輕輕點了點頭。

胡小天道：「明天就是安平公主的頭七之日，等到祭奠儀式過後，我就會離開雍都，如果你願意，可以和我一起離開，彼此也好有個照應。」

霍小如道：「多謝胡大人美意，只是小如還有要事在身，恐怕無法和胡大人同行了。」

胡小天本是一番好意，卻沒想到會遭到她如此乾脆的拒絕，自然是有些意外，輕聲道：「那燕王或許不會就此善罷甘休，只有離開大雍才可能保證你的安全。」

霍小如道：「我打算經由海路離開，不過不是返回大康，而是前往渤海國。」

看到霍小如平靜淡定的表情，胡小天就已經知道她絕不是突然做出的決定，看來此前已經想好了未來的去向，微笑點頭道：「那我也可以改走海路，護送霍姑娘前往海陵郡。」

霍小如道：「胡大人不必為了我更改行程，小如今晚就會離開雍都。」

胡小天有些納悶了，霍小如現在的舉動更像是躲避自己，難道是因為自己在倚雲樓親吻她的緣故？

霍小如道：「小如也聽說燕王睚眥必報，所以還是儘早離開雍都為妙。」其實她心中有難言的苦衷，父親已經得悉了她和胡小天之間關係的真相，不讓自己和他同行，也有他的用心，自然是擔心自己會和胡小天日久生情，所以才威脅會對胡小天不利，在霍小如心底深處何嘗不想和胡小天作伴返回大康。

胡小天雖然心中有些錯愕，不過他很快還是釋然了，只要霍小如平安無事就好，如果和自己同路也未嘗是什麼好事。

霍小如道：「大恩不言謝，胡大人對小如所做的一切，小如會永銘於心，相信以後咱們還會有相見之日。」

胡小天微笑點頭，抱拳道：「既然霍姑娘心意已決，那麼咱們就此別過！」

霍小如望著胡小天的背影瀟灑離去，美眸之中流露出悵然若失的光芒，胡小天的才華，胡小天的仗義相救，胡小天的豁達大度都已經悄然在她心中留下了難以磨滅的印記。

碧玉貔貅呈現出斑斑點點的雲絮，看來又要下雨了。胡小天抬頭看了看烏沉沉的夜空，沒有月，也看不到星，這應該是他在雍都的最後一夜。

靈堂中火光閃現，卻是七皇子薛道銘在那裡燒紙祭奠。

一開始的時候，胡小天還以為薛道銘只是惺惺作態，裝給別人看，可這七天下來，發現薛道銘是真真正正的悲傷，應該不是作偽，一個人無論演技如何高超，畢竟還是會有破綻，薛道銘沒理由愛上安平公主，唯一的可能就是夕顏在他的身上動了手腳，夕顏此前的那番話果然是真的，這妖女實在太過狡詐，連自己都幾次中了她的圈套，更何況薛道銘？

胡小天想得入神之時，忽然聽到有人叫自己：「胡大人！」

胡小天定睛望去，卻是霍小如的侍婢婉兒，她此前已經返回了樂舞坊去和霍小如會面，不知為何又會來到這裡，胡小天道：「你怎麼沒走？」

婉兒道：「就要走了，我家小姐讓我過來給大人送件東西。」

胡小天點了點頭。

婉兒將一卷畫軸遞給了胡小天道：「小姐說，此前送給大人的禮物，可能大人都沒看就丟掉了，所以又讓我送來一幅，還讓大人一定要記得，這次千萬不可以再弄丟了。」

胡小天微笑道：「放心吧，幫我轉告霍姑娘，絕不會弄丟。」接過畫軸。

婉兒又道：「我家小姐還讓我問問公子，你此前說過的一年之約，還算不算數？」

胡小天點了點頭道：「算，當然算數！」

婉兒笑道：「我家小姐說了，雖然算數，可畢竟時間已經過去了，青雲那麼遠，一時半會兒也趕不過去，不如重新約個時間換個地方。」

胡小天雙目生光道：「霍姑娘要去哪裡？」

婉兒道：「明年七月初七，還去煙水閣。」

胡小天道：「何時？」

婉兒笑道：「那就看緣分造化了！」她轉身走了，背身向胡小天揮了揮手。

胡小天展開手中畫卷，借著燈光望去，卻見上方繪製著一位年輕公子的畫像，看神態看眉眼像極了自己，原來霍小如送給自己的居然是他的一幅畫像，畫卷之上還配有一闋古詞——

一誤相思不得見，滿城煙雨人獨看，且輕歎緣薄淺，只作惘纏綿，二誤轉身幾擦肩。回首卻隔蓬山遠，南北雁，情字箋，望青天，三誤相逢不相看，夜雨巴山渡樓船。西窗前，夢無眠，殘燭共誰剪，四誤相識終恨晚，委地亂紅飛滿天。歲經年，楊柳岸，賦江寒。五分緣，也不過一半若聚若散。六公彈，離人心上弦，無語淚乾，七字言，詠半生執念，月掛中天。八骨傘，駐足臨江畔，看盡千帆。九曲廊腰縵回轉，十年歎，花落舊庭前，誤幾番，遍尋蒼巒皆不見。別亦難，冷卻金樽凋朱顏。

胡小天手握畫卷，心中悵然若失，霍小如已在詞中將對自己的眷戀和思念完全表達出來，柔情刻骨，雖伊人遠去，可是音容笑貌卻縈繞在他的心頭，難以忘懷。人活在世上，就要面臨種種離別，離別之時，多數時候都會心生傷感。可胡小天今次非但沒有離愁，反而有種逃脫牢籠的感覺，其實他也明白，從大雍返回大康，只是從一個牢籠走向另一個，真正屬於自己的自由，或許只是在路上的時候。

大雍皇帝最終還是沒有親自前來祭奠，理由極其荒誕可笑，說是聽了某位姓顧的道士的勸告，真正的原因就不得而知了。不過淑妃和長公主全都親來祭奠，加上想要攀附皇族的權貴們，場面倒也算得上熱鬧。

長公主薛靈君瞅了個空子將胡小天叫到身邊，輕聲道：「小天兄弟，你還欠我一件事情沒做呢。」

胡小天這才想起自己答應為她做重瞼術，卻因為這段時間事情層出不窮而一直沒有兌現，歉然道：「實在是對不起君姐了，不如小天晚走幾日，為姐姐做完手術再走。」

薛靈君格格笑道：「這段時間我想了想，還是算了，其實父母生了我這個樣子，乃是上天註定的事情，沒必要將之改變。」

胡小天心想你想通最好，我也省卻了麻煩，恭維道：「其實姐姐的樣子已經是美得冒泡，做重瞼術之後未必如你現在好看，應該是畫蛇添足的事情。」

薛靈君道：「無論怎樣你都欠我一個人情，說不定等將來有一天，我會讓你償還呢。」

胡小天笑道：「君姐無論任何時候需要小弟，只管招呼一聲，小天一定第一時間趕赴姐姐身邊，還上這個人情。」

薛靈君道：「你這張嘴巴實在是太甜了，以後不知要禍害多少單純善良的女孩子。」說完方才意識到胡小天是個太監。

胡小天苦笑道：「小弟雖然有這個賊心，也有這個賊膽，可是沒這個賊本事，君姐還是不要取笑我了。」

薛靈君掩住櫻唇媚眼生波，嬌滴滴道：「人家居然忘了這件事，怪我怪我。」

胡小天道：「君姐以後若是有功夫，可以來康都轉轉，江南風光想必不會讓你失望。」

薛靈君道：「或許真有可能呢。」她正色道：「皇上准了你的要求，大雍送上的二十箱陪葬品走水路運往大康，會派專人護送前往，你不想引人注目，帶著公主的骨灰輕車簡行，也不失為一個避免麻煩的好辦法。」

胡小天道：「君姐替我謝過陛下。」

薛靈君道：「你打算何時出發？我送你出城。」

胡小天笑道：「既然不想引人注目，也就不需要隆重的送行，君姐的心意我領了，等祭奠的儀式過後，我悄然離開就是。」

薛靈君點了點頭。

此時董天將過來替七皇子薛道銘傳話，卻是他要胡小天去一趟，有話要當面交代他。

雖然薛道銘在起宸宮靈堂內待足了七日，可是他和胡小天之間並無太多的交流，他是出於不屑，胡小天對他卻是充滿戒心，所以儘量避免和他做過多的接觸。

前往靈堂的路上，董天將道：「胡老弟打算何時離開？要不要我派人護送？」

胡小天心中一驚，董天將很可能已經有了殺人滅口的打算，自己對他還需多加提防才對，宗唐那邊已經做過提醒，不過宗唐並不認為董天將會對他下手。胡小天道：「不用了，我不想引起太多人的注意，明天辰時離開。」

董天將點了點頭道：「也好！」

薛道銘這些日子的確憔悴了不少，接連幾日沒有安寢，雙目都佈滿了血絲，臉上充滿了悲傷之色。看到胡小天進來，他點了點頭道：「胡小天，聽說你要單獨護送骨灰離去？」

胡小天恭敬道：「啟稟皇子殿下，小天也是為了公主骨灰的平安，輕車簡行，越是普通越好，才不會吸引別人的注意力。」

薛道銘道：「這一路之上山高水長，你千萬要小心，務必要將公主的骨灰平安送返大康，讓她早日入土為安。」說到這裡，他的眼睛居然有些濕潤了。

胡小天心想這貨算是廢了，這輩子都要因為安平公主的死自責不已，想想夕顏的手段還真是夠歹毒，用這種辦法折磨薛道銘一生一世。胡小天道：「皇子殿下儘管放心，小天就算犧牲自己的性命，也會保護公主的骨灰平安抵達康都。」

薛道銘點了點頭，從腰間抽出了佩劍。

胡小天被他這突然的舉動嚇了一跳，心想老子好像沒招惹過你，你居然要對我動手？卻見薛道銘拉過他自己的一縷頭髮，劍鋒掠過，將一縷頭髮割了下來，遞給胡小天道：「我無法親自護送公主的骨灰返回大康，這縷頭髮你幫我帶回去，等到公主下葬的時候，和她的骨灰埋在一起。」

胡小天心中暗笑，這貨還真是一個情種，真要是對安平公主一往情深，為什麼不以死殉情？割一縷頭髮這也算？演戲罷了！胡小天並沒有將心中的鄙視表露出來，裝出感動萬分的樣子，收下了那縷頭髮，感動道：「公主若是泉下有知，必然會被七皇子殿下的一片深情所感動，若有來世，肯定還會和殿下相聚。」

薛道銘望著骨灰罈，目光不覺癡了。

胡小天趁著離去前的空隙，按照記憶畫了一幅紫鵑的素描畫像，可謂是形神兼備，他將這幅畫作為禮物送給了薛道銘，這貨絕對是居心叵測，既然你薛道銘都被夕顏坑成了這個樣子，完完全全代入了情種的角色，老子不妨再幫忙推上一把，這就叫落井下石，讓你睹物思人，每天看到這張畫像都無法自拔。

薛道銘看到畫像涕淚直下，對胡小天千恩萬謝，渾然沒有察覺自己被這廝給坑了一把。

揮手自茲去，蕭蕭班馬鳴。

胡小天雖然對外宣稱明日辰時離開，可是當天黃昏他就和霍勝男兩人悄然離開了起宸宮，行囊早已準備好，最為貴重的東西就是那盒骨灰，胡小天尋找了一個木匣子將骨灰塞入其中，輕裝上陣，儘量減輕行囊的份量。

離開雍都的南門，胡小天轉身回望，確信沒有人尾隨他們前來，這才鬆了口氣。轉向一旁，看到霍勝男凝望雍都的方向，雙眸之中流露出難以割捨的眷戀。

「捨不得離開？」

霍勝男唇角露出一絲苦澀的笑意：「我現在還有其他選擇嗎？」心中縱有不捨，現實殘酷無情，逼迫她不得不離開雍都，離開這片生養她的土地，她的內心中充滿迷惘，不知未來將去向何方？

胡小天道：「想開點，如果不是這次的事情，你還沒有機會飽覽中原的大好河山呢。」

霍勝男道：「我也曾想過有一天去康都看看，不過那時想的是率兵打進去！」她說完揚鞭策馬，黑色駿馬仰首發出一聲嘶鳴，撒開四蹄沿著官道向南方奔去。

胡小天哈哈大笑，在小灰的臀部一拍，小灰江昂江昂怪叫了一聲，追風逐電般追趕上去。

狂風大作，一場暴風驟雨就要來臨，康都凌玉殿，林菀有些不安地來回踱步，葆葆就在窗前坐著，雙手托腮靜靜望著外面突然變得波濤洶湧的瑤池，心中卻思念著身在遠方的胡小天。安平公主遇刺的消息已經傳到了宮裡，不知胡小天是否已經在趕回康都的路上，他離開的這段時間，皇宮內發生了不少的事情，還不知道安平公主遇害這件事會不會牽連到他的身上。

想到這裡，葆葆不禁歎了一口氣。

林菀停下腳步，在她身後陰陽怪氣道：「是不是在想那個太監？」她口中的太監指的當然就是胡小天。

葆葆道：「我的事情跟你沒有關係，也無需向你交代。」

林菀咬牙切齒道：「若是讓乾爹知道你背叛他，你就會死無葬身之地。」

葆葆道：「咱們現在這個樣子，活著和死去又有什麼分別？」她轉過身來，充滿憐憫地望著林菀道：「怕死的是你自己才對。」

林菀冷笑道：「我有什麼好怕？」

葆葆道：「你當然害怕，現在姬飛花正在宮內清除異己，宮人們人人自危，相互舉報，說不定他很快就會查到你的身上。」

林菀道：「我才不會害怕，我又沒做過什麼對不起他的事情。」

葆葆道：「夾縫中求生存的日子並不好過，如果做不到左右逢源，一不小心就會被活活夾死。」

「賤人！你給我閉嘴！」林菀氣急敗壞道。

葆葆搖了搖頭，目光重新投到窗外，一道扭曲的閃電撕裂了夜空，旋即一聲炸雷貼著地面炸響，林菀為此一顫，就在此時，外面傳來通報聲：「提督大人到！」

說曹操曹操就到，林菀的臉色瞬間變得蒼白如紙，葆葆也離開椅子站起身來。

姬飛花大步走入宮室之中，兩名內官監的太監緊隨其後。

林菀強自鎮定，唇角露出一絲淡淡的笑意道：「什麼風把姬公公吹來了？」

姬飛花劍眉微微皺起，一雙明澈的雙眸投射出讓人心寒的光芒，目光在葆葆身上掃了一眼：「抓起來！」

兩名太監上前擒住葆葆，葆葆驚呼道：「大人，冤枉啊！」

姬飛花擺了擺手，兩人將葆葆押了出去。

林菀顫聲道：「提督大人這是何故？為何要抓走本宮的宮女，不知她所犯何罪？」

姬飛花向林菀走近了一步：「你心中明白。」

林菀道：「我不明白……」話未說完，姬飛花已經一把扼住她的咽喉，將她從地上舉起，林菀雙腳離地，被扼得翻起了白眼，雙手在空中不停揮舞，等她就快窒息過去的時候，姬飛花方才放開了她的脖子，林菀重重摔落在地上，髮髻凌亂，捂著脖子乾咳不已，過了好半天方才緩過氣來，淒然道：「你……你為何這樣對我？」

姬飛花俯視匍匐在地上的林菀，冷冷道：「你演的好戲。」

林菀抬起頭來，憤然道：「我何時在你面前演過戲？」

姬飛花道：「你應當知道背叛我的下場。」

林菀道：「我從未背叛過你。」

姬飛花道：「你假借出賣洪北漠的樣子換取咱家的信任，背地裡卻一直都在和洪北漠暗通款曲。」

「我沒有……」

姬飛花向前一步，右腳踏在林菀的手指上，稍一用力，林菀痛得發出一聲慘叫。

姬飛花道：「洪北漠已經來到康都，你既然知道消息，為何隱瞞不報？」

林菀顫聲道：「我不知情，我對此事毫不知情……」

姬飛花冷笑道：「看來不給你一些苦頭，你就不會說實話。」

林菀道：「你要怎樣？」

姬飛花道：「這世上最痛苦的折磨絕非是萬蟲蝕骨丸，咱家會讓刑房的人好好伺候你，他們有一千多種方法來對付你，還能確保你活在這個世界上，你要不要好好享受一下？」

林菀一張俏臉嚇得蒼白如紙，她對姬飛花的冷血早有領教，顫聲道：「我……我只知道他來到了康都，他在宮裡不止聯繫我一個，還有其他人在為他做事。」

姬飛花冷冷道：「誰？」

林菀道：「胡小天應該知道，他有復甦笛，還有萬蟲蝕骨丸的解藥。」

姬飛花道：「胡小天並無可疑之處，你根本就是在故意轉移咱家的視線。」他的腳又開始加力。

林菀慘叫道：「我沒有騙你……我真不知道還有誰在跟他聯絡，你不如直接去問太上皇……」

姬飛花點了點頭道：「好！我去問他，若是讓咱家查出，你在故意欺瞞咱家，我會讓你後悔來到這個世界上！」

剛剛離開雍都的幾天，胡小天和霍勝男不敢做太多停留，唯恐途中會遭遇追殺，一路也是極盡小心，隨著他們離開雍都越來越遠，心情也變得輕鬆許多，霍勝男雖然背負罪名，被逼離開家國，但是她生性豁達，很快就接受了這個現實，至少自己還好好的活著，義父雖然因為自己的事情受到牽連，可畢竟皇上如今也不敢輕易動他，最多也就是讓他前往北疆戍邊。

經歷了一天奔波，兩人都已經是風塵僕僕，前方現出一條玉帶般的小河，小灰和小黑撒著歡地奔向那條小河。兩人在河邊翻身下馬，馬兒飲水之時，霍勝男掬起一捧清澈的河水洗去臉上的灰塵，確切地說，是面具上的浮塵。

咚！的一聲，水花四濺，卻是胡小天脫去衣服跑到上游跳了下去。霍勝男氣得跺了跺腳道：「喂，你有沒有道德，人家還要喝水的。」

胡小天赤裸著上身，四仰八叉地浮在水面之上，仰天長歎道：「真舒服！」

霍勝男有些無奈地搖了搖頭。

胡小天向她招了招手道：「下來一起洗洗！」

霍勝男暗罵這廝是個色鬼，自從知道他是個假太監之後，霍勝男就在心底對他設下了防線，畢竟男女有別。

胡小天道：「別怕啊，這裡山高皇帝遠，無遮無攔，放眼望去幾里外的動靜都看得清清楚楚，你怕什麼？」

霍勝男道：「我會怕你？應該你怕我才對！」

胡小天向她游了過來，嬉皮笑臉道：「我為什麼要怕你？」

霍勝男道：「小心我一刀把你變成真太監！」說完這句話她就有些後悔了，自己怎麼哪壺不開提哪壺，畢竟還是女孩子，怎麼能說這種話呢？

胡小天哈哈大笑：「你對這方面好像很懂嘜！」

霍勝男羞得恨不能找個地縫鑽進去，她反手從後背取下弓箭，彎弓搭箭，瞄準了水中的胡小天。

胡小天看到她居然用箭瞄準自己，嚇得慌忙道：「喂，別鬧啊！開個玩笑，千萬別翻臉啊！」

霍勝男咬牙切齒道：「我早就警告過你！」雙眸圓睜，怒髮衝冠，咻！的一箭就向水中射去。

胡小天嚇得一哆嗦，不過他馬上就發現箭並不是射向自己的，羽箭鑽入水中準確無誤地射中了一條游到淺水的大魚，近三尺長的大魚被射穿頭部，翻著白肚皮浮上了水面。

胡小天虛驚一場，趕緊游過去將大魚撿起，樂呵呵道：「今晚可以大快朵頤了。」

霍勝男道：「你來做飯，你來紮營！」

胡小天道：「是！小天從命！」

霍勝男不由得笑了起來。

胡小天選了塊乾燥的高地，將營帳紮起，看到霍勝男已經在河邊將魚鱗刮淨，開膛破肚，清洗乾淨，拎著那條大魚來到他的身邊，笑道：「烤魚的事情交給你了。」

胡小天點了點頭，接過她手中的大魚，指了指小河道：「趁著夕陽還未落山，你可以去洗個澡，一身黃土，身上都有餿味了。」

霍勝男瞪了他一眼道：「你才有餿味呢。」

胡小天指了指營帳前的一堆衣服：「我來做飯，你幫我洗洗衣服如何？」

霍勝男皺了皺鼻子，卻沒有拒絕，走上前去抓起了那堆衣服走向小河。

胡小天在她身後道：「洗個澡很舒服的，你放心，我不會偷看。」

霍勝男俏臉一熱，唇角卻流露出一絲會心的笑意。天氣漸漸變得炎熱，奔波一天之後，能夠洗個澡真是難得的享受，霍勝男來到小河邊，轉身看了看岸上的胡小天，他似乎在專心致志的烤魚，應該不會偷看自己。

霍勝男尋找到河邊的一塊巨石，剛好可以擋住岸上的視線，她決定聽從胡小天的建議，好好洗個澡。

夜幕在不知不覺中降臨，胡小天的聲音從遠處響起：「好了沒有？小心被大魚給叼走了。」

霍勝男的嬌軀浸泡在水中，許久沒有這樣舒適的感覺了，毫無羈絆，回歸自我，面具也終於可以取下，只有此刻霍勝男才能夠感受到真實的自己，她並沒有搭理胡小天。

胡小天道：「你再不說話就可能出事了，我過去救你啊！」

霍勝男含羞道：「就好了，你別過來，不然我……」本想說句狠話，可是話到唇邊卻又改變了主意：「我再也不理你了。」連霍勝男自己都覺得這句話實在是太沒有威懾力。

胡小天道：「好啊！那我就老老實實等著你，喂！水涼不涼啊，洗得舒不舒服？」

霍勝男咬了咬櫻唇將濕漉漉的秀髮擰乾，此時已經聞到了烤魚誘人的香氣。

胡小天已經將那條大魚烤熟，舉目望去，卻見霍勝男從河邊走了過來，身穿月白色的長袍，黑髮披肩，應該是沒來得及將胸膛束縛，峰巒起伏盡收眼底。她並沒有戴上面具，長眉如畫，美眸明澈，嫵媚中帶著英武，出水芙蓉般的模樣讓胡小天看得有些發呆。

霍勝男看到這廝直勾勾望著自己，俏臉不由得紅了起來，嗔道：「你看什麼看？有什麼好看？」

胡小天笑道：「好看，你長得還真是不賴。」

霍勝男瞪了他一眼道：「不用你說我也知道。」發現胡小天仍然盯著自己的胸部，下意識地含了含胸：「再看，我就將你的這對賊眼給挖出來。」

胡小天道：「只是好奇啊，過去你是飛機場，怎麼突然成了珠穆朗瑪峰了。」

「什麼飛機場？什麼朗瑪峰？」霍勝男聽得一頭霧水。

胡小天指了指自己的胸部：「過去是平的，怎麼突然就變得這麼大……」話沒說完，眼前白影一晃，卻是霍勝男照著他的眼睛就是一拳。

胡小天已非昔日吳下阿蒙，慌忙後仰，卻想不到霍勝男這一招是虛招，腳下一絆，將胡小天撂倒在地。胡小天唯恐大魚落地，雙手舉著木棍。霍勝男一把將烤魚搶了過去，聞了聞道：「真香！想不到你的廚藝還不錯！」

胡小天樂呵呵坐起身來：「那是當然，小心太好吃，別把手指頭咽到肚子裡去。」

霍勝男撕了塊魚肉塞到他嘴巴裡面：「就不信堵不住你的嘴巴。」兩人這一路走來，鬥嘴不斷，倒也平添了不少的樂趣，彼此間朝夕相對，相互間自然瞭解了不少，霍勝男也知道胡小天雖然嘴巴貧了些，眼神色了些，可是大原則上卻是能夠把持得住，而且他雖然說這種帶著騷擾調戲意味的話，可聽起來並不討厭，正如他多次自詡的那樣，風流而不下流。霍勝男嘴上不認同，心裡卻沒把胡小天往下流的類別歸納。

填飽了肚子，兩人並肩坐在篝火旁，霍勝男抬頭仰望著星空，不覺呆呆出神，胡小天並沒有打擾她，雙手枕在腦後，翹起二郎腿，悠然自得地哼著小調兒。

霍勝男道：「你唱的什麼？」

胡小天道：「流行歌曲！」

霍勝男眨了眨美眸：「我知道是曲兒，我是問你唱的什麼曲兒？名字！」

胡小天笑道：「月亮代表我的心！」

「大聲唱，聽著還蠻好聽的。」

胡小天清了清嗓子道：「你問我愛你有多深，我愛你有幾分，我的愛越深，我的情越真，月亮代表我的心……」

霍勝男聽得俏臉發熱，這曲兒雖然好聽，怎麼字裡行間透著曖昧，她咬了咬嘴唇打斷胡小天，送給他八個字的評價：「淫詞蕩字，不堪入耳！」

胡小天歎了口氣道：「沒品味！」

霍勝男道：「懶得理你！」她掀開帳篷鑽了進去。

胡小天道：「不是說今天你守夜，我睡裡頭的嗎？」

霍勝男道：「我改主意了。」

「那就一起睡！」

「敢進來我砍了你！」

胡小天在外面哈哈大笑起來，繼續唱道：「輕輕的一個吻，已經打動我的心，甜甜的一段情，讓我思念到如今，你問……」

霍勝男在營帳內聽著他低沉舒緩的聲音，唇角不由得露出笑意，本以為自己的一切都已經斷送，可是真正當厄運到來之後，方才發現，其實並沒有那麼壞，在胡小天溫柔的歌聲中，她迷迷糊糊睡了過去。

胡小天盤膝坐在營帳外，開始修煉無相神功，這一路之上，無相神功已經成為他每日的必修課，自從在鴻雁樓密室內和黑白雙屍的那場惡戰，險些被黑屍吸去內力，胡小天真正認識到人外有人天外有天，在這個世界上，如果想要讓自己更好的活下去，就必須要讓自己變得更強。黑屍吸取他的內力未遂，反而被他將內力逆行吸入了大部分，這部分異種真氣剛開始也在胡小天的體內衝撞掙扎，搞得胡小天時常感到心慌意亂，氣血翻騰，他嘗試用無相神功將之化解，收為己用。

當初李雲聰之所以教給他無相神功的基礎功法，目的就是幫助他化解權德安注入他體內的十年功力，黑屍的內力顯然要比那十年內力更加的渾厚強大，不過在無相神功的作用下，很快就已經將這股異種真氣馴服。

星光灑在胡小天的身上，胡小天赤裸上身，古銅色的皮膚在星光下反射出深沉的反光，身體前方的篝火強調出他肌肉完美的輪廓，整個人看上去如同銅鑄一般，他的呼吸聲悠長而緩慢，一呼一吸之間吐出體內濁氣，吸入清新的空氣，他可以清晰地聽到小河水流淙淙之聲，可以聽到水流拍擊沙石激起的浪花聲，可以聽到夜風吹過樹葉，拂動草叢的聲音，甚至能夠聽到小草鑽出土壤露出地表的聲音，聽到花兒在星光下悄然綻放的聲音。

光線在他的感覺中也變得有形有質，透過他的肌膚毛孔，無聲滲入體內，透入丹田，丹田氣海之中又如雲蒸霞蔚，一輪耀眼奪目的紅日從氣海之中升騰而起，雲霧圍繞紅日不停旋轉，越轉越疾，雲消霧散，紅日周圍彷彿出現無數拖著彗尾的星辰，圍繞紅日高速轉動，因此而產生的熱量讓他的丹田氣海迅速膨脹起來。

胡小天的腹部向外膨出，他將丹田氣海越來越強大的內息導入全身經脈，赤裸的上身，經脈宛如蛇蟲般起伏行進，帶動他周身的肌膚波浪般起伏。肌肉也開始發生微弱的戰慄，帶動骨骼筋膜，周身骨節發出爆竹般的劈啪之聲。

霍勝男也被這響聲驚醒，掀開帳門，方才意識到這聲音居然來自胡小天的身體，這一路之上雖然多次看到他練功，卻從未有發生過這樣的現象，也許胡小天已經到了突破的關鍵時刻，霍勝男深知在這種時候最忌諱外人打擾，不敢發出任何的聲音。

胡小天感覺丹田氣海的那輪紅日越來越亮，由紅轉黃，再由黃變白，小腹內就像要燃燒起來，那一顆顆圍繞紅日旋轉的彗星在灼熱的溫度下土崩瓦解，幻化成一點點的光點，旋即又化成一團光霧，最終消失於無形，與此同時丹田那種難熬的灼熱感開始隨著內息湧向奇經八脈。胡小天的周身大汗淋漓，整個人如同被蒸籠蒸透一般，從頭到腳冒出了白霧。

霍勝男從未見過這樣怪異的現象，驚得掩住了櫻唇，生怕不小心發出聲息驚擾到了胡小天。

胡小天覺得整個人就快要焚燒起來，睜開雙目站起身來，大步向小河邊跑去，一邊跑一邊脫衣服，霍勝男本來是處於關切偷看他的舉動，卻想不到胡小天竟然脫起了衣服，轉瞬間已經脫了個乾乾淨淨，雖然這廝的體型實在不錯，可是光著屁股終究是不雅。霍勝男又是害羞又是擔心，知道不應該去看，可又忍不住不看，看到這廝赤身裸體地衝到小河邊，噗通一聲跳了下去。

霍勝男遠遠望著，看到胡小天落水的地方冒起了大片白色的水汽，心中暗忖，他該不是走火入魔了？站在營帳前眺望，等了好一會兒不見胡小天上來，不由得開始擔心起來。

猶豫了片刻，終於還是下定決心向小河邊走去。

這會兒功夫河面上的水汽已經被夜風吹散，胡小天剛才跳下去的地方水波已經平復，夜色下的小河看不清水底的情況，以她的目力根本找不到胡小天的影蹤，霍勝男驚呼道：「胡小天！你有沒有事？」

胡小天此時從河水中站起身來，河水本不算深，堪堪淹沒他的大腿根，這貨剛剛才把內息給理順，頭腦還有些發懵，迷迷糊糊應了一聲，卻聽到霍勝男發出一聲慘絕人寰的尖叫，然後她雙手捂住了面孔，驚呼道：「你走開！」

胡小天被她嚇了一跳，這才意識到自己是光著身子，這貨慌忙捂住命根子，蹲到了河水裡：「喂，該走的是你才對！」

霍勝男羞得恨不能找個地縫鑽進去，怪只怪自己太過好奇，如果不是出於關心也不會冒險來到這河邊找他，轉身飛快向營帳的方向跑去。身後胡小天大聲道：「喂！麻煩你幫我把衣服送過來！」

月光之下，一頭黑色的獒犬透過草叢，遙望著遠方的小河，一雙幽蘭色的眼眸迸射出陰寒的光芒，看到那赤裸身體的男子走上河岸，穿上衣服，獒犬悄然轉過身向西北方向跑去，奔行五里多路，進入一片松林，松林深處，四名男子和一名女子正圍坐在篝火旁邊飲酒，正中一人禿頭虬鬚，眉毛處也光禿禿一片，一雙深褐色的眼睛時刻流露出野獸般狡黠的光芒，他抓起一條血淋淋的羔羊後腿，張口咬了下去，混合著鮮血吞咽下去。身邊短髮男子將酒壺遞給他，禿頭男子仰首喝了一大口烈酒，陰沉沉道：「痛快！」

第二章

荒山古墓的危機

霍勝男道：「不好！遇到狼群了！」
胡小天看到那孩童呆立在那裡，
大踏步到他面前，伸手抓他的肩膀，
那孩童轉過臉來，滿臉都是淚痕，顯然已經嚇呆了。
六頭青狼呈包圍之勢向胡小天他們圍攏而來。

五人中的一名駝背男子忽然伏在了地上，比起常人要大上一倍的耳朵緊貼在地面上，臉上露出一絲詭異的笑容：「黑狼回來了。」

禿頭男子將手中血淋淋的羔羊腿扔給對面的獨眼男子，那獨眼男子身材魁梧，即便是坐在地上，也比其他人要高上一頭，接過羔羊腿，接連啃了兩口，已然將上面的血肉盡數咬下，只剩下一根光禿禿的腿骨。然後隨手一扔，遠處一道黑影無聲無息撲了上去，正是那頭獒犬，張開大嘴，白森森的牙齒一口就將腿骨叼住。

喀嚓一聲，白骨被獒犬咬成兩段，一個矮小的身影撲了上去，卻是一個侏儒男子，雖然身材矮小，卻生得白白胖胖，乍看上去就像個天真無邪的娃娃，可是他的雙目卻充滿城府和凶悍。

侏儒親切地撫摸了獒犬的頭顱，獒犬將白骨吞下，喉頭發出陣陣低吼，侏儒似乎聽懂了牠的話，頻頻點頭。他轉向眾人道：「黑狼已經發現他們的蹤跡了！」

禿頭男子又喝了一大口酒，沉聲道：「五妹！該動手了！」

那名女子獨自一人跪在距離他們一丈左右的地方，披頭散髮朝著月亮的方向跪拜，她身上披著一件用色彩不同鳥類羽毛編織成的斗篷，臉上也用鮮血塗抹著古怪的花紋，口中念念有詞：「天何言哉，叩之即應；神之靈矣，感而遂通。今有某姓有事關心，不知休咎，罔釋厥疑，唯神唯靈，若可若否，望垂昭報！」

一雙細眼忽然睜開，雙手一張扔出三枚銅錢，目光直勾勾盯在銅錢之上，喃喃道：「六爻皆動！」

禿頭男子再次叫道：「五妹！」

那女子這才收起銅錢，回到四人身邊。

侏儒精通獸語，他細聲細氣道：「他們兩人就在前方五里處。」

駝背大耳男子將一幅地圖在地上攤開，根據侏儒得到的訊息判斷，指了指圖上標記的一條彎彎曲曲的小河道：「白沙河！不出意外他們就在河堤之上宿營。」

獨眼高個男子粗聲粗氣道：「趁著夜色咱們衝過去擰下他們的腦袋，儘早回去交差領賞。」

禿頭男子的目光卻望向那滿臉血紋的女子，顯然在等待著她的意見。

女子搖了搖頭道：「這卦象六爻皆動，連我也看不透凶吉成敗。」

獨眼高個男子呵呵笑道：「還用看，咱們五兄妹對付他們兩個，還不是手到擒來！」

禿頭男子緩緩搖了搖頭道：「不可大意，他們非常機警，雇主也提醒過我們，這兩人都不是尋常角色，霍勝男的武功心計自不必說，那個胡小天也曾經擊敗過劍宮高手邱慕白，正面交鋒從來都不是咱們五絕獵人的強項。」

原來這五人乃是大雍赫赫有名的雇傭殺手，他們並稱為五絕獵人，老大禿頭男子禿鷹周絕天，老二駝背大耳的飛駱駝楊絕地，老三獨眼巨人趙絕頂，老四侏儒號稱黑心童子的謝絕後，老五就是這個女子，江湖人稱吸血女妖的曹絕心。這五人都是被人雇傭，一路追蹤胡小天和霍勝男，他們號稱五絕獵人，各有專長，尤其是擅長追蹤尾行，雇主提供給他們胡小天和霍勝男曾經使用過的物品。五人一路追蹤，一直尾隨了兩千多里，再往前行，就快到康雍兩國的邊境，按照雇主事先要求，必須要在宇陽城以南才能動手，所以才會一直追蹤至今。

曹絕心道：「這種事情此前還從未發生過。」

獨眼巨人趙絕頂呵呵笑道：「五妹，你的卦象從來都沒有準過！」

曹絕心一雙細眼迸射出森寒的光芒，充滿怨毒地盯住趙絕頂：「我算過你明天會死！」

趙絕頂怒道：「賤人！竟敢詛咒於我！」他大步想要上前，卻被禿鷹周絕天用目光制止，冷冷道：「你都說她不準，又何必生氣？老二，說說你的計畫！」

飛駱駝楊絕地道：「大哥說得不錯，咱們決不能正面和他們交鋒，我們兄妹幾個必須以己之長，搏人之短。他們雖然就在前方白沙河宿營，但今晚絕不是最好的動手時機。」

他指了指地圖道：「你們過來看，按照目前的行程，他們明天就會進入莽虬山，因為兩人騎馬，他們不會選擇翻越野熊嶺這條最近的路線，而是要從山谷之中穿過，這道山谷名為灰熊谷，無論他們的馬匹如何神駿，進入山谷之後亂石嶙峋，腳程受到影響，沒有兩天勢必無法順利通過灰熊谷。在山林之中才是我等大顯身手的地方，我們可連夜前進，在灰熊谷中心預先設下埋伏，將他們在谷中剷除。」

黑心童子謝絕後發出一串銀鈴般的笑聲，臉上的表情顯得天真無邪又異常興奮：「聽說胡小天是個太監，他的肉一定非常好吃。」

獨眼巨人趙絕頂眨了眨銅鈴般的雙眼道：「你怎麼知道？」

謝絕後振振有辭道：「羯羊的肉鮮美無比，人自然也是這樣。」

趙絕頂聽完感覺頗有道理，點了點頭道：「老四說得不錯，真是有學問呢。」

飛駱駝楊絕地道：「我不跟你們搶那個太監，霍勝男交給我。」他從懷中抽出一方絲帕，湊在鼻子上用力吸了口氣，一臉陶醉，彷彿駝背在一瞬間也挺直了不少：「我要好好嘗嘗這位女將軍的味道。」

禿鷹周絕天道：「這件事絕不可大意，霍勝男的人頭就值一萬兩黃金，胡小天的腦袋雖是暗花，可也價值五千，做成了這票生意，咱們這輩子都衣食無憂了。」

清晨到來的時候，胡小天已經衣冠楚楚地出現在霍勝男面前，清晨的陽光雖然並不強烈刺眼，可霍勝男卻有種不敢抬頭的感覺，後半夜就沒睡好，好像做了賊似的，甚至想過是不是應該不辭而別和胡小天分道揚鑣，以免路上尷尬，在鴻雁樓地下密室中聯手對付黑屍的時候，她的手只是摸到了不該摸的東西，畢竟隔著衣服，大家都不提這事兒也就蒙混過去了，可昨晚自己又看到了不該看的東西，心底已經無數次提醒自己，根本沒看到，可那東西醜陋的樣子馬上在腦海裡晃蕩起來。

向來豁達的霍勝男感覺自己就快沒臉見人了。

胡小天卻是大大咧咧彷彿什麼事情都沒發生過一樣，拿著地圖若有其事地對著前方看了看，指了指遠方高聳入雲的山巒道：「前方就是莽蚪山，那座最高的山峰叫野熊嶺，山路險峻，小黑和小灰是翻不過去的，所以咱們要取道灰熊谷，從山谷中穿過去，你意下如何？」

霍勝男愣了一下才知道他在問自己：「啊？什麼？」大腦明顯處於放空狀態，目光和胡小天交會，臉刷地就紅了起來，還好已經事先將面具戴上了，胡小天不會看到。

胡小天雖然看不到霍勝男的臉色變化，可是從她的目光中早就發現了她的尷尬和羞澀，其實昨天晚上絕非有心，他也不是個天生暴露狂，按說自己沒占啥便宜，明明讓霍勝男看了個清楚，應該害羞的是自己啊，不過自己還是低估了自己臉皮的厚度，胡小天並沒有感到羞恥，反而覺得有些沾沾自喜，經過這件事，他們兩人之間的感覺變得有些微妙，有些曖昧。

胡小天顯然比霍勝男更善於隱藏自己，他收起了營帳，向霍勝男道：「走吧！這兩天只怕都要在山裡度過了。」

霍勝男翻身上了黑馬，回身向後方看了看，確信沒有人追蹤他們，長舒了一口氣，這一路走來還算順利，並沒有遭遇任何的堵截和追殺，等穿過灰熊谷，莽虬山的那邊就是平原了，估計再有七天就可以抵達庸江，渡過庸江就是大康的境界，自然不用擔心來自大雍方面的追兵，也不必擔心身分暴露了。霍勝男心中暗想，等進入大康境界，就和胡小天分道揚鑣，省得終日相對，如此的尷尬難堪。不知為何，她感覺心裡開始有那麼點害怕胡小天，這種感覺不知從何時開始。

胡小天已經縱馬涉過白沙河，前方細窄的河段，水位頗淺，堪堪沒到小灰的大腿，胡小天將雙腿翹起以免被河水沾濕，轉身向霍勝男道：「老弟，快點趕路了！」

正在說話的時候，冷不防小灰向水下一沉，胡小天猝不及防，被弄得褲子都濕了，卻是小灰故意捉弄，胡小天真是哭笑不得。

霍勝男看到他狼狽的樣子，忍不住格格笑了起來，也催馬隨後進入小河，小黑比小灰更加不可靠，整個身軀都沉了下去，霍勝男的渾身衣服都被浸濕，周身曲線玲瓏必現，這下輪到胡小天幸災樂禍了。

霍勝男惡狠狠瞪著胡小天，心中卻沒有絲毫生氣的意思，忽然發現和他一路同行，任何的事情都變得那麼的意趣盎然，究竟是自己的心境發生了改變，還是胡小天改變了自己？她也說不清楚，想不明白。

莽虯山連綿不斷，宛如一條黑色長龍飛向天邊，群山重疊，層峰累累，猶如海濤奔騰，巨浪排空。這裡千山聳立，神態各異，或有險峰雄偉巍峨，或有清秀奇峻。

隨著他們走近大山，陽光已經被大山遮住，氣溫彷彿瞬間下降了許多，山谷兩邊峰嶺對峙，投下暗影，山路光線黯淡，迷濛灰暗的深谷中一股陰寒之氣撲面而來，山路越走越窄，仰頭望去，兩旁巨岩聳立，峭壁連片，只露出狹窄的一片天空，烈日不知何時隱去不見，烏雲滾滾宛如波浪般在上方滾動，更顯得深谷險峻。

隨著道路越來越難走，胡小天和霍勝男全都從馬上下來步行，小黑和小灰首尾相連，前後而行。

胡小天掏出碧玉貔貅，看到貔貅內又生出無數斑斑點點的雲絮，他向霍勝男道：「看來要下雨了，咱們是不是先找個地方避避？」

霍勝男舉目四望，周圍並沒有可以避雨的地方，她輕聲道：「山裡就是這樣，下雨也是一陣一陣的，反正咱們身上已經濕了，避不避雨也沒什麼緊要的，不如先走到平坦的地方再說。」

胡小天點了點頭，兩人繼續前行，往前走了一里多路，瓢潑大雨就從天而降，他們牽著馬匹來到一塊山岩下，雖然那岩石巨大，足可以將他們兩人兩馬全都遮住，但是山風將雨水橫著吹了進來，山岩下也沒有能逃過風雨的掃蕩，兩人剛剛在身上烘乾一些的衣服馬上又已經濕透。還好這場雨持續的時間並不長久，過了半個時辰，雨就已經完全停歇下來，雲開霧散，頭頂的天空又恢復成瓦藍純淨的顏色。

他們趁著這會兒功夫繼續趕路，這會兒的落雨已經讓周圍的景致完全改變，兩旁山崖之上隨處都可以看到飛泉流瀑，小溪就在他們的腳下奔騰歡跳。

循著小溪，走出這段狹窄的山路，前方出現了一塊灰色的巨岩，形如一頭巨熊，灰熊谷因此而得名。

太陽重新出現在天空中，繞過那塊灰色巨岩之後，眼前豁然開朗，無數水流從周圍的山嶺上流下彙集在一起，流入山谷中的一條溪流中，這條溪流名為銀鞭溪，蜿蜒曲折一直貫通灰熊谷的全境。

胡小天放眼望去，看到前方道路開始變得平坦，到處生長著板栗樹和野山棗樹，靠近溪水的地方草木更是豐盛。

時間已經接近正午，兩人決定在前方寬闊平坦之處稍作停息，順便晾曬一下衣物。

他們的乾糧已經被雨水打濕，胡小天主動請纓去摘些野果。

霍勝男尋找了一塊平坦的巨岩，站在其上，先觀察了一下周圍的動靜，這裡視野不錯，方圓半里左右的地方都盡收眼底，不怕有敵人藏匿在附近。其實隨著距離邊境的臨近，霍勝男的心情也放鬆了許多，只要越過邊境，這種躲躲藏藏的日子就可以結束了。

兩匹馬在溪邊吃草，霍勝男微笑望著眼前的一切，伸開手臂，沐浴著陽光，雨後的陽光照在身上更是無比舒適，彷彿有一雙無形的手在幫助自己按摩。

霍勝男愜意地閉上了雙眸，忽然聽到駿馬急促的嘶鳴聲，她舉目望去，眼前的景象讓她羞得無地自容，卻是小灰從後面爬到了小黑的背上，兩匹馬兒一路奔行下來早已產生了感情，這會兒在荒郊野外，陽光正好，突然觸動了牠們的本性，兩匹畜生竟然在這時候發起情來，無論小灰如何神駿，終究還是牲畜，有了需求根本不懂得避諱別人，哪還知道講究什麼禮義廉恥，兩隻前蹄爬到了小黑的背上，光天化日之下當著霍勝男的面就行起了苟且之事。

霍勝男看得臉紅心跳，雙手捂住了眼睛，這兩匹畜生真是無恥，她抓起一塊石頭就準備扔過去，可揚起手來卻又放下，這下看得更加清楚，咬了咬櫻唇，還好胡小天不在這裡，若是被他發現自己看到了這一幕，還不知道要怎樣取笑自己了。

其實兩匹馬鬧出那麼大的動靜胡小天怎麼會聽不到，這貨剛剛進入林中，聽到兩匹馬不停嘶鳴還以為出了什麼大事，慌忙來到林邊望去，方才知道小灰趁著自己離開居然把小黑給辦了，其實現在正是牲畜的發情季，這種事情也再尋常不過，胡小天借著樹林的掩護向霍勝男望去，看到霍勝男一隻手捂著半邊面孔，一隻手抓起了石頭作勢要砸，可是最終沒有扔出去，胡小天心中暗笑，這下霍勝男糗大了，若是自己在這當口出去，恐怕她要羞得無地自容了。胡小天當然不會做這種讓她難堪的事情，笑了笑縮回頭來，卻見霍勝男將石頭放下，捂住面孔轉過身去，過了一會兒又偷偷轉過來向小灰和小黑看上一眼，敢情這位霍將軍也喜歡看這種場面？

胡小天心中暗樂，小灰啊小灰，真給老子長臉，你這是在給霍將軍上一場知識普及課。

兩匹馬鬧騰了好一陣子終老實了下來，霍勝男將手放下，看到兩匹馬又在河邊吃草了，飽暖思淫欲，滿足之後又開始吃上了，霍勝男真是後悔，早知如此就不該挑選這匹母馬，可她也沒想到這兩匹馬會當著她的面做出這種苟且之事，還好胡小天不在！

正想著胡小天呢，胡小天就從林子裡走了出來，他拎了一袋野果回來，還順便打了一隻兔子，向霍勝男笑道：「收穫不錯，這兔子晚上吃，咱們先填飽肚子繼續趕路。」

霍勝男的臉上仍在發燒，不過胡小天偽裝得很好，看起來應該沒有發現剛才的事情，她接過野果在水邊洗淨，胡小天湊上來道：「走吧，回頭可能還會有雨。」

霍勝男點了點頭，兩人牽著自己的馬匹，胡小天走在前面，故意道：「小灰啊小灰，怎麼才走了這點路你就累了？腳都軟了，耳朵也耷拉了，這可不像你啊！你該不是生病了吧？」他回過頭來，向霍勝男道：「牠該不是吃了什麼不乾淨的東西吧？」

霍勝男慌忙搖了搖頭道：「沒有……我不知道……」

胡小天心中這個樂啊，想不到巾幗不讓鬚眉的女將軍霍勝男居然也有神不守舍的時候。

碧玉貔貅的預測很準，黃昏的時候天空中又下起雨來，雨勢雖然不如此前那麼大，不過山谷之中淒風苦雨也極其煎熬。

胡小天道：「咱們找個地方避雨宿營。」

霍勝男點了點頭，剛才限制級的場景仍然在腦海中迴盪著，這一路之上她都顯得神不守舍。

前方路面稍稍寬廣一些，小黑馬上就快步跟上小灰，和牠並轡而行，兩匹馬顯得親密得很。

胡小天放慢腳步和霍勝男並行，故意道：「牠們兩個好像親密得很呢。」

霍勝男道：「沒看出來，一直都這樣啊。」

胡小天道：「同路這麼久，難免會產生感情的，照你看是牠們兩個關係好，還是咱們兩個的關係更近一些？」

霍勝男臉紅心跳，她搖了搖頭道：「我不和畜生比。」

胡小天碰了個釘子，心中暗笑，你先偷看我的身體，後偷看小灰和小黑行房，現在還裝出若無其事的樣子，真是夠能裝的，就在這時風雨中隱約傳來哭喊之聲。

胡小天的聽力極其敏銳，馬上分辨出那是一個小孩子的哭聲。

霍勝男看到他停下腳步，表情充滿警惕，意識到可能發生了什麼，只是她的聽力並沒有達到胡小天這種地步，小聲問道：「怎麼了？」

「有小孩子的哭聲。」胡小天低聲道。

霍勝男道：「荒山野嶺的，怎麼會有小孩子在哭？」

胡小天道：「也可能是娃娃魚呢。」他看了看一旁的溪流，不知道這裡有沒有娃娃魚。

兩人又朝前方走了一段距離，這下連霍勝男也聽到了：「真是小孩的哭聲。」

胡小天點了點頭：「沒錯，好像還在叫著爹娘！」

霍勝男暗暗佩服胡小天的聽力，她和胡小天並肩戰鬥的次數雖然不多，可是每次胡小天的進境都會讓她感到驚奇，從最開始的只知道逃命，到後來的劍氣外放，再到後來竟然可以擊敗黑白雙屍，想起昨晚胡小天練功之時產生的奇怪現象，或許這段時間他的武功又有不少的進展。

兩人都非常警覺，畢竟這荒山野嶺之中人跡罕至，突然出現一個孩童的哭聲絕非尋常。

隨著他們向聲音發出的地方靠近，霍勝男也可以清晰聽到那孩童淒慘的哭聲。

「爹……娘……你們死得好慘……」

胡小天和霍勝男對望了一眼，彼此從對方的目光中都感覺到了對方的警惕，胡小天壓低聲音道：「務必要小心謹慎。」

霍勝男從身後抽出弓箭，兩人將小灰和小黑暫時留在原地，悄然向前方靠近。借著草木的掩護向前方望去，卻見前方大樹下有一座古墓，古墓之上生滿荒草，墓碑殘缺不全，墓碑前方散落著一地祭品，地上躺著一對男女，兩人身上全都是鮮血淋漓，一個孩童趴在那女子的身體上大聲嚎哭：「娘啊！爹啊！你們不要我了，就留下我孤零零一個，讓我怎麼活啊……」

霍勝男看到眼前場景也覺得於心不忍，胡小天以傳音入密向她道：「此事總覺得有些詭異，你在這裡為我掩護，我過去看看。」

霍勝男點了點頭，關切道：「小心！」

胡小天笑了笑，從身後抽出大劍藏鋒，撥開樹叢緩緩走了出去，不等他走近那孩子，從古墓之後陡然躍出一頭青狼，那青狼張開血盆大口，露出獠牙利齒，騰空一躍向那孩子撲了上去。

胡小天暗叫不好，他距離那孩子畢竟太遠，鞭長莫及，更何況他的劍氣外放始終都沒有達到隨心所欲的地步，用力一揮藏鋒，虛劈一劍，力量雖然夠大，卻根本沒有任何的劍氣發出。

危急關頭，霍勝男彎弓搭箭，一箭射出，箭鏃追風逐電般射向那青狼，從青狼的大口中射了進去，貫通牠的咽喉，青狼栽倒在地上，頓時一命嗚呼。

胡小天暗自舒了口氣，向霍勝男的方向豎起了拇指。

那孩童望著地上的青狼似乎嚇得傻了，整個人木立在那裡，哆哆嗦嗦，顫抖不已。

此時又有兩頭青狼繞過古墓緩緩向那孩童靠近，胡小天怒吼道：「快！到我這兒來！」他大步奔向那孩童。

霍勝男連續射出兩箭，將兩頭青狼射殺當場，此時從那古墓後方卻又有五六頭青狼湧現出來，霍勝男高聲提醒胡小天道：「不好！遇到狼群了！」

胡小天看到那孩童仍然呆立在那裡，大踏步來到他的面前伸手去抓他的肩膀，那孩童轉過臉來，滿臉都是淚痕，顯然已經嚇呆了。六頭青狼呈包圍之勢向胡小天他們圍攏而來。

胡小天一劍將撲向自己的那頭青狼從中劈成兩半，霍勝男一箭射殺了想要從後方偷襲孩童的青狼。胡小天背過身去，大吼道：「趴在我背上，我馱你殺出去！」

那孩童哆哆嗦嗦爬到了胡小天的背上摟住他的脖子，這會兒功夫又有兩頭青狼靠近了胡小天的身邊，胡小天手中大劍平伸了出去，一個旋轉斬劈，不想這次居然成功將劍氣外放，噗！噗！之聲接連響起，這一劍揮出竟然砍殺了四頭青狼。

那孩童道：「我爹……我娘……」

胡小天看到一頭青狼咬住那死去男子的右腳用力拖咬，當下抬腿照著青狼的腹部踢去，凝聚全力的右腿足以開碑裂石，青狼被胡小天踢得橫飛出去，撞在古墓殘碑之上，碰得腦漿迸裂，一命嗚呼。

霍勝男連續射殺數頭青狼，大聲道：「小天，回來！」

胡小天救了那孩童之後首先想到的就是撤退，只可惜他的劍氣外放時靈時不靈，成功率始終太低，連續幾次沒有發出劍氣之後，近十頭青狼重新將他團團困。

霍勝男不停觀察現場的狀況，就在此時她美麗的瞳孔驟然擴張，突然看到了極其恐怖的一幕。卻是那胡小天背在身後的孩童，突然揚起手來，手中一柄閃爍著暗藍色光芒的匕首照著胡小天的頸側動脈狠狠插了下去，霍勝男再想施救已經來不及了。

胡小天剛剛斬殺了一頭青狼，就感覺到頭頂風聲颯然，他的感覺已經變得極其敏銳，雖然沒有看清身後的情景，卻已經感覺到有一柄匕首正刺向自己的要害，胡小天顧不上多想，虎軀用力一擰，頭顱竭力向左擰動，那孩童的匕首偏離了方向，從胡小天頸後的斜方肌深深刺了進去，直至末柄。胡小天身軀全力地甩動，讓他的身體產生了巨大的離心力。那孩童瘦小的身體利用這強大的離心力，脫離胡小天的身軀飛了出去，在空中輕輕巧巧一個翻騰宛如一片枯葉般落在古墓的頂端。

這名孩童正是黑心童子謝絕後，他偽裝孩童痛失雙親的假像，又暗中用獸語驅策群狼，這才影響了胡小天和霍勝男兩人的判斷。謝絕後刺殺之後即刻逃離，以免招致胡小天瘋狂的反擊。

霍勝男發出一聲悲憤的怒叱，抽出三支羽箭連珠炮般向謝絕後射去，謝絕後用匕首擋住一支羽箭，矮小的身軀迅速消失在古墓之後。

胡小天肩頭鮮血狂噴，瞬間已經染紅了右半邊衣襟。

地上那對已經死去的男女突然動作起來，男子躺在地上偽裝死屍的時候還不覺得如何，當他站起身撲向胡小天的時候，方才看出他的身高竟然比胡小天還要高上一頭，正是獨眼巨人趙絕頂。

趁著胡小天尚未從傷痛中恢復出來，攻其不備，一拳狠狠轟擊在胡小天的後心之上，胡小天被這一拳打得身軀向前躬起，向前跨出一步，兩頭青狼嘶吼著撲向他的面門。

霍勝男慌忙增援，一箭射殺了其中一頭青狼，再準備射擊的時候，頭頂忽然傳來動靜，抬頭望去，卻見一張大網鋪天蓋地地向她籠罩而來，霍勝男只是過於關注胡小天的安危反而忽略了自己周圍的狀況，加上現在斜風細雨對她的洞察力產生了不小的影響。身體被大網提拉而起，轉瞬之間已經被吊到了三丈高處。

胡小天被趙絕頂勢大力沉的一拳打得後心劇痛，喉頭一甜，噗地噴出了一口鮮血，這口鮮血噴了對面的青狼一頭一臉，青狼下意識地閉上雙目，不等牠再度睜開雙眼，胡小天手中的藏鋒橫拍在牠的頭顱之上，將青狼砸得腦漿迸裂命喪當場。

獨眼巨人趙絕頂偷襲得手，絲毫不給胡小天喘息之機，又是一拳照著胡小天的腰椎砸去。眼看拳頭就要碰到胡小天的身體時，眼前虛影一晃，卻是胡小天在最後關頭躲過他的鐵拳，施展躲狗十八步向狼群之中衝去。

此時現場已經聚攏了近三十頭青狼，一個個凶殘嚎叫，勢如瘋狂般向胡小天發動攻擊，胡小天雖然身體多處受傷，可是他並沒有感覺到體力下降太多，游走於狼群之中，這樣一來青狼反倒成為他和趙絕頂之間的障礙，不停有青狼擋住趙絕頂的去路，不過這些青狼對趙絕頂卻視若不見，根本沒有攻擊他的意圖。

霍勝男被吊到高處，手足都被繩網困住，自然無法射箭，她想要抽出匕首割斷繩網，卻聽到一個陰測測的笑聲，循聲望去，卻見距離自己一丈左右的樹冠之中藏著一個大耳駝背的醜陋男子，正是飛駱駝楊絕地，楊絕地望著霍勝男，臉上蕩漾著淫邪的表情：「霍將軍！呵呵呵，聽說你野味難尋，今日我倒要好好嘗嘗你的滋味。」

他雙腿一蹬，身軀宛如靈猿般攀上繩網，霍勝男想要揮動匕首去刺他，可是繩網卻突然收緊，她的手足被縛根本無法動彈，這樣的處境不由得讓她想起此前在鴻雁樓密室和胡小天被黑屍纏住身體的情景。

飛駱駝楊絕地伸出鮮紅的長舌，作勢要向霍勝男的面孔舔去，霍勝男噁心到了極點。

就在此時胡小天已經意識到她的危險處境，大吼道：「給我閃開！」一手中大劍一揮，情急之下，竟然成功發出無形劍氣，外放劍氣朝著繩網的上方而去。飛駱駝楊絕地雖然沒有看到劍氣，但是已經感覺到一股凜冽的殺機隔空送來，嚇得他放開繩網跳落到了地上。

無形劍氣從繩網上方掠過，鏘的一聲，繩網從上方割開，霍勝男的身軀從上向下跌落而去，她在空中旋轉翻騰，還未落地，已經成功掙脫繩網，手中弓箭上弦，瞄準飛駱駝楊絕地射去。

楊絕地萬萬沒有想到胡小天隔著那麼遠的距離仍然可以斬斷繩網幫助霍勝男脫困，也沒有料到霍勝男這麼快就掙脫束縛發動攻擊，慌忙之中身軀擰轉，以後背抵擋霍勝男的這支憤怒之箭。

箭鏃射在楊絕地的駝背之上，竟然發出奪的一聲響動，彷彿不是射在血肉之上，而是射中了一塊鐵板，鏃尖未曾進入楊絕地的駝背分毫，自然也就不可能給他造成損傷。

楊絕地還沒有來得及慶幸躲過這一劫，霍勝男的第二箭又已經射出，這次瞄準的是他的後頸，楊絕地嚇得一縮脖子，箭鏃偏出方向，從他碩大的右耳中鑽了出去，痛得楊絕地慘叫一聲，捂著流血不止的右耳發足狂奔。

胡小天在狼群中穿來梭去，看準時機，繞到了獨眼巨人趙絕頂的身後，一劍揮出，劍氣！麻痺該死的劍氣！關鍵時刻你倒是給我爭點氣。

趙絕頂轉過身來，看到胡小天舉著把大劍朝自己連續揮舞了兩下，唇角露出一絲獰笑，裝模作樣，虛張聲勢，隔著這麼遠以為你能砍死我嗎？雖然胡小天剛剛用劍氣成功斬斷了繩網，可是趙絕頂並沒有看清具體的情形，還以為是霍勝男自己掙脫出來的。

胡小天搖了搖頭，臉上的表情顯得有些無奈。

此時黑心童子謝絕後的聲音從古墓後傳了出來：「不必擔心，他中了我的七步斷魂毒，馬上就會毒發身亡。」

趙絕頂呵呵笑道：「中毒了，哈哈，你不打算吃肉了？」

胡小天冷笑道：「七步斷魂毒？老子走了七十步都不止了！」

趙絕頂愕然道：「是啊！老四，你的毒好像不怎麼樣啊！還是我來擰掉他的腦袋！」

謝絕頂尖聲尖氣道：「先放血，不然肉酸！」

胡小天聽到兩個殺手渾然將自己當成了他們口中的美食，冷哼一聲，手中藏鋒橫劈而出。

肩頭被謝絕頂刺入的傷口很深，鮮血仍然沒有止住，胡小天周身散發出的血腥味道，更引來群狼瘋狂地攻擊，他和獨眼巨人趙絕頂之間還隔著五頭惡狼，這一劍揮出，獨眼巨人趙絕頂爆發出一陣大笑，以為胡小天又在裝神弄鬼虛張聲勢，可是前方青狼的腦袋卻突然齊著頸部掉落下去，趙絕頂微微一怔，低頭望去，發現自己的胸腹之間出現了一道裂痕，然後他碩大的身軀轟然倒了下去，從中裂成兩半，鮮血從斷裂的腔子裡噴射出來。

那群惡狼聞到了血腥味道，頓時失去了控制，一個個爭先恐後地衝向趙絕頂，撕咬著他的身體，現場血腥無比，一片狼藉。胡小天依仗著精妙的躲狗十八步繞開青狼的攻擊，前往霍勝男處與她會合。

霍勝男射傷楊絕地之後，箭囊之中已經沒有羽箭，她抽出腰間佩劍，怒叱道：「惡賊，哪裡逃？」一個箭步衝到楊絕地的身後，揮動佩劍照著他的頸後刺去，楊絕地將頭一縮，如同一隻烏龜般將駝背躬起，又用駝背擋住霍勝男的刺殺，霍勝男還有後招準備，左手揚起，暗藏在袖中的一支袖箭射在楊絕地的臀部。

楊絕地這個部位可沒有防護，袖箭入肉甚深，痛得楊絕地慘叫一聲，雙腿一軟趴倒在地。

霍勝男怒他無恥下流，一把將仍然插在楊絕地右耳上的羽箭抓了過來連血帶肉將右耳撕下來一大片，楊絕地原地打滾如同陀螺一樣向樹林深處逃去。

霍勝男足尖一點，騰空越過楊絕地的頭頂，已然超越在他身前，轉身彎弓射箭，幾個動作一氣呵成。帶著鮮血的羽箭近距離射中了楊絕地的面門，飛駱駝楊絕地身軀擰轉，駝背在這一瞬間炸裂開來，黑水混合著毒針向霍勝男射去。

霍勝男沒料到他臨死之前居然還可以做出這樣的反擊，處於本能反應，雙足在地上一點，身軀向後方急退，胸口刺痛，臉上也沾上了不少駝背中迸射出的黑水。霍勝男接連退了數步，慌忙將臉上的面具扯掉，這會兒功夫黑水已經將面具腐蝕穿透，霍勝男嚇得花容失色，如果不是這張人皮面具，只怕那些黑水就直接濺到她的臉上，恐怕此時已經被楊絕地毀容了。

霍勝男的那一支箭鏃從楊絕地的右眼中射了進去，深深貫入他的顱腦，楊絕地仍然沒有死絕，嘴巴一張一合，樣子像極了一隻癩蛤蟆。

空氣中到處都瀰散著腥臭的味道，霍勝男感覺一陣頭暈腦脹，就在此時，從樹林中飛出一條黑色的長索，這長索卻是頭髮編織而成，扼住了霍勝男的咽喉，將她向林中拖去。

胡小天在緊急關頭及時殺到，一劍劈向長髮，林中人對胡小天外放的劍氣頗為忌憚，迅速收攏了長髮，霍勝男已經無力支持自己站立，雙膝一軟跪倒在了地上。胡小天上前跨出一步，伸手將她的嬌軀攬入懷中，抱著霍勝男，全速向小灰和小黑停留歇息的方向跑去。

古墓後方，黑心童子謝絕後慢慢走了出來，倖存的十多頭青狼看到他過來紛紛向兩旁閃避，謝絕後的目光落在獨眼巨人趙絕頂的身上，這會兒功夫趙絕頂魁梧的身軀已經被惡狼啃噬得只剩下一堆白骨。

飛駱駝楊絕地的屍體倒是沒有受到侵犯，他渾身上下散發著惡臭，連狼也不願意碰他的血肉。

吸血女妖曹絕心也從樹林的另外一側走了出來，看到眼前的情景，臉上已經沒有了血色，越發顯得慘澹可怖。

曹絕心道：「老大還在等著斷後……」

黑心童子謝絕後咬著嘴唇道：「他根本沒有告訴我們，這兩個人會這麼厲害，如果我事先知道，這單生意我絕不會接。」

曹絕心雖然沒有說話，可是心中和謝絕後也是一般想法，拋開霍勝男神乎其技的箭術不言，那胡小天竟然已經達到了劍氣外放的境界。

五絕獵人每人都有自己的獨特本領，山林是他們最為熟悉的地盤，聯手刺殺本應萬無一失。

禿鷹周絕天負責斬斷胡小天和霍勝男的退路，他並不認為兩人能夠從四人的聯手中活著逃出來，但是凡事皆有萬一，他要為這萬一的可能做準備，斷其後路，扼殺掉他們微乎其微的生機。

胡小天抱著霍勝男一路狂奔，他並沒有看到小灰的身影，小黑躺在山道之上，身下已經流了一大灘鮮血，雙目早已失去了生命的神采。

胡小天咬了咬嘴唇，內心頓時變得無比沉重。

霍勝男也看到了眼前的一幕，咬了咬櫻唇，顫聲道：「小黑……」人非草木孰能無情，從雍都帶著小黑一路行來，人馬之間早已產生了感情，看到牠慘死在那裡，心中不免感到難過。

胡小天道：「還能撐住嗎？」

霍勝男點了點頭，胡小天將她放下，目光望著小黑的屍體充滿警惕，他揚起手中的大劍，瞄準了馬屍，忽然用盡全力一劍照著小黑的屍體劈去，胡小天聽到細微的喘息聲從小黑的腹部傳來，裡面應該有人隱藏。

無形劍氣激發而出，劈斬在小黑的屍體之上，將屍體硬生生劈成兩半，從牠的腹部露出一頭毛茸茸的青狼，胡小天頗感意外。就在此時，他身旁的大樹突然動作起來，一名禿頭男子挺起手中黑色長矛，宛如毒蛇吐信般向胡小天的咽喉刺去。

以胡小天今時今日的目力，竟然無法看清有人藏身在這這棵大樹之上，禿鷹周絕天擅長偽裝，可以根據環境的不同而隱藏自己的行蹤，如同變色龍一般。隱藏之術不但是要善於利用環境，還要懂得聲東擊西，善於轉移敵人的注意力。

胡小天從一開始就被小黑的屍體吸引了大部分的注意力，他的感知力很強，聽出小黑腹部似乎有微弱的聲息，本以為是敵人隱藏在小黑的腹中。卻不曾想敵人狡詐，乃是用一頭垂死的青狼作為誘餌，以此來牽制他的注意力。

胡小天出手之時正是禿鷹周絕天襲擊之機，周絕天對機會的把握極其精確，手中黑矛瞄準了胡小天的咽喉，以超越時間的速度刺去，高速行進的矛頭將空中翻飛的雨絲向周圍壓迫開來，排浪般散去。尖銳的矛頭撕裂潮濕的空氣，發出尖利的囂叫聲。

霍勝男始終都在關注著胡小天的一舉一動，甚至包括他周圍的一切變化，在周絕天從樹幹中現身發動攻擊之時，霍勝男並沒有發出驚呼，因為她擔心驚呼聲會干擾到胡小天的心神，現在她能夠做的只是阻止周絕天，即便是干擾，也能夠為胡小天贏回一線生機。

霍勝男的弓還在手上，可是箭囊卻已經清空，她拉開長弓，弓如滿月，弓弦繃緊到了極致，閃電般虛拉弓弦，連續發出崩崩崩的聲響。

禿鷹周絕天並不知道霍勝男已經用光了羽箭，聽到弓弦之聲，以為霍勝男向自己射箭，終究還是分散了一些精力。差之毫釐失之千里，正是因為霍勝男以弓弦之聲分散周絕天的精力，這一槍的威力減弱了幾分，胡小天卻已經把握住這難得的時機，從死亡的邊緣逃了出來，身體向右偏移一寸，別小看這一寸，這一寸就讓他的咽喉脫離了黑色矛尖的刺殺。

然而胡小天的脖子並沒有完全脫離黑色矛尖的刺殺範圍，矛尖刺破他左側頸部的肌膚，如果徑直刺落下去，胡小天左側頸總動脈有被挑斷的危險，他似乎感覺到矛尖靠近了自己的血管，千鈞一髮之時，胡小天頸部的皮膚肌肉突然如同波浪般起伏，矛尖所在的位置凹陷下去，突然一滑，錯失目標，雖然劃破了胡小天的肌膚，卻沒有造成更大的傷害。

人的武功修煉到一定的境界，肌膚毛髮全都可以做到隨心所欲，胡小天遠未達到這一境界，但是他卻在死亡的威脅下激發出最大的潛力。生死關頭，躲過對方的刺殺，左手一把抓住黑色長矛，右手棄去藏鋒，一拳照著禿鷹周絕天的胸膛砸去。

周絕天以左拳對胡小天的右拳，兩人雙拳撞擊在一起，身體都是一震，胡小天右肩的傷口再度崩裂，鮮血汩汩而出。

周絕天卻被胡小天的這一拳震得氣血翻騰，手中黑矛被胡小天硬生生奪了過去。

周絕天應變奇快，身體撲向那棵大樹，胡小天調轉黑矛，瞄準大樹宛如投標槍一般將黑矛狠狠投擲了出去，黑矛深深釘入大樹之中，周絕天卻已經消失無蹤。刺客長於暗殺，他們並不喜歡正面決鬥，一旦錯失暗殺良機，馬上逃離，等候下一次絕佳的刺殺機會。

霍勝男看到胡小天逃過危險，支撐自己的那口氣頓時鬆懈，軟綿綿倒在了地上。胡小天慌忙上前抱起了她，看了看周圍，此時夜色已經悄然籠罩了灰熊谷，胡小天退回到空曠地帶，看到懷中的霍勝男已經昏迷過去，心中暗自擔心，就在此時遠處聽到水聲撩動，舉目望去，卻見一個灰白色的身影從山間中向自己這邊游來，竟然是剛剛不知所蹤的小灰。

共有七根毒針射入了霍勝男的胸膛，有五根針尾留在外面，胡小天並沒有花費太大功夫就將之取出，剩下三根入肉甚深，胡小天剛開始雖然心猿意馬，可很快這廝就收斂心神，他不但是個合格的醫生，而且是個優秀的醫生，醫德方面毋庸置疑，真正投入治療的時候就拋開雜念，將霍勝男只當成普通的患者。

反倒是霍勝男感到不自在了，感覺胡小天在自己的胸膛上摸來捏去，不免懷疑這廝的動機，緊閉雙眸，咬著櫻唇道：「好了沒有？」

胡小天道：「就快好了，還有三根，入肉太深，可能需要劃開一些皮膚，不過你放心，應該不會留下傷痕。」

霍勝男嗯了一聲，雙頰如同火燒，自己長這麼大，何時讓一個男人這樣輕薄過，不過用輕薄這個詞似乎對胡小天不公，他的確是在幫自己療傷，已經取出的五根毒針就是證明。

胡小天離開雍都的時候，還帶了一套宗唐親手打造的手術器械，雙手在霍勝男胸膛探察定位之後，用柳葉刀切開淺表皮層。在這樣暗淡的光線下也幸虧他超人的目力才能夠明察秋毫。

「痛不痛？」胡小天關切問道。

霍勝男緊咬櫻唇，簡直是廢話，能不痛嗎？

胡小天道：「找到了，我數到三開始拔針！」

霍勝男點了點頭。

「一！」胡小天數到一就用血管鉗將毒針拔了出來，霍勝男毫無準備，倒吸了一口冷氣，睜開美眸怒視他道：「你不是說數到三嗎？」

胡小天笑道：「為了轉移你的注意力，這樣痛苦會減少許多。」說話間又將第二根鋼針拔了出來。

霍勝男又尖叫了一聲，胡小天笑了起來。

霍勝男啐道：「你笑什麼？」

胡小天道：「你叫得蠻好聽的。」

霍勝男道：「信不信我把你踢下去？」

胡小天道：「信，也得等我幫你將最後一根毒針拔出來！」柳葉刀再次切開霍勝男胸膛的肌膚。

霍勝男嗯了一聲，卻想到胡小天剛才的那番話，強忍住疼痛不吭聲。

胡小天道：「我倒忘了，柳玉城曾經送給我一瓶麻藥來著。」這會兒再說還有什麼用。

霍勝男道：「我不用麻藥，這點小傷忍得住！」

胡小天望著她左胸前一個銅錢大小的粉紅色疤痕道：「你過去受過重傷？」

霍勝男點了點頭道：「跟黑胡人打仗的時候，戰場上被一支冷箭射中，險些要了我的性命，如果不是我義父拚命來救我，我只怕早就死了。」說到這裡，她不由得有些感傷。

胡小天道：「我回頭幫你將這個傷疤切掉，重新用墨玉生肌膏黏上，瘢痕應該可以消除。」

霍勝男淡然笑道：「不用，對我來說算是一個永遠難忘的記憶。」

第三根毒針入肉很深，應該射到了霍勝男的肋骨內，胡小天必須要分離部分肌肉才能找到針尾，剛才不用麻藥霍勝男能夠忍住，只怕這次不行，他去取來麻藥。

霍勝男卻依然固執地搖了搖頭道：「不用！」

胡小天道：「很痛的！」

霍勝男道：「我忍得住！」

胡小天發現霍勝男骨子裡還有點自虐的傾向，這樣的固執並不僅僅因為好強，或許她仍然沒能從背井離鄉的痛苦中走出來，想要用疼痛忘記大雍帶給她的痛苦。

胡小天無可奈何的搖了搖頭道：「痛苦其實是無法轉移的，想要忘記痛苦，就必須要努力尋找屬於自己的幸福。」他開始進行肌肉分離。

劇痛讓霍勝男的嬌軀顫抖了起來，還好疼痛並沒有持續太久，撕裂般的痛楚之後，胡小天用血管鉗準確無誤地夾住針尾，用力一扯將毒針拽了出來。拿起毒針在眼前看了看，又湊在鼻翼前聞了聞，低聲道：「有毒！」

霍勝男道：「你不是給我服用過解毒藥了嗎？」

胡小天道：「雖然吃過解毒藥，可這毒針的毒性厲害，而且入肉甚深，只怕餘毒不能完全肅清。」

霍勝男道：「那怎麼辦？」

胡小天道：「除非有人幫你將毒血吸出來，不過這麼冒險的事情恐怕沒有別人會做。」這廝取完了毒針，一雙眼睛直勾勾望著霍勝男的胸膛。

霍勝男焉能不知道這廝是什麼意思，咬牙切齒道：「趁著我沒下定決心殺你之前，趕緊從我的面前消失。」簡直混蛋，流氓一個，白摸了人家半天，現在還想做更過分的事情，這麼無恥的話真不知他怎麼說出來的。真當我是無知天真的傻丫頭？這麼明顯的騙局都看不破？

胡小天道：「鳥盡弓藏，兔死狗烹，你霍將軍翻臉也太快了吧，我敢保證我是醫者仁心，一點非分之想都沒有，如果你硬要把我往壞處想，我也沒辦法。」這廝取出墨玉生肌膏和金創藥為霍勝男將傷口全部包紮好，霍勝男忙不迭地拿起胸圍，顧不上染滿了血跡重重穿好，看到胡小天仍然望著自己，怒道：「轉過身去！」

胡小天切了一聲，居然聽話地轉過身去：「有什麼好看？我也有啊！」

霍勝男望著他的背影，有種一腳將他踢下去的衝動，不過想歸想，終究沒有付諸實施，一旁的岩石上擺著七根藍幽幽的鋼針，事實勝於雄辯，胡小天的確幫自己根除了麻煩。再看到胡小天肩頭的傷痕，想起胡小天今日在生死關頭不顧一切來救自己的情景，霍勝男的內心不由得感動起來，非但沒有覺得他可惡，反而覺得他有一種說不出的可愛，有人說喜歡一個人就可以包容他的一切，難道自己就是這樣？

胡小天道：「好了沒有？」

霍勝男道：「你說他們今晚還會不會過來行刺？」

胡小天搖了搖頭轉過身來，發現霍勝男已經穿戴整齊，四目相對，霍勝男自然有些不好意思，雖然自己好端端的，可總覺得他們兩人之間的狀態實在是太過尷尬，昨晚自己看到了不該看的東西，今天報應就來了，以後自己還如何嫁人？

胡小天倒是沒事人一樣，將手術器械迅速收起來，霍勝男拿起柳葉刀在手中看了看道：「你就是用這些工具為太后做了重瞼術？」

胡小天笑道：「當時你不是在場嗎？」

霍勝男將手術刀在掌心中風車樣旋轉了一下，然後遞給了他：「本來以為你只是個不學無術的混混，想不到還真有些本事。」

胡小天道：「馬馬虎虎！」

「馬不知臉長！」霍勝男越來越喜歡和他對著幹。

胡小天笑瞇瞇道：「是長是短你反正看過了。」

「呃……」霍勝男窘得一張俏臉通紅，論到口舌之利她根本不是胡小天的對手，霍勝男慌忙岔開話題道：「我問你話呢，你說他們今晚還會不會前來行刺？」

胡小天道：「應該不會！」

「何以見得？」

胡小天道：「咱們雖然受傷，可是他們也損失慘重，死了是兩個，另外三人就算不會輕易放棄，也不可能在我們戒備心最強的時候發動進攻。」

霍勝男從行李中找出另外一袋箭囊，拍了拍箭囊道：「就算過來了，咱們也不怕。」

胡小天瞇起雙目道：「我總覺得他們就在附近的某處窺探著我們。」

霍勝男不由得驚呼了一聲，如果敵人在偷窺他們，那麼剛才胡小天為自己取針的情景豈不是全被他們看到了？哎呀，這可羞死人了。

胡小天看到她羞赧的樣子就知道她在想什麼，微笑道：「你不用怕，咱們躲在這個地方他們應該看不清全貌，而且在暗夜裡，很少有人的目力能夠超過我。」

霍勝男這才稍稍放下心來，小聲道：「抓緊時間恢復，明天找到剩下幾名殺手，將他們一網打盡。」

胡小天環視周圍黑魆魆的山林道：「他們在暗，我們在明，而且這群人不但善於利用周圍的環境還精通獸語，想要將他們一網打盡哪有那麼容易。」

霍勝男道：「那怎麼辦？咱們還沒有走出灰熊谷，繼續走下去，很難說不會遭到他們的襲擊！」

胡小天道：「山野茫茫，只要他們潛伏起來，想要找到他們的機會微乎其微，想要將他們除掉，就必須引蛇出洞。」

霍勝男點了點頭道：「道理雖然如此，可是如何引蛇出洞？」

胡小天道：「你記不記得那個侏儒今天說過什麼？」

霍勝男不知他指的是哪句話，侏儒當時說了不少，更何況當時她全神貫注地投入到生死搏戰之中，哪會記得那麼清楚。

胡小天道：「他說我中了七步斷魂毒，說我很快就會毒發而死，你也被那駝背用毒針射中，在他們心中自然認定我們中了毒，就算是死他們也不會奇怪。」胡小天停頓了一下又道：「我剛剛說他們不會急於發起進攻，還有一個原因就是，他們正在靜待咱們毒發死亡。」

霍勝男道：「你是說，裝死？」

胡小天點了點頭道：「不錯！不過為了穩妥起見，我來裝死，引誘他們現身，咱們分頭行動，力求這次將他們全都引出，一網打盡。」

霍勝男美眸一亮，重重點了點頭道：「好！」

胡小天唇角露出一絲壞笑道：「這麼急著殺人滅口，是不是害怕今晚的事情被人洩露出去？」

「呸！你還敢說！」

第三章

裝死的生物本能

胡小天躺在地上裝死，幾頭青狼想要靠近，
都被霍勝男居高臨下射殺當場。
胡小天雖然膽大，此時也不禁出了一身的冷汗，
這群青狼應該是那些殺手用來刺探他們的，
如果發現自己只是裝死，隱藏在背後的那些殺手想必不會現身。

胡小天所料不錯，五絕獵人在白天的這場刺殺中損失了兩個，只剩下三人，三人正藏身在灰熊谷北側的山林之中，他們遠遠看著胡小天和霍勝男帶著那匹馬泅水去了山澗中心的巨岩，因為距離很遠，再加上夜色茫茫，他們看不清兩人在巨岩上到底在幹什麼。

禿鷹周絕天表情陰冷，胡小天兩人遠比他想像中更加強大，不但在其餘四人的聯手下奪路而逃，還斬殺了他的兩名兄弟，自己事先埋伏準備發動致命一擊，卻又被兩人識破，為了一萬五千兩黃金落到如此的境地，這筆交易已經開始變得不划算了。

吸血女妖曹絕心又在那裡念念有詞，利用手中的銅錢進行占卜。

黑心童子謝絕後道：「不用算了，你昨日不是算過，老三今天會死，果然被你算中了。」

曹絕心手中的銅錢並沒有拋出去，一雙細眼閃過兩道寒芒：「我可沒算出他會死，只是隨口那麼一說。」她停頓了一下道：「大哥，不如算了，那小子實在太厲害，竟然達到了劍氣外放的境界。」

周絕天站起身來向前方緩緩走了幾步，手中烏沉沉的匕首狠狠插入前方松樹的樹幹之中，強大的力量震得樹上的松果簌簌而落，他咬牙切齒道：「老二老三不能白死，當初咱們結拜之時說過什麼？」

曹絕心和謝絕後對望了一眼。

謝絕後道：「我雖然沒有刺中他的要害，可是我事前在匕首上餵了七步斷魂毒，他應該熬不過今晚。」

周絕天轉身看了看他，謝絕後孩童般的小臉上露出一絲無奈的表情：「本來沒有人可以撐過半個時辰的，不知他有何特別？就算他的體質比普通人更加強大一些，可我想沒有拿到我的獨門解藥，他還是只有死路一條。」

曹絕心道：「老二的黑水殞命針也射中了霍勝男，她也應該是中毒了。」

周絕天道：「如果你們的手段有效，那麼我看到的就應該是他們的屍體。」

黑心童子謝絕後怯怯問道：「老大，他們又是如何從你的手下逃走的？」真是哪壺不開提哪壺。

周絕天當然不能將霍勝男僅僅用虛拉弓弦的方法就讓自己分神，從而影響到他志在必得的一擊，如果不是霍勝男在關鍵時刻進行干擾，自己或許早已成功。

曹絕心看到周絕天的臉色越發難堪，慌忙向謝絕後使了個眼色。

周絕天道：「五妹，你有什麼看法？」

曹絕心其實心中早已想要放棄，可是看到周絕天的表現應該是必須要討還這筆血債，她咬了咬嘴唇道：「既然他們已經中毒，咱們不妨再多等一會兒，也許會有奇蹟發生。」

周絕天點了點頭，目光重新投向遠方胡小天他們的藏身處，咬牙切齒道：「我一定要他們死！」

清晨到來的時候，灰熊谷的方向傳來一陣低聲的啜泣，胡小天四仰八叉地躺在亂石灘上，早已一動不動，霍勝男趴在他身邊，哭得悲悲切切，小灰也圍繞著胡小天的身體來回轉著圈兒，不時用嘴巴去拱他的身體。

霍勝男哭了好一會兒，方才將胡小天的身體抱起橫放在馬背上，自己也翻身上馬，循著昨天的道路向前方走去。

胡小天以傳音入密提醒她道：「多哭兩聲，哭慘點，就像死老公一樣。」

霍勝男抽出匕首，作勢要在他身上扎個窟窿。

胡小天又道：「你就當親爹死了！」

霍勝男真是拿他沒轍，牽著馬韁一邊走一邊聯想起自己蒙受不白之冤，被逼無奈離開大雍的事情，再想起義父遭受這樣不公平的對待之後，還要北上為大雍皇帝鞏固北疆防線，心中越發感到不平和悲憤，眼淚自然而然就流了下來，這一哭就止不住。

胡小天裝死這一招可謂是險中求勝，那幫刺客都不是尋常人物，很難保證能夠順利瞞過他們的眼睛。

從宿營地來到昨天遭遇伏擊的古墓，並沒有遇到任何的刺殺，胡小天全神貫注，留意周圍的一切動靜，確保在敵人來到之前發現他們的蹤跡。小灰已經來到了古墓前方，周圍的地面上只剩下幾根白骨，那些遺體早已讓殘忍的青狼分食一空，按照胡小天和霍勝男的預先商定，霍勝男嬌軀晃了晃，裝成體力不支，從馬上一頭栽了下去。

小灰嗚律律叫了一聲，用頭頂了頂霍勝男，在她全無反應的時候，有些惶恐地調轉方向朝著後方跑去，顛簸之下，胡小天的屍體也從馬背上摔落下去。

霍勝男沒有裝死，而是掙扎著向胡小天爬去，爬了兩步，忽然聽到胡小天道：「狼來了，你找好掩護，準備射殺，我的小命就全靠你了！」

話音剛落，一頭青狼從右側飛撲而至，霍勝男眼疾手快，一箭就射中了青狼的右眼，箭鏃深深貫入青狼的顱腦。十多頭青狼從叢林中向霍勝男飛撲而來，霍勝男轉身向古墓奔去，幾個箭步來到古墓之上，一個回頭望月，咻！一箭將尾隨在自己後方的青狼射殺。

胡小天躺在地上裝死，幾頭青狼想要靠近，都被霍勝男居高臨下射殺當場。胡小天雖然膽大，此時也不禁出了一身的冷汗，這群青狼應該是那些殺手用來刺探他們的，如果發現自己只是裝死，隱藏在背後的那些殺手想必不會現身。他和霍勝男早已將這種可能性計算其中，如果青狼前來，胡小天仍然負責繼續裝死，他的安全交給霍勝男來照顧。

霍勝男箭法果然非同凡響，箭無虛發，只要靠近胡小天屍體的青狼不等靠近就被她射殺。

這群青狼昨天已經損失大半，今天只剩下不到二十隻，霍勝男連番施射之下，眼看只有四隻存活，這四頭倖存的青狼顯然意識到霍勝男的厲害，竟然不敢繼續攻擊，啊嗚一聲，各自轉身向樹林中逃去。

霍勝男暗自鬆了口氣，她也沒有繼續追殺，箭囊中羽箭的數量畢竟有數，能省則省，畢竟最大的敵人尚未到來。心中奇怪為何至今殺手仍然沒有現身，難道胡小天裝死的事情已經露餡？一旁的大樹之上忽然射出一道黑色長索，長索纏繞在胡小天的雙腿之上，將他整個人吊了上去，胡小天裝死的功夫早已爐火純青，身體隨著繩索蕩動，絲毫看不出任何的異樣。

古墓的石碑突然分裂開來，卻是一個灰色的人影從石碑中現身，手中長刀向霍勝男的雙足橫削而去，正是禿鷹周絕天。霍勝男一直都在留意周圍的動靜，卻沒有發現潛伏在近前的周絕天，她騰空躍起，身在空中，彎弓搭箭，鏃尖瞄準周絕天的眉心射去。

周絕天長刀一晃，將射向自己的羽箭劈飛。

霍勝男反手抽出昨日從周絕天手中搶來的黑矛，借著凌空飛落之勢，一槍向周絕天咽喉刺去，周絕天橫刀格住黑矛，此時吸血女妖曹絕心已鬼魅般從後方冒出，腦後髮絲宛如黑色颶風般向霍勝男席捲而去，分成三縷纏繞住她的雙臂、咽喉。

胡小天被吊在繩索上的時候，身穿黑衣的侏儒宛如蜘蛛一般從上方向下迅速爬了過來，手中拿著昨日刺殺胡小天所用的匕首，黑心童子謝絕後也不是尋常人物，一開始先驅策青狼發動進擊，看到胡小天自始至終都沒有動過一下，已經相信此人應該死去多時，不然絕不可能面對群狼的瘋狂圍攻而保持鎮定。當然謝絕後對自己的七步斷魂毒還是充滿了信心，他從未失手過，距離胡小天屍體還有五尺距離的時候，他仍然沒有覺察到任何的呼吸心跳，只要是活人，在這樣的範圍內不可能逃過他的感知。

謝絕後並不知道凡事都有例外，就在他準備用匕首狠刺胡小天一下，再次驗證一下他是否死亡的時候，胡小天的身體忽然向前方折起，轉瞬之間已經變成和謝絕後面對面。

謝絕後甚至沒有來得及發出一聲尖叫，就看到胡小天的拳頭在自己面前放大，然後他聽到清晰的骨骼碎裂聲，碎裂的是他的頭面骨，胡小天這一拳用盡全力，黑心童子的面部被胡小天砸得血肉模糊，瘦小的身體如同風中落葉，橫飛出去遠遠飛到了樹林之中，撞擊在樹幹上，又發出一聲骨骼斷裂的聲音，然後墜落到地下，發出了第三聲，顯然已經無法活命了。

胡小天左手及時抓住謝絕後落下的匕首，橫向一劃，身體已經重獲自由，雙足在樹幹上用力一蹬，面朝天空倒飛著向古墓俯衝而去。

霍勝男以黑矛和周絕天全力撞擊了一下，嬌軀利用反震之力，騰空翻騰，強忍被扼住咽喉的窒息感，居高臨下，矛頭對準了下方曹絕心的頭頂刺去。

周絕天右腳一頓，身體高飛而起，雙手擎起長刀，照著霍勝男的纖腰斜向反削，這一刀若是落實，必然可以將霍勝男劈成兩段。

胡小天大吼道：「看劍！」他中氣十足，這嗓子震得周圍空氣嗡嗡作響，聲音在山谷中久久迴盪。

周絕天明顯又被干擾了，他畢竟沒到那種心無旁騖的境界，昨天被霍勝男的弓弦聲分神，今天又被胡小天虛張聲勢的一聲大吼而震懾。

胡小天手中的匕首已經向周絕天投擲過去，其實就算沒有他的干擾，周絕天的這一刀也不可能傷到霍勝男，霍勝男的身體在空中向後方反折傾斜，黑色長矛狠狠刺在曹絕心的額頭之上，鋒利的矛頭撞擊在曹絕心的額頭上，如同撞在金石之上，根本無法深入分毫。世上練鐵頭功的人不少，可練鐵頭功的女人卻非常少見。

霍勝男驚詫於曹絕心額骨的堅硬，錯愕之時，曹絕心一把已經抓住矛頭，看似柔弱的她竟然修煉的是一身極其霸道的橫練功夫。

霍勝男手腕擰轉，意圖將黑矛從她的手中搶奪回來，兩人同時用力，誰也沒能成功將長矛奪走，曹絕心身體貼著長矛向霍勝男欺近，揚起右拳向霍勝男的小腹攻去，束縛在霍勝男身上的黑髮如同一條條毒蛇一樣束緊。

霍勝男強行支持，也是一拳迎向曹絕心，雙拳撞擊在一起，彼此都震得骨骸疼痛。霍勝男右腿勾住曹絕心的足踝，論到手段的陰狠毒辣她肯定比不上曹絕心，但是霍勝男畢竟是一員久經沙場的驍將，在戰場上什麼情況她都經歷過，和黑胡人打打殺殺這麼多場戰役，對黑胡人的摔跤技法也有瞭解，生死相搏的時候，根本不能計較手段，更顧不上儀態。曹絕心顯然對這種來自黑胡的貼身摔跤術沒什麼防備，被霍勝男絆得失去平衡，兩人一起從古墓上滾落下去。

周絕天最終還是放棄了砍殺霍勝男，轉身一刀將胡小天投來的匕首擊飛。

胡小天的身軀落在地上，因為沒掌握好平衡，還因為慣性向前方衝了兩步，嬉皮笑臉望著周絕天道：「孫子噯！我跟你無怨無仇，你刺殺我作甚？」

周絕天冷哼一聲：「你自己找死！」揮動手中長刀，刀光霍霍，冰冷的寒意攜裹著凜冽的殺氣宛如潮水般向胡小天席捲而去。

胡小天一伸手從腰間抽出了一柄軟劍，軟劍平時都是藏在劍鞘之中，彈性絕佳，離開劍鞘之後，鏘地一聲挺直，這柄軟劍還是胡小天從假太監白德勝那裡搶來的，雖然威力無法和大劍藏鋒相提並論，但是剛好適合須彌天教給他的靈蛇九劍。

胡小天平時都將它當成腰帶纏著，亮出軟劍之後，劍身一抖，猶如靈蛇，面對對方水銀瀉地的刀光，隨意一刺。

武功到了一定的境界，可以輕易看出對方招式中的破綻，周絕天的刀法看似聲勢駭人，毫無破綻，可是胡小天一眼就看出其中的缺憾，這一劍正是從對方刀影的縫隙中刺入。

周絕天看到那柄軟劍竟然突破刀光刺向自己的咽喉，不由得大吃一驚，向後退了一步，意圖去封住軟劍的來路，卻想不到軟劍的方向說變就變，虛空中劃了一道弧線，從側方扎向他的頸部。

周絕天不得不再次向後退了一步，手中長刀豎起，格住軟劍，卻想不到劍身竟然如同靈蛇一般反折過來，胡小天手腕向上一滑，劍鋒繼續刺向周絕天的面門。

周絕天慌忙將面部後仰，饒是如此，臉部也被鋒利的劍尖劃出一道寸許長度的血口。

胡小天並不急於進攻，嘿嘿笑道：「告訴你一件事，我劍上有毒！」胡小天根本就是危言聳聽，他這軟劍之上根本沒有餵毒，之所以這樣說是因為他發現周絕天膽小，昨天因為霍勝男的弓弦聲分神，今天又因為自己的一聲大喝而害怕，別看此人長得兇神惡煞，可心理素質應該很不過關。

周絕天聽說劍上有毒頓時慌了，在兵器上餵毒原本是他們常幹的事情，可是他們能做，別人一樣也能做。周絕天怒吼道：「拿解藥來！」他反手一刀主動向胡小天攻去。

周絕天的刀法霸道凶猛，可是胡小天的靈蛇九劍卻是陰柔詭異，尤其是最近一段時間的修煉，已經深諳四兩撥千斤的精髓。剛好克制以力量見長的周絕天。

周絕天雖然用盡全力，卻如同全都攻擊在棉花之上，非但沒有攻擊得手，反而被胡小天詭異的劍法接連刺傷。

霍勝男和曹絕心兩人翻滾到了地上，近身相搏黑色長矛根本派不上用場，已經被兩人棄去，曹絕心的長髮是她的必殺技之一，緊緊扼住霍勝男的咽喉，霍勝男用她的那雙長腿絞住了曹絕心的咽喉，長腿雖然很美但是也可致命，秀髮美腿，原本是最能吸引男人注目，惹人遐思的部分，此時已經成為她們用來對付對手的最致命武器。

霍勝男扭住曹絕心的足踝，雙臂用力一擰，喀嚓一聲竟然將曹絕心右腿的腿骨擰斷，曹絕心痛不欲生，幾次嘗試想要將霍勝男的長腿從頸部掰開，都沒有成功，劇痛之下，張開嘴唇，一口就咬在霍勝男的小腿之上，同時黑髮收緊，意圖搶先將霍勝男勒死。

霍勝男強忍疼痛，雙腿用盡全力，腿部絞殺的力量肯定遠勝過對方的頭髮，就在霍勝男因為缺氧意識開始變得模糊的時候，感覺到對方的身體率先軟癱了下去，咬住自己的地方似乎放鬆了不少，霍勝男雙腿擰動，喀嚓一聲，硬生生將曹絕心的頸椎擰斷。

周絕天在胡小天神出鬼沒的劍法之下已經完全落入下風，他邊走邊退，看到遠處霍勝男和曹絕心已經分出勝負，心中更是大駭，和胡小天對抗一招之後，趁機向後急退，身軀一閃已經消失在胡小天面前。

胡小天眼前失去了周絕天的蹤影，昨天和周絕天的交鋒已經讓他對此人的特點有所認識，知道他善於隱匿行蹤。

周絕天在謝絕後和曹絕心死後已經徹底喪失了信心，他決定先逃走再說，以他潛行藏匿的本事逃走應該不難，可惜他遇到的是胡小天，胡小天甚至能夠聽到風吹草葉的細微聲響，更何況周絕天的呼吸心跳，不是每個人都可以成功將呼吸和心跳控制自如。

胡小天裝模作樣，好像在尋找周絕天影蹤的樣子，眼睛看著另外一個方向，手中軟劍卻倏然向右側樹幹刺了過去。

周絕天身影乍現，脫離樹幹向一旁的山岩退去，轉瞬之間又從胡小天的眼前消失，胡小天唇角流露出一絲冷笑，大步向前，憑著敏銳的感知力判斷出周絕天的所在，又是一劍刺出。

周絕天此時已經明白自己的隱形在胡小天面前根本起不到任何作用，無奈再次彈身而出。

身體離開隱藏處的剎那，遠處一支羽箭倏然射來，卻是霍勝男絞殺曹絕心之後利用弓箭在遠方為胡小天助陣。

周絕天揮刀擊落羽箭，卻因此而拖慢了步伐，胡小天再次追上，軟劍如同細雨綿綿，向周絕天籠罩而來。周絕天已經完全亂了方寸，雙臂先後被胡小天刺中，霍勝男的一支冷箭又射穿了他的右腿，周絕天痛得悶哼一聲，身體失去平衡，單膝跪倒在了地上。

胡小天搶上前一步，軟劍抵住他的咽喉。

周絕天面色慘白，死在他們兄妹五人聯手下的江湖豪強不知有多少，卻想不到今日竟然被兩個年輕人制住，周絕天緊咬牙關怒視胡小天。

胡小天笑瞇瞇道：「禿子，我跟你無怨無仇，你卻利用這樣卑鄙手段害我，想活命的話，最好乖乖說個明白，誰是幕後主使？」

周絕天雙目緊閉，將頭顱一仰，一副大無畏的樣子：「你殺了我就是！」

胡小天道：「冤有頭債有主，上天有好生之德，只要你老老實實將雇主告訴我，我絕不會殺你，非但如此，我還會放了你。」從周絕天的幾次表現來看，胡小天發覺此人表面雖然凶頑，可是骨子裡卻是怕死。

周絕天睜開雙目，眼睛向遠處的霍勝男看了一眼，霍勝男經歷這場搏殺，體力幾乎消耗殆盡，雖然想向這邊走來，可走了兩步卻不得不再次停下休息。

胡小天知道周絕天心存疑慮，自己說過放他，可是霍勝男仍然可以殺他。胡小天故意揚聲道：「霍姑娘，他若是說出幕後指使人，我們放他活命如何？」

霍勝男點了點頭，她本來就沒想多造殺孽。

周絕天這才放下心來，看到胡小天陽光燦爛的笑容，以為他說的全都是真話，低聲道：「我不瞞你，跟我聯絡的人是董天將的手下，他花一萬兩金子買霍勝男的人頭，五千兩買你的人頭。」

胡小天聽到董天將的名字心中一怔，只是有些納悶為何自己的腦袋要比霍勝男便宜一半？他微笑道：「你們是如何追蹤到我們，又為什麼一直到這裡才下手？」

周絕天道：「雇主提供了一些你們的私人物品，我們兄弟五人最擅長追蹤之術，一路追蹤你們的氣息而來，至於為何現在才動手，也是因為雇主要求要到宇陽城以南才能出手對付你們。」他說完之後緩了口氣道：「我知道的全都說了，你別忘了自己的承諾。」

胡小天點了點頭道：「對了，你們五個江湖上究竟有什麼名號？」

周絕天想起死去的四位同伴，表情黯然道：「五絕獵人……」

胡小天微笑道：「很好！」說完一劍捅入了周絕天的咽喉。

霍勝男也沒想到胡小天居然出爾反爾，明明答應放了周絕天，在得知真相之後又一劍將他捅死，習武之人最重信義。在感歎胡小天手段狠辣的同時，也對這廝的誠信產生了懷疑。

「為什麼要殺他？」

胡小天微笑道：「好多原因，其一，他擅長隱匿行蹤，如果他離開了我的感知範圍，恐怕會給我們造成很大的麻煩，我們殺掉了他的四個同伴，這個仇他必然要報，等到他恢復之後，再來復仇必然不惜一切代價。其二，他剛剛承認昨晚一直在遠處偷窺咱們的一舉一動，也就是說，我幫你療傷的事情，他全都看到了。」

霍勝男的俏臉騰地紅了起來，如果真是這樣，的確該殺，不然此人若是將昨晚的事情傳出去，自己的清譽豈不是全完了。

胡小天又道：「其三，我答應他只要說實話我就放他，可惜他不懂得珍惜機會，沒有對我說實話。」

霍勝男道：「何以見得？」

胡小天道：「他說你的腦袋值一萬兩黃金，我的腦袋只值五千。」

霍勝男眨了眨美眸道：「我看很正常啊，我是朝廷通緝的要犯，你……呵呵……」

胡小天道：「看不起人？你呵呵什麼？」

霍勝男道：「沒什麼，就是覺得這價錢正常！」

胡小天微笑道：「我倒不是覺得心裡不平衡，而是為何我的腦袋比你的便宜一半？顯然是欲蓋彌彰，有人故意讓別人以為你比我重要，如果董天將真是幕後的雇主，那麼他肯定是想殺掉咱們兩個滅口，絕不會給出兩份不同的價錢。」

霍勝男內心一怔，胡小天說得不錯。

胡小天道：「雇主實在是太聰明了，甚至都想到了萬一刺殺不成功，千萬不要讓人懷疑到他的身上，要讓咱們以為主要的刺殺目標是你，而我只是一個被你連累的倒楣蛋。」

霍勝男對他的頭腦唯有嘆服了，這麼簡單的事情居然都能被他推出那麼複雜的隱情，她小聲道：「那你以為真正的主使人是誰？」

胡小天沒說話，眼前卻浮現出燕王薛勝景白白胖胖的大圓臉。

燕王薛勝景站在霍小如的畫像前，剛剛已經收到消息，女兒已經順利抵達渤海國，望著女兒的畫像，他心中默默道：「如心啊如心！終有一日你會明白為父的苦心。」

門外響起輕輕的敲門聲，得到應允後鐵錚走了進來。他反手關上房門，恭敬向薛勝景道：「王爺，胡小天和霍勝男已經過了宇陽城，五絕獵人就快動手了。」

薛勝景緩緩點了點頭道：「很好。」說完之後他向窗前走了幾步，低聲道：「他們可不可靠？」

鐵錚道：「五絕獵手乃是大雍第一流的殺手組織，他們出手從未落空，王爺只管放心，必然萬無一失。」

薛勝景望著烏雲密佈的天空道：「凡事皆有例外，不可過於樂觀。」

鐵錚道：「就算他們失敗也不用怕，我已經安排妥當，五絕獵人只知道雇主是董天將，絕不會想到王爺。」

薛勝景冷笑道：「本王和這件事本來就沒有半點關係。」

鐵錚這才知道自己說錯了話，垂下頭有些惶恐道：「王爺勿怪，王爺放心，為了穩妥起見，我還想出一招妙計，對霍勝男的頭顱懸賞一萬兩黃金，對胡小天的只給出五千的價碼，就算他們萬一失敗，胡小天也不會想到這場刺殺的主要目標是他。」

薛勝景猛然轉過臉去，一雙小眼睛瞪得滾圓，寒光凜凜，殺氣逼人，看得鐵錚不寒而慄，顫聲道：「王爺……」

薛勝景怒道：「蠢材！當真蠢材！你以為自己聰明？根本就是此地無銀三百兩，你以為董天將想殺人滅口的時候會對兩個同樣威脅的人物開出不同的價碼？」

鐵錚張口結舌。

薛勝景搖了搖頭道：「你現在就從本王的面前消失！」他從未想到過鐵錚居然會犯這種低級的錯誤，人都喜歡自作聰明，就在他們以為自己想出了一個聰明絕頂念頭的時候往往就是畫蛇添足，再不就是此地無銀。薛勝景臉上的表情顯得哭笑不得，不過也不算什麼大事，胡小天如何聰明，最終也只不過是大康宮中的一個小太監罷了，一個太監還想覆雨翻雲？

陰沉沉的烏雲壓低，幾乎觸及到了縹緲峰的峰頂，站在靈霄宮外，抬頭仰望蒼穹，似乎雲層觸手可及，姬飛花的臉色如同天空一樣陰沉，慕容展陪在他的身邊，灰白色的瞳仁流露出迷惘的光芒。

姬飛花並沒有急著走入靈霄宮，而是輕聲道：「你女兒還沒有嫁人吧？」

慕容展被他突如其來的問題問得有些錯愕，旋即唇角露出一絲苦澀的笑意道：「不瞞提督大人，我和她已經有十年沒說過一句話了，最近一次見面還是三年前的事情。」

姬飛花微笑道：「縱然父女之間有些彆扭，可血肉之情畢竟是無法改變的。」

慕容展歎了口氣道：「她不把我當成仇人已經很好。」

姬飛花道：「據咱家瞭解，她和胡小天的關係非常不錯。」

慕容展道：「卑職也聽說了。」

姬飛花道：「咱家還聽說，她之所以加入神策府，全都是因為胡小天的緣故。」

慕容展道：「她這些年的事我並不清楚，雖然我一直都很關心她，怎奈她不認我……」唇角流露出一絲苦澀的笑意。

姬飛花淡然道：「你放心吧，咱家讓神策府的人多多關照她，她在那裡好得很。」

慕容展焉能聽不出姬飛花字裡行間的意思，他根本是在威脅自己不要生出異心，不然他肯定會對慕容飛煙下手。

姬飛花不再說慕容飛煙的事情，目光望著靈霄宮道：「最近太上皇的身體怎麼樣？」

慕容展道：「倒沒聽說有什麼問題，不過伺候他的老太監王千卻是不行了，已經病在床上好幾天，沒見他出來了。」

姬飛花道：「誰在伺候老頭子？」

慕容展笑道：「是提督大人派來的人！」

姬飛花聞言一怔，皺了皺眉頭道：「咱家何時派人過來了？」

慕容展道：「此事我專門去內官監問過李公公，是他派了一位踏實可靠的公公過來，還說是您的意思。」

姬飛花道：「誰？」

「丁萬青！」

姬飛花聽到丁萬青的名字，兩道劍眉皺了一下：「他？他不是一直都負責在藏書閣打掃嗎？」

慕容展點了點頭道：「就是他，過去他和權德安、劉玉章、王千都是伺候過太上皇的，之所以找他，也是因為太上皇點了他的名字。」

姬飛花道：「不是還有李雲聰嗎？」

慕容展難得露出了一絲笑意：「對，還有李雲聰，不過李公公現在是統管藏書樓，本來太上皇也點了他的名字，他說走不開，無法過來。」

姬飛花道：「此前太上皇前來靈霄宮的時候，就點過他的名字，他不肯來，太上皇身邊的這些奴才裡面，真正忠心的還是王千。」

慕容展道：「以卑職看，王千恐怕是時日不多了。」

姬飛花點了點頭，獨自一人走入靈霄宮內，一名頭髮花白的老太監迎了過來：「奴才參見提督大人！」卻是剛剛他們提到的丁萬青。慕容展目光在丁萬青的臉上打量了一下，冷冷道：「什麼人讓你過來的？」

丁萬青道：「提督大人，不是您的意思嗎？」

姬飛花呵呵冷笑了一聲：「李岩何時開始當了我的家？」

丁萬青惶恐道：「提督大人若是沒說過這件事，我馬上就走。」

姬飛花的目光審視著丁萬青道：「那就走吧！沒有咱家的同意，任何人都不得擅自過來。」心中對李岩頗為惱火，這廝的膽子也太大了，這麼重要的事情居然沒有向自己通報一聲就擅作主張。

丁萬青果然馬上就走，甚至都沒有去和老皇帝龍宣恩告別一聲，姬飛花在皇宮中一手遮天，若是觸怒了他，說不定就是命喪當場的下場。

姬飛花又道：「你不用回藏書閣，直接去內官監，咱家回去還有話問你。」

「是！」

姬飛花來到靈霄宮內，因為陰天的緣故，裡面點上了燈燭，將整個大殿照得燈火通明。太上皇龍宣恩獨自坐在那張已經破舊的龍椅上，煞有其事地說道：「愛卿免禮，不知今日來見朕有什麼要事？」

姬飛花望著這位瘋瘋癲癲的太上皇，唇角露出一絲嘲諷的笑意，輕聲道：「這裡又沒有其他人，太上皇又何必演戲？」

太上皇龍宣恩歎了口氣道：「姬飛花，你來見朕，是不是想殺我？」

姬飛花道：「皇上都捨不得殺你，我這個做臣下的又怎麼敢？」

龍宣恩咬牙切齒道：「你不用在朕面前提那個逆子，他謀朝篡位，忤逆不道，日後必遭天譴！」話音剛落，外面就響起一聲沉悶的炸雷聲，震得整個靈霄宮都顫抖起來。

姬飛花微笑道：「他已經遭到報應了！」

龍宣恩道：「你殺了他？」

姬飛花歎了口氣道：「你想我殺了他？」

龍宣恩反問道：「他是死是活還有什麼分別嗎？無非是一具傀儡罷了。」

姬飛花道：「太上皇看來早已看破生死，不過既然已經看破，為何要做那些連累子孫的事情？」

龍宣恩道：「你的話，朕聽不明白。」

姬飛花道：「蠟丸！」

龍宣恩垂下頭去。

姬飛花道：「你用玉璽和所謂的秘密寶藏挑唆大皇子，意圖顛覆大康社稷，果然是賊心不死。」

龍宣恩怒道：「大康乃是我龍氏之大康，顛覆我大康社稷，禍亂我大康朝綱的乃是你這個閹賊，你蠱惑朕那個不成器的廢物兒子，慫恿他殘害兄弟，謀逆生父，難道你就不怕得到報應？」

姬飛花道：「成者為王敗者為寇，古往今來從來就沒有報應這兩個字！你登基以來，雙手之上沾滿多少鮮血，因為你的昏庸無道，有多少百姓無辜死去，有多少臣子含恨而亡？你也敢說報應？你也配說報應？」

龍宣恩道：「朕是天命之主，你以下犯上，禍亂朝綱，不怕遺臭萬年？」

姬飛花一步步向前走去：「禍亂朝綱的是你，昏庸無道的是你，橫徵暴斂的是你，任用奸佞迫害忠良的仍然是你，你口口聲聲說自己是什麼天命之主，所做的卻全都是逆天之事，大康在你的統領下日漸衰微，狼煙四起，民不聊生，難道你看不出是上天在懲罰你？難道你不明白大康氣數已盡，上天要斷送你們龍氏王朝？大康數百年基業全都毀在你這昏君的手裡，我看你還有何顏面去見你的列祖列宗？」

龍宣恩呵呵笑道：「好一個理直氣壯！朕縱有錯處，也無需你來指責，你又有什麼資格來評判朕的功過？」

姬飛花冷笑道：「我沒興趣評價你的功過，可是你只需知道，我可以決定你的生死！」

龍宣恩聽到這句話突然沉默了下去，沉默並非是因為害怕，他的目光冷靜望著姬飛花道：「為了謀奪朕的江山，你籌畫了不少時候，控制京城十萬羽林軍，利用手中的勢力來威脅朝中文武百官，不惜採用偷聽竊密下毒這種見不得光的手段，還利用威脅朝中大臣的家人來達到讓他們屈服的目的。」

姬飛花輕聲歎了口氣道：「不得不承認，這方面你才是我的老師。」

龍宣恩道：「你今天過來找我，如果僅僅是為了殺我，那麼你只管動手，可如果不是，那麼朕勸你還是不要白費心機了，你從朕這裡休想得到你想要的東西。」

姬飛花道：「龍燁霖不甘心當傀儡，以為自己有能力重整河山，所以他瘋了！」

龍宣恩呵呵笑道：「活該如此！活該如此！他當初被你蠱惑謀朝篡位之時就應當想到會有這樣的下場。」

姬飛花道：「想不想知道是誰下手將他制住？」

龍宣恩道：「自然是想早點坐上皇位的那個！」

姬飛花道：「父子相殘，夫妻反目，是非不辨，忠奸不明，如此龍氏註定滅亡！你心中若還有對祖宗的一絲敬意，若還有對百姓的一丁點體恤，應當知道該怎麼做？」

龍宣恩道：「不要以為自己控制了十萬羽林軍就可以一手遮天，這天下依然是朕之天下，臣民依然是朕之臣民，不要以為你利用卑鄙手段就可以讓他們屈服。」

姬飛花微笑道：「你雖然是個無道昏君，可畢竟還算是有些骨氣，只可惜你的子孫非但都是廢物，甚至連起碼的骨氣都沒有。我會讓你親眼看著你的子孫一個個的死去，你不是癡心妄想有一天還能夠重新執掌大康的權柄嗎？那麼我就幫你認清現實，將你的希望全都破滅。」

龍宣恩呵呵笑道：「你威脅不了朕，朕就算無法重獲自由，但是朕還可以選擇去死。」說到這裡，他將瘦骨嶙峋的雙手從袖中顯露出來，只見他的一雙脈門全都被利器割斷，鮮血淋漓。

姬飛花內心吃了一驚，不見他如何動作，身軀倏然就來到龍宣恩的面前，在他的身後留下一道道殘影。

龍宣恩舉起，裂開的脈門之中，兩蓬血霧宛如噴泉般向姬飛花周身籠罩而去。

姬飛花的身軀陡然筆直上升，螺旋般升騰而起，他素來愛潔，絕不肯讓龍宣恩骯髒的血液沾染到自己的身上。轟！頭頂發出轟隆隆的巨響，靈霄宮的上蓋被人擊穿，一個瘦小乾枯的老者從上方俯衝而至，正是宣稱病重的老太監王千，他一掌向姬飛花的天靈蓋擊落，雖然手掌比起多數人還要瘦小乾枯，形如鳥爪，可是無形掌力卻已經擴展到方圓兩丈的範圍內，隨著他身體的下降，掌力波及到的範圍還在不斷擴張，宛如泰山壓頂，強大的壓力將姬飛花能逃走的所有退路封住。

姬飛花心中錯愕，他從未想到過王千居然擁有如此高深的武功，這一掌之力足以開山裂石，驚世駭俗。能夠留在龍宣恩身邊伺候的人早已被他反覆審查過，即便是王千掩藏得再好，也不可能逃過他的眼睛，最大的可能就是，眼前人根本就不是王千。

姬飛花的所有退路被封，但是他並沒有絲毫慌張，因為他並未想過要退，他這一生雖然不長，可是卻從未曾服輸過，對手越強，就只會激發出他心中強烈的鬥志和殺性。姬飛花揚起比女子還要溫潤白嫩的手掌，在虛空中五指變幻，宛若風中蘭花浮動，一根根手指快速的動作形成一道道帶著白色光芒的虛影，萬千虛影之中，一道白光向上方衝天而去，對方的那一掌如果是席捲天下的洪水，姬飛花的這一指就是定海神針。

指力筆直向上，卻在旋轉中行進，逆行和對方的無形巨掌撞擊在一起，如同一隻瘋狂旋轉的鑽頭撕裂了對方掌力的中心，試圖鑽透這無形巨掌，並將之撕裂絞碎。

巨掌的中心被成功破出一個孔洞，而且迅速開始變大。掌力籠罩的範圍內硬生生被撕裂開一片力量缺失的空間。姬飛花的身軀宛如鬼魅般漂浮在這狹小的空間內，化指為拳，白嫩的拳頭從撕裂的空間中徑直迎上，和王千居高臨下的那一掌撞擊在一起，拳掌雖未直接相撞，卻有若風雲際會，兩股無形力量有若彗星撞地球般聲勢駭人，發出一聲震徹天地的氣爆聲，姬飛花的身軀在虛空中巋然不動，王千卻因為反震之力從裂開的房頂倒飛了出去。

在兩人初次的交鋒中，王千明顯弱上一籌，姬飛花的唇角露出一絲冷酷的笑意，然而當他的目光落在龍宣恩身上的時候，笑容瞬間凝集了。

龍宣恩此時已經渾身浴血，看起來觸目驚心，染血的龍袍之上卻泛起一縷縷的黑氣，黑氣縈繞他的身體宛如怪蟒纏身，原本乾枯瘦弱的身軀在轉瞬之間似乎脹大了許多，昔日混濁黯淡的雙目迸射出深沉陰冷的藍色光芒，他朗聲道：「名編壯士籍，不得中顧私。捐軀赴國難，視死忽如歸！」

血霧從他的脈門湧出，幻化為黑色氣體，氣體卻又被他吸入肺腑，他的身軀在短時間內為血氣滋養變大，從一個乾枯瘦小的老者，竟變成一個魁偉雄壯的巨人。

化血般若功！血化甘霖，滋養體魄，短時間內可以將功力提升十倍，這樣邪門的武功姬飛花也只是聽說，從未親眼見過，他更加不會想到，這個垂暮之年的太上皇竟然擁有這樣一身驚人的武功，王千不是王千，龍宣恩也早已不是龍宣恩。

姬飛花的腦海中忽然閃現出丁萬青匆匆離開的景象，他終於意識到，自己聰明一世糊塗一時，竟然犯下這樣輕率的錯誤，讓龍宣恩當著自己的眼皮底下蒙混過去。倘若龍宣恩已經利用金蟬脫殼之計離開，那麼眼前的太上皇又是誰？

時間已經容不得姬飛花細想，無論眼前人是不是龍宣恩，都可能是他今生所遇最難纏的對手，姬飛花怒叱一聲手掌斜披而出，一道無形掌刀向太上皇的身軀懶腰劈落。

龍宣恩的身體短時間內已經增長到一丈有餘，右手抓起那足有五百斤重的龍椅猛然向空中投去，無形掌刀擊中龍椅，將這張代表龍宣恩昔日輝煌和無上權力的龍椅從中劈斬為兩段。

無形掌刀去勢不歇，將空間一分為二，轉瞬間來到龍宣恩面前，試圖要將他的肉體劈成兩半。

龍宣恩雙拳撞擊在一起，身體周圍的黑氣和血霧猛然向周圍膨脹開來，壓榨著周圍的空氣如同排浪般向周圍退去，附近所有的物件如同被勁風吹起，向周圍輻射而去。

龍宣恩身上染血的龍袍在裂帛聲中化成了千片萬片，露出他周身深褐色的皮膚，魁梧的身軀見不到任何的老態，飽滿結實的肌肉宛如銅澆鐵鑄，在他寬闊堅實的後背之上，四個大字閃爍著金鱗般的光芒——精忠報國！

第四章

幕後勁敵

姬飛花咬牙切齒道：
「李雲聰！你這老賊隱藏得果然夠深！」
李雲聰滿臉是血，一隻獨目望著姬飛花道：
「姬飛花，今日就是你的死期！」
姬飛花呵呵笑道：「殺我？就憑你們？」

無形掌刀斬在龍宣恩的身上發出蓬地一聲氣爆，這一刀並非直接砍在龍宣恩的肌膚上，而是被他的護體罡氣擋住，龍宣恩向前踏出一步，腳下的金磚四分五裂。

姬飛花身軀並沒有直接向他撲去，而是如同靈蛇般纏繞在大殿內的抱柱之上，盤龍抱柱發出接連兩聲喀嚓巨響，首尾已斷，成人合抱粗的抱柱，長達十丈，靈霄宮內這樣的盤龍抱柱計有九根，象徵著至高無上，九五之尊。如今這象徵皇權尊嚴的抱柱卻要用來對付太上皇龍宣恩。

數千斤的盤龍抱柱被姬飛花標槍般投擲出去，這一擲之力驚天動地，足以攻破天下間最堅固的城門。

太上皇身體肌膚的顏色仍然在不斷變黑，望著高速襲來的盤龍抱柱，他從鼻息中冷哼一聲，屈起肌肉虬結的右臂，狠狠一拳砸在抱柱之上，拳頭砸在抱柱的中心，中心以肉眼可見的速度坍塌下去，以拳頭的落點為中心，盤龍抱柱迅速開裂崩塌，宛如爆炸般土崩瓦解，靈霄宮內煙塵瀰漫。夜雨從屋頂裂開的大洞中飄灑而下，王千的身軀有如枯葉般隨風落入靈霄宮內，雙手接連拍出十九掌，乾枯的手掌如同蝴蝶般飛舞，軌跡錯亂，卻又最終疊合成為一體，漫天虛影再度幻化成一隻巨大的手掌向姬飛花拍落。

姬飛花呵呵長笑，雙腳微微一頓，腳下金磚紛紛離地而起，在她的面前形成一道屏障，無形掌力破開金磚，在屏障之上形成了一個足有丈許高度的巨大掌印。

姬飛花身軀向靈霄宮外急退，退後之時，地上金磚被一股無形吸力揭開，然後向上排列成牆，無形掌力接連擊穿三道屏障。

姬飛花也已經成功退到了靈霄宮的大門處，雙手連續揮出掌刀，斷裂之聲不絕於耳，卻是他利用掌刀切斷靈霄宮內的九根盤龍抱柱，靈霄宮發出吱吱嘎嘎的巨響，整座宮室搖搖欲墜。

太上皇龍宣恩仍然站在剛才的位置，頭頂灰塵和瓦片不停掉落，龍宣恩爆發出一聲狂吼。

姬飛花足尖一點，身軀已經飄出宮門外，暴雨傾盆，一道冰冷的寒芒破開雨霧，以驚人的速度向他的咽喉刺來，速度達到極致並不危險，真正危險的是無聲無息，毫無徵兆。

姬飛花的身軀螺旋般擰動，在劍鋒即將抵達他的咽喉之前，躲閃開來，右手中指屈起，鏘的一聲彈在劍鋒之上，將細窄的劍鋒彈得向後方弧形屈起。

劍身屈起之後，旋即又繃成一條直線，劍身反彈，發出嗡嗡不絕的低頻音波，周圍的雨水為音波震碎，細密的雨霧瀰散在姬飛花的周圍，夜色本已降臨，迅速擴展的雨霧更降低了視野的可見度。

姬飛花的面龐籠罩著陰冷的殺機，緊繃的唇角緩緩吐出一句話：「你敢背叛我！」

慕容展靜靜佇立在一丈外的地方，白眉如劍，一雙灰白色的瞳仁在夜色中灼灼生輝，越是在暗夜之中，他的目力就越是強勁。蒼白的面孔毫無表情，人無情，劍更無情！

慕容展的劍法最強的不是速度和力量，而是他出劍的同時可以震碎雨水，營造出大片的雨霧，短時間內周遭已經是霧氣瀰漫，利用霧氣，慕容展可以隱藏自己的身體，發動對姬飛花的刺殺。

姬飛花輕聲歎了一口氣，長袖揮出，一道勁風就已經驅散了周遭的霧氣：「米粒之珠也放光華！」

身後靈霄宮在失去九根支撐穹頂的盤龍抱柱之後，宮牆終於無法支撐住屋頂巨大的重量，在驚天動地巨響中坍塌，煙塵瀰漫，沙石飛起，一條身影從煙塵中飛出，一拳向姬飛花的後心攻去，出拳的時候，拳力軌跡所經行的地方暴雨改變了方向，圍繞乾枯瘦削的手臂盤旋凝聚，在抵達姬飛花身前一尺的時候，已經變成了磨盤般大小，晶瑩的水流包裹著拳頭，圍繞拳頭不停旋轉，空間被一股無形的吸引力牽拉下去，所有一切都向拳頭聚集。

與此同時慕容展也開始啟動，手中細劍在虛空中劃出一個閃亮的十字，劍光十字凝結之後，光芒不散，筆直向姬飛花的面前推進，隨著不停推進，十字劍光迅速擴展增大。慕容展出手奇快，又在十字劍光分裂的四個不同區域內，迅速劃出了八劍，十字劍光之中生出四道十字劍光，劍光交叉成為一張雪亮的劍網，鋪天蓋地，籠罩向姬飛花的周身。

姬飛花的身影傲立於雨夜之中，目光依舊冷漠孤傲，腹背受敵，生死一線，在兩名絕頂高手的夾擊下，他的雙目之中卻並沒有流露出絲毫的恐懼。他的右腳微微抬起，然後果斷有力地向地面上踏去，整個地面震動起來，雲廟前方的百年側柏猛然晃動，棲息在雲廟內避雨的神鴉被這劇烈的震動驚醒，一個個發出驚恐的尖叫，冒雨振翅飛出了雲廟。

十字劍光因為震動光影微微顫抖起來，包裹拳頭的水流也泛起了一絲漣漪，但是這並不能阻止來自對手的攻勢。

對姬飛花而言，哪怕是微小的機會就已經足夠，身軀在兩人的夾擊中憑空消失，閃電般升騰到空中五丈的高度，然後一掌劈向王千的頭顱，王千的實力要比慕容展更為強大，只有率先剪除這個強大的對手，方才可以扭轉形勢。

王千及時收回拳頭，也是一掌迎向空中，慕容展的身軀騰空而起，手中細劍幻化出萬千劍影，向姬飛花的後心瘋狂刺去。

蓬！雙掌相撞，王千腳下的花崗岩地面寸寸而裂，雙足下陷，小腿已經被地面湮沒，足見姬飛花掌力之強大，他還有足夠的時間躲過後方慕容展的刺殺。可是王千雙腿陷入地下，無法移動腳步，此時正是誅殺他的最好時機。

機不可失，失不再來！姬飛花左拳向王千的胸膛攻去，王千右手去拿他的手腕，居然一把就將姬飛花的手腕抓住，心中大喜過望，卻不知姬飛花乃是虛招，嘴唇微啟，一道白光無聲無息射向王千的右眼，如此近距離的情況下王千根本無可閃避，他終究還是心機上遜色一籌。情急之下唯有將頭顱微微偏了一分，就是這一分，讓他撿回了一條性命，姬飛花口中吐出的鋼針若是直行射入他的眼眶，必然深深貫入他的顱腦，以姬飛花的內力，雖然是小小的一根鋼針，也足以震碎他的大腦。偏出的一分，讓鋼針在眼眶中飛行的軌跡向右外側偏斜，饒是如此，王川的右眼也已經爆裂開來，鋼針刺入顳側的骨骼，讓他頭痛欲裂。

慕容展的劍鋒已經湊近了姬飛花的後心，劍鋒刺入肌膚的剎那感到微微一滑，可仍然還是刺了進去，姬飛花遇刺之後，身軀擰動，深入體內的細劍被他的身體擰轉彎曲，最終掙脫出了他的體內，姬飛花的右拳以迅雷不及掩耳之勢砸在慕容展的小腹之上，將慕容展打得橫飛出十餘丈，撞擊在靈霄宮右側的銅獅之上，慕容展落地之後以劍拄地，噗的一聲噴出一口鮮血。

姬飛花落在地面上，被慕容展刺破了後背，鮮血汩汩流出，他冷冷望著滿臉是血的王千。王千右眼被射瞎之後，面目輪廓發生了變化，原來他一直都是用功力改變面部肌肉的輪廓，如今恢復了本來的面貌，竟然是藏書閣總管李雲聰。

姬飛花咬牙切齒道：「李雲聰！你這老賊隱藏得果然夠深！」

李雲聰滿臉是血，一隻獨目望著姬飛花道：「姬飛花，今日就是你的死期！」

姬飛花呵呵笑道：「殺我？就憑你們？」

身後忽然傳來轟隆隆的巨響，靈霄宮坍塌的廢墟之中，一個身穿黑色甲冑的巨人站立起來，他的身軀約有丈二，周身包括著烏沉沉的甲冑，只有頭盔的位置露出一雙陰沉的眼睛，手中托舉著一根斷成半截的盤龍抱柱，宛如天神般出現，他每跨出一步，地面都為之震顫。

姬飛花方知今日最大的勁敵終於出現，他咬了咬嘴唇，忽然一個箭步向李雲聰竄了過去，他要在黑色巨人發起攻擊之前，率先將已經受傷的李雲聰剷除。

李雲聰染血的面龐顯得格外猙獰，冷哼道：「姬飛花！你失算了！」他乾枯的雙拳猛然在地上一擂，身體前方的花崗岩地面整塊豎起，擋住姬飛花的去路，可是僅憑一塊厚約兩寸的花崗岩又豈能阻擋姬飛花的腳步，一拳已經將花崗岩擊得粉碎，姬飛花抬腳向李雲聰的胸口踢去，這一腳必然要讓李雲聰命喪當場。

李雲聰的身軀卻突然沉了下去，憑空消失在地面之下，在他剛剛站立的地方只剩下一個黑黝黝的洞口。

黑甲巨人揮動手中的盤龍抱柱以力劈華山之勢向他的頭頂砸來，姬飛花身軀一晃，抱柱落空，砸在地面上，留下一個深達一尺的大坑。姬飛花沿著傾斜的抱柱，以驚人的速度奔襲而上，來到中途全力一躍，超越黑甲巨人的高度，右手在空中一彈，兩道寒光向黑甲巨人的雙眼射去。

黑甲巨人竟然不知閃避，姬飛花心中暗喜，卻見兩道寒芒命中目標，卻發出噹啷聲響，原來黑甲巨人的雙眼也有防護，只不過採用的是透明的眼罩。黑甲巨人揚起手中盤龍抱柱再度橫掃，姬飛花身軀飛起落在距離對方五丈以外的空曠地面上，冷冷望著那黑甲巨人：「你究竟是誰？」

黑甲巨人桀桀笑道：「你姬飛花詭計多端，難道還猜不到我是誰？」他揚聲發出一聲怪嘯，聲若驚雷，在雨夜中遠遠傳送了出去。

姬飛花道：「洪北漠！」除了深諳機關佈局智計百出的洪北漠，誰還有這樣的本事？

黑甲巨人道：「我終究還是小看了你，沒想到你會說動我的手下毒害於我！」

姬飛花微笑道：「彼此彼此，能夠說服慕容展倒戈相向，你的確有些本領。」目光瞥向遠處的慕容展，看到慕容展已經重新站立起來。

洪北漠道：「你始終沒有搞清楚一件事，如果想一個人死心塌地為你效力，絕不可用武力讓他屈服！」

姬飛花唇角露出一絲譏諷的笑意：「你是說，以德服人？」

洪北漠道：「不錯！」舉起盤龍抱柱向姬飛花撞擊而去。

姬飛花冷哼一聲：「我倒要看看你有多大本事！」他心中已然確定太上皇龍宣

恩剛才已經趁機逃出了靈霄宮，今天的這場局他們早有計劃，從龍廷盛得到蠟丸被發現，可能就是故意透露風聲給自己，讓自己產生懷疑，從而循著這條線找到靈霄宮，洪北漠這一手根本就是欲擒故縱。

姬飛花一掌拍向盤龍抱柱，蓬的一聲巨響，洪北漠前衝的勢頭被姬飛花一掌阻止，兩人充滿殺機的眼神透過層層雨霧交織在一起，於虛空中相互搏殺，兩人的內力順著盤龍抱柱向對方蔓延，在中點處會聚衝撞，兩股強大的內力撞擊引發爆炸，盤龍抱柱從中炸裂開來分成兩段，姬飛花的掌心離開抱柱，然後閃電般拍擊其上，抱柱的殘端旋轉著向洪北漠砸去。

洪北漠也將抱柱向姬飛花砸去，兩隻抱柱的殘端並未在空中相遇，姬飛花投出的抱柱砸在洪北漠的外甲之上，發出一聲巨響。洪北漠身軀只是微微一晃，外甲竟然沒有出現任何的損傷，右拳揮出，常人頭顱大小的拳頭倏然之間射向姬飛花，竟然脫離手臂飛旋而出。

姬飛花躲過洪北漠投來的抱柱，對方的拳頭又已呼嘯而來，原來洪北漠的右拳和身體之間有一條鋼索牽拉。

姬飛花身軀後仰，躲過對方的鐵拳，卻想不到那鐵拳在貼面飛過之時竟然分解變形，一根根菱形尖刺向姬飛花高速射去。危急關頭，姬飛花的身軀平貼地面向後方高速滑動。

那一根根尖刺錯失目標之後又倒飛回去，結合成為一體，重新組合成鐵拳，被鋼索牽拉回到洪北漠的手臂之上。

地面的花崗岩騰飛而起，向上撞擊在姬飛花的身體上，卻是隱匿在地下的李雲聰鎖定姬飛花的後退路線，伺機發動致命一擊。

這一掌時機把握得恰到好處，隔著花崗岩結結實實打在姬飛花的身上，隔山打牛，掌力透過花崗岩傳遞到姬飛花的身體上，力量的爆發點卻是在姬飛花的體內。

姬飛花挨了這一掌，唇角沁出一條血痕，身軀凌空而起，卻不敢馬上反擊，在虛空中連續兩個轉折，落地之時已經在靈霄宮銅獅的頭頂，姬飛花站立於銅獅之上，臉色顯得異常蒼白，在他對側的銅獅之上，慕容展挺劍而立，他的臉色比姬飛花更白，病態的蒼白，這會兒功夫已經從剛才姬飛花帶給他的重創中緩過勁來，銀灰色的瞳仁一動不動盯住姬飛花：「束手就擒，或許還有一條生路。」

姬飛花呵呵笑道：「你看來是不想要女兒的性命了！」

慕容展道：「你看我現在像不像投鼠忌器的樣子？」

一道閃電宛如扭曲的長蛇一般撕裂天幕，將整個縹緲峰頂照耀得亮如白晝，姬飛花的雙眸下意識地眨動了一下，慕容展的雙目卻是紋絲不動，他畏懼陽光，喜歡黑夜，但是卻從不害怕電光。

橫空而出的劍光可與閃電爭輝，這一劍的目的卻並非為了刺殺姬飛花，而是要封住他前方的退路。

洪北漠雙拳齊出，鋼索牽繫的雙拳如同兩條黑色蛟龍，一左一右向姬飛花狂轟而至。

姬飛花怒叱一聲，雙足一頓，腳下的銅獅被他踩得向下深陷，看得見的攻擊並不可怕，看不見的刺殺才最為致命，潛伏在地下的李雲聰很可能故技重施。

銅獅陷入地下之後，姬飛花的身軀並沒有急於脫離兩人的夾擊，卻出乎意料地向洪北漠的方向俯衝而去。

他的身軀在空中旋轉轉折，在兩根舞動鐵鍊的縫隙之中飛行穿梭，倏然已經來到洪北漠的面前，此時洪北漠的鐵拳尚未收回。

姬飛花隔空一掌劈向洪北漠的鐵甲，無形掌刀劈斬在洪北漠的外甲之上，雖然無形，可是劈砍之力，掌刀之鋒利甚至超出了神兵利器，外甲之上竟然被劈出一條長約一尺的白色印痕。

洪北漠的那雙鐵拳重新收納回來，一拳砸向姬飛花的身軀。

姬飛花身軀螺旋般升起，瞬間拔高一丈，然後全速向下墜落，一腳踏在洪北漠的頭盔之上，這一腳用盡了全力，踏得洪北漠雙腳深深陷入地面之中。洪北漠的肩甲移動，隱藏在內側的箭筒暴露出來，咻！咻！咻之聲不斷，數十支弩箭射向上方。

姬飛花一腳踢向洪北漠的面門，洪北漠的頭顱只是微微晃動了一下，他屈起右臂，一拳向上擊出，此時的洪北漠如同一頭鋼鐵猛獸，姬飛花對他的外甲毫無辦法。看到洪北漠再次揮拳攻來，身體向後倒飛意圖避其鋒芒。

洪北漠的身體破土而出，兩片胸甲移動開來，露出密密麻麻的箭筒，蓬！宛如蜂群般的鋼針密集向姬飛花射去。

姬飛花雙手揮舞，空中雨絲在他的身體周圍形成一面透明外罩，鋼針射擊在外罩之上，突破外罩繼續向姬飛花呼嘯而來，姬飛花身體急速旋轉，脫離透明水罩飛出，透明水罩在他的身後形成一道透明的漩渦，強大的離心力讓那些呼嘯而至的鋼針偏離了原有的軌跡，圍繞水流的方向旋轉起來。

姬飛花身軀在空中斜行向右轉折，拖在她後方的水流和鋼針混合的漩渦宛如漫天花雨般向慕容展籠罩射去。

慕容展手中細劍揮舞，在身體周圍形成一面光盾，光盾將雨水盡數阻擋在外，只聽到叮叮噹噹的聲音不絕於耳，那些鋼針輪番撞擊在劍鋒之上，雖然慕容展的劍夠快，可是仍然有數支鋼針疏漏，透過劍盾刺入他的體內。

姬飛花不敢戀戰，準備逃離此地，洪北漠看出他的意圖，雙拳再度飛出，飛到盡頭脫離鐵鍊的束縛，炸裂開來，菱形鋼梭呼嘯飛向姬飛花。一輪攻擊過後，又是一輪，他的外甲不停瓦解施射，到處橫飛的暗器封鎖住姬飛花每一條可能的退路。

姬飛花看到洪北漠主動卸掉外甲，暗忖斃敵的機會或已到來，身軀在漫天飛舞的暗器中迴旋遊走，靠近洪北漠，一拳向他攻去。

雙拳相撞，洪北漠被震得後退三步，卻見他雙目鮮紅如血死死盯住姬飛花。姬飛花冷哼一聲，又是一拳攻到，看到洪北漠出拳迎擊之時，故技重施，咄地吐出一根鋼針，直奔洪北漠的右眼。

鋼針卻在距離洪北漠眼皮尚有一寸的地方停滯不前，竟然被洪北漠的護體罡氣擋住，洪北漠咬破舌尖噴出一口血霧，一拳迎向姬飛花，他的這一拳比起剛才的力量又增加了數倍，化血般若功，以血養體，棄去外甲乃是要誘敵深入，姬飛花不肯靠近，他哪還有一招斃敵的機會。

雙拳撞擊在一起，姬飛花感覺一股強大無匹的力量透過自己的手臂傳達到了自己的體內，胸口如同被重錘擊中，噗地噴出一口鮮血，後背被慕容展刺破的傷口再度崩裂開來。

李雲聰的身影鬼魅般出現在姬飛花身後三丈處，雙手如抱日月，手臂之中形成了虛空之境，無形的吸引力將周圍的雨絲吸引到他的懷抱之中，姬飛花傷口中迸射出的鮮血在這股吸力的牽引下成為一條血線，血液源源不斷從姬飛花的體內流失出去。

姬飛花心中大駭，想要利用內力封住失血。洪北漠凝聚全力的一拳又已經來到他的面前，姬飛花此時卻做了一個出乎意料的選擇，他並沒有逃避，也沒有出拳應對，而是任憑洪北漠的這一拳擊中了他的胸膛，他的身體如同斷了線的紙鳶一樣倒飛出去。

李雲聰雙掌一錯，一個巨大的透明掌影於雨中生成，狠狠拍向姬飛花的後心。

姬飛花的身體撞擊在這巨大的透明手掌之上，手掌被他撞得頃刻間化成水霧，他身體去勢不歇如流星般撞向李雲聰。

李雲聰為之色變，雙掌平推向他的後心攻去。

李雲聰的雙掌擊中了姬飛花的後心，可是卻沒有止住姬飛花後退的勢頭，從姬飛花的後背傳來一股無可匹敵的巨大力量，如同一塊千鈞巨岩撞擊在李雲聰的心口，震得李雲聰倒飛了出去，姬飛花憑著自己的肉體承受了洪北漠的一拳，又將洪北漠這一拳的力量轉嫁到李雲聰的身上。

嫁衣神功！

姬飛花接不住洪北漠以化血般若功提升數倍內力之後的一拳，李雲聰也是一樣，李雲聰和姬飛花兩人被震得先後飛出，應該說李雲聰更慘，洪北漠這一拳大部分的力量都擊打在了他的身上。

姬飛花落地之後，口中鮮血狂奔，但是他卻不敢做任何停留，幾個起落已經向縹緲峰的南麓狂奔而去。

洪北漠已經識破了他的意圖，雙足在地上一頓，利用地面的反彈之力，龐大的身軀陡然彈射到五丈的高度，然後俯衝而下，落地之時雙腿又是一曲，然後再次彈射而起，高度已達十丈。血紅的雙目尋找到姬飛花的身影，他正在以驚人的速度投向縹緲峰南麓的瀑布。

洪北漠雙臂張開宛如一頭俯衝而下的蒼鷹，斬盡殺絕，決不可留有後患。

姬飛花雖然竭力狂奔，可是他移動的速度無疑受到了重傷的影響，雖然用嫁衣神功將洪北漠的致命一拳轉嫁到李雲聰的身上，可是也未能將洪北漠剛猛無匹的拳力完全化解，五臟六腑和經脈都已遭受重創。

瀑布已然在望，再有一丈就可脫離險境，洪北漠距離姬飛花尚有五丈距離。

姬飛花足尖一點，已經向瀑布跳去，一道劍光從側方橫飛而出，卻是慕容展揮出手中的細劍，劍鋒從姬飛花的左肋刺入，他轉身看了看，目光慘澹之極，身軀從縹緲峰頂直墜而下。

洪北漠落在瀑布邊緣，血紅的雙目極目望去，卻見姬飛花的身影宛如一片落葉般從高崖之上落下去，落在瑤池之中，湮沒於瀑布激起的水霧之中。

慕容展望著手中的細劍，劍鋒約有三寸染血，有氣無力道：「世上再無姬飛花這個人……」

洪北漠猛然轉過頭望著他，血紅色的眼神看得慕容展內心為之一驚。

洪北漠搖了搖頭：「就算將瑤池的水全都抽乾也要找到他的屍體。」他的身體晃了晃，眼中的血色在片刻間已經褪色許多，再不和慕容展說話，當下盤膝坐在地上，默默調息。

慕容展也遭受重創，剛才是凝聚全力刺出了那一劍，現在整個人已經完全脫力，拄著細劍靠在身後樹幹之上，這才沒有坐倒在地上。眼看著洪北漠的肌膚由黑轉紅，然後由紅轉白，魁梧的身體也開始以肉眼可見的速度收縮。

洪北漠長舒了一口氣，聲音中充滿了疲憊，再度睜開雙目之時已經變成了一個相貌清臒的中年男子，這才是洪北漠本來的面目，他向慕容展露出一絲微笑：「我會治好你。」

慕容展道：「化血般若功，使用一次就會折損五年壽辰，洪先生為大康社稷捨生忘死令人感動……」

洪北漠緩緩站起身來，目光再次投向那飛流直下氣勢磅礴的瀑布，低聲道：「希望陛下能夠明白我等的良苦用心。」

陰雨綿綿，道路難行，加上遭遇五絕獵人的阻殺，原本兩天就可以通過的灰熊谷，胡小天和霍勝男走了兩天還沒有出去的跡象，更麻煩的是，他們居然迷路了。

本來沿著那條山澗可以一直走到下游谷口，但是因為多場暴雨之後，灰熊谷內到處都是山澗橫流，胡小天在這蒼蒼茫茫的山林中很快就轉糊塗了，霍勝男本身就受了傷，再加上這兩天心境非常複雜奇怪，頭腦大受影響，動不動就走神，更是將所有的事情都交給胡小天去管。

胡小天分不清前路，心想著老馬識途，就讓小灰為他們帶路，可小灰帶著他們兜來繞去，在山谷裡繞了整整一天，居然又繞回小黑被殺的地方，胡小天真是有些欲哭無淚了，氣得差點沒揚起藤條狠抽小灰一頓。

可看到小灰垂頭喪氣，傷心難過的樣子，又有些不忍心。

霍勝男歎了口氣道：「很多人還不如畜生重感情呢。」望著小黑仍然躺在那裡的屍體，還好沒被野狼吃掉，看來他們把野狼給殺怕了，一時半會不敢到這邊來。她低聲道：「不如咱們還是將小黑葬了吧，一來免得野狼吃了牠的屍體，二來也算是幫助小灰完成心願。」

胡小天倒是沒有那麼多悲天憫人的情懷，看到天色又黯淡了下來，雨越下越大，現在走也找不到明確的方向，最明智的辦法就是留在這裡宿營，等到雨停之後，找準方向繼續前進。

於是找了些碎石塊將小黑的屍體埋葬，胡小天很快就發現，想要給一匹馬建墳絕不是件容易的事情，足足花費了他一個時辰的時間，方才將小黑的屍體給埋了。

霍勝男傷勢較重，胡小天讓她找個避雨的地方歇著，小灰倒是全程在胡小天的身邊跟著，顯然明白主人之所以如此辛苦勞作，全都是為了牠死去的愛人。

說來奇怪，埋葬小黑之後，這場暴雨就突然停歇了，空山雨後，空氣格外清新，胡小天尋找了一塊平坦的坡地，紮好了營帳。

紮營的功夫，霍勝男已經接連射下了四隻山鳥。

胡小天樂呵呵將獵物撿回，他發現跟著箭術好的人在一起，永遠不用擔心伙食的問題，靠山吃山靠水吃水，那也得有本事才行。

夜幕降臨的時候，胡小天終於成功在營帳前生起篝火，潮濕的樹枝燃起很大的煙霧，幸虧他們已經將敵人盡數誅殺，不然這煙霧和火光就已經暴露出他們的位置所在了。

霍勝男坐在篝火旁一邊烘乾衣服，一邊用樹枝挑著火焰，胡小天將破肚清洗後的山鳥串起來架在火上烘烤。目光向霍勝男望去，卻見霍勝男的俏臉在火光的映襯下顯得格外嬌豔，黑長的睫毛下一雙美眸呆呆望著火光顯得有些迷惘。

胡小天故意咳嗽了一聲以吸引她的注意。

霍勝男將手中的樹枝扔到篝火上，雙手抱膝，俏臉貼在手臂上，柔聲道：「你說他們還會不會派人來刺殺我們？」

胡小天笑道：「來一個殺一個，來一對殺一雙。」

霍勝男道：「如果不是我，或許你這一路之上都會順順利利的，是我給你帶來了那麼多的麻煩。」

胡小天呵呵笑了起來：「自家人何必說兩家話。」

霍勝男秀眉顰起，瞪了他一眼抗議道：「咱倆可沒熟到哪個份上。」

胡小天道：「怎麼沒有，咱倆不但是朋友，還是親戚呢。」

霍勝男不禁有些想笑，他總是胡說八道，搖了搖頭道：「朋友我承認，不過親戚又從何說起？」

胡小天道：「咱倆是親家！」

霍勝男啐道：「以後的事情誰能說得清。」

胡小天笑瞇瞇道：「現在就是，我把小灰當成兒子看，你把小黑當成女兒看，小灰跟小黑是夫妻關係，咱倆不是親家是什麼？」

霍勝男聽他這樣說還真是有幾分道理，可小灰跟小黑是夫妻關係他怎麼知道？莫非……一想到那天小灰爬到小黑背上的場面，霍勝男的俏臉頓時紅了起來，輕聲啐道：「牠們才不是什麼夫妻關係。」

胡小天道：「雖無夫妻之名，卻有夫妻之實。」

霍勝男聽他這樣說，已經明白這廝肯定什麼都看到了，真是羞死人了，如果讓他看到自己當時也在看小灰和小黑做那種事情，這讓自己以後還如何見人呢？霍勝男簡直是對胡小天無法直視了。

胡小天將剛剛烤好香噴噴的山鳥遞給了霍勝男道：「吃吧！吃飽了美美睡上一覺，醒來就是一個豔陽天。」

霍勝男接過山鳥，點了點頭道：「今晚我來值夜，你睡帳篷！」

胡小天笑道：「不用，你受了那麼重的傷，需要好好休息，還是我來值夜吧。」

霍勝男道：「你受傷豈不是更重？」

胡小天道：「那就一起睡？」

霍勝男道：「胡小天，你是不是非得逼我討厭你？」

胡小天笑道：「那我還是在外面守夜，順便練功療傷，咱們各得其所。」

霍勝男生怕他再說出什麼無恥的話來：「隨便你！」

好不容易才烘乾了衣服，胡小天攀上前方的山岩舉目望去，卻見夜空中烏雲散盡，繁星點點交相輝映，他舒展了一下雙臂，後背的傷口尚未癒合，這一動又觸動了傷勢，不由得皺了皺眉頭，回想遭到五絕獵人圍攻的情景，仍然心有餘悸，這個世界並不比昔日的世界太平，本以為離開大雍就意味著暫時脫離困境，卻想不到追殺仍然接踵而至。就算回到大康，也並不意味著麻煩的結束，安平公主的事情還需要向朝廷解釋，姬飛花對自己是否還會像過去那樣看重？自己對他是否還有利用的價值？一時間心潮起伏，胡小天正在沉思之時，忽然看到夜空中一道閃亮的光芒劃過，卻是一顆流星拖著彗尾從天空中貫穿而過。

身後響起霍勝男充滿喜悅的歡呼聲：「流星！」

胡小天轉過身去，方才發現霍勝男就站在營帳前，她也看到了流星，也像自己一樣眺望星空？從她的角度雖然不及自己看得清楚，可是她視野中的風景必然有自己的存在，難道她欣賞的是自己？

霍勝男雙手抱拳緊貼下頜，美眸緊閉默默祈禱，傳說中對著流星許願就可以實現心中的願望。

胡小天笑了起來，再度轉回身去，夜空中流星的光芒已經消失不見。他朗聲道：「你許了個什麼心願？是不是跟我有關呢？」

霍勝男瞪了他一眼道：「的確有關，我希望你永遠不要在我面前胡說八道！」

胡小天笑道：「咱倆沒仇沒恨吧，你至於這麼咒我？」

霍勝男芳心中暗忖，人家許了什麼心願才不會對你說，擺了擺手：「早些休息！」

胡小天的後背被黑心童子謝絕後刺破的傷口很深，雖然毒素對他沒有起到任何的作用，可是這麼深的傷口若是想徹底痊癒也需要一些時間。獨眼巨人趙絕頂的重拳也震傷了他的肺腑，他的確需要運功療傷。胡小天目前對無相神功的玄妙已經有了深刻的瞭解，運用無相神功不但可以化解體內的異種真氣，還可以大大增進自身

復原的速度。

盤膝坐在岩石之上，收起自己紛亂的念頭，明天誰也不知道會發生什麼事情，正如自己當初也從未想到會來到這個時代。只要有一口氣在就要努力活下去，多活一天，就賺上一天！

自從吸取了黑屍的功力之後，胡小天丹田氣海蘊含的內力比起昔日又強大了許多，每一次運用無相神功等同於體內的一次自我過濾過程，將來自於外界的內力進行純化，將之馴服化為己用，最終成為自身真氣的一部分。

內息從丹田氣海之中奔流而出，胡小天對於行功的方法已經有了相當的心得，必須學會控制內息在體內的流淌，要在丹田氣海於經脈間，每一個經脈間設置一個個無形的閘口，如果丹田氣海比之於蓄水的水庫，每次行功的過程如同洩洪，必須要控制好出水量，方才能夠保證河道不被衝垮，修煉內功如同在體內開挖一場聲勢浩大的水利工程，任何一個環節出現錯誤都可能出現偏差，稍有不慎就會有潰堤的危險。

內息宛如涓涓細流沿著胡小天的奇經八脈貫通全身，一個人如果可以達到有效控制內息的地步，那麼他在內功上的修為就已經達到一流境界，可是說來容易做起來卻極其艱難，以胡小天的悟性，到現在都沒有達成隨心所欲劍氣外放的地步。

內息同樣是一把雙刃劍，運用得當可以健體強身，運用不當卻會對身體有害無益，輕則武功不進反退，重則走火入魔，成為廢人，甚至因此而犧牲性命。這才是為何修煉往往要選擇清幽的靜室，修煉的過程最忌諱被人干擾。

星光靜靜照射胡小天的身體，胡小天的經脈之中，一條內息匯成的涓涓細流循環往復，經過之處猶如春風拂掠，說不出的舒服受用，身體傷口的疼痛減輕了許多。

有種身體內部被洗滌一清的感覺，身體的每一部分都沐浴在內息的洗滌中，或許這就是伐毛洗髓的感覺，胡小天又產生那晚在河邊的感覺，傷口處的肌肉微微顫抖起來，他甚至能夠聽到肌肉癒合的聲音，閉上雙目，腦海中幻化出一幅肌肉迅速成長的影像。

胡小天嘗試著慢慢增大內息的流量，感覺內息經行到背部經脈之時，傷口痊癒的速度似乎加快了，胡小天心中又驚又喜，看來找到了療傷的方法，用這種方法進行下去，或許明天清晨自己身上的傷就會完全康復。內息在體內奔流循環，胡小天越練越是有信心，越練越是身心暢快，內息在經脈內往復五次之後，感覺肩頭傷口再無異樣，似乎完全痊癒。胡小天心中暗自欣慰，決定再行功一遍，結束今天的修煉，丹田氣海中內息的流量不再刻意控制，如同往常一樣運行。

內息運行到肩頭經脈也毫無淤滯的順利通過，就在胡小天認為自己的經脈已經完全修復的時候，忽然感覺到肩頭劇痛，封閉的經脈如同開了一個小窗，內息向外飛瀉，胡小天心中大驚，慌忙收回內息，將體內的內息重新導入丹田氣海，卻不知哪裡出了岔子，丹田氣海和經脈之間的聯通突然中斷，循環在經脈中的內息再也無法流轉回去，胡小天驚恐萬分，張口想要呼救，嘴巴張開老大卻發不出任何聲音，他勉強站起身來，向前走了一步，右半邊身體卻變得麻木不仁，身體頓時失去平衡，從那塊岩石上嘰哩咕嚕地滾落下去，後背重重摔在地上，痛得胡小天骨骸欲裂，眼前一黑竟然暈了過去。

再度醒來的時候，看到仍然是在夜裡，眼前的景物由模糊變得漸漸清晰，映入眼簾的是霍勝男充滿關切的俏臉，她一邊拍打著胡小天的面龐一邊焦急道：「胡小天你醒醒！」

胡小天望著霍勝男想說話，可嘴巴張了張卻發不出任何的聲音。

霍勝男道：「你別嚇我？你怎麼了？你倒是說話啊！」

胡小天也想說話，可就是發不出聲音，他嘗試著抬起左手，還算正常，再想抬起右手，天啊！無論他怎樣努力右手都一動不動，胡小天這下徹底慌了，左手將右手拉起，一點知覺都沒有，一鬆手，右手軟綿綿垂落下去。胡小天又抬了抬左腿，左腿好好的，右腿也和右手一樣失去了知覺，他頓時覺得自己悲劇了，最後記憶停留在從岩石上摔落下來的一刻，自己該不是摔下來時傷到了腦袋，摔出了腦出血，壓迫住了自己的左半邊大腦，導致右側身體癱瘓吧？偏癱？真要是如此，我慘了！

簡直是生不如死啊！

霍勝男看到他嘴巴張張的就是不說話，不由得有些懷疑了，自己騙他向流星許願讓他以後永遠不要在自己面前胡說八道，其實根本就是假的，他是不是因為這句話所以才故意裝成這個樣子來嚇自己？想到這裡，霍勝男滿臉狐疑道：「你不會說話了？想不到我許願這麼靈驗？」

胡小天愁眉苦臉地望著霍勝男，想說我真不是裝的，現在他算是知道什麼叫有口難言了。霍勝男顯然缺乏必要的醫學常識，根本沒有意識到胡小天遇到麻煩了。

胡小天還好有左手，他示意霍勝男將手伸出來，霍勝男本來還有些不情願，以為胡小天故意使詐占她便宜，最後還是同意了，胡小天在她的掌心寫著：我病了！

霍勝男切了一聲。

胡小天心中暗歎，這女人怎麼一點同情心都沒有？他繼續寫著：右邊身體一點感覺都沒有了。

寫了兩遍，霍勝男才領會透他的意思，將信將疑道：「真的？」

胡小天又寫：不信你抽我一耳光試試。

霍勝男揚手照著他臉上輕輕打了一巴掌，左臉！胡小天下意識地將腦袋一偏，這巴掌也是虛的。

霍勝男得意洋洋道：「就知道你騙我！」

胡小天這個鬱悶吶，姑奶奶，拜託你用用腦子好不好，他指了指自己的右臉。

霍勝男咬了咬櫻唇，心想讓你騙我，這次是你主動讓我打臉的，不跟你客氣了，又一巴掌抽了上去，這巴掌抽了個正著，啪的一聲極其清脆，聲響把霍勝男都嚇著了，她充滿歉意道：「我不是真心想打你，沒想到你會不躲！」

胡小天右臉被霍勝男抽出了五條紅腫的指印，霍勝男這次顯然是真打，她以為胡小天又能輕鬆躲過呢，卻沒想到這廝這次居然沒躲開。

胡小天可憐巴巴地望著她，在她掌心上寫著：右邊身體不能動了。

霍勝男這才相信胡小天沒有騙她，頓時急得手足無措：「胡小天，胡小天，你別嚇我，你怎麼了？怎麼會突然就不能動了呢？」

胡小天用左手示意她把自己給扶起來，霍勝男稍一鬆手，這廝就失去平衡向後倒去，根本就站不住，霍勝男意識到情況嚴重了，慌忙扶住他的身軀道：「肯定是中風了，過去我見過這樣的病人。」

胡小天苦笑，現在連笑嘴巴都是歪的。

霍勝男急得眼圈都紅了：「都怪我，不該讓你在外面吹風的，你本來就重傷未癒，若是讓你在營帳內休息，或許就不會有這樣的事情發生。」

胡小天心裡也是鬱悶透頂，別看他是醫生，醫者不能自醫，自己的症狀表現有些像半身不遂，可是再看那塊岩石並不高，下面也是鬆軟的土壤，自己好像是滾下去的，也似乎沒有摔倒腦袋，回憶起此前的情形，現在的狀況很可能還是練功出了岔子造成的。

霍勝男道：「你的病情不能耽擱，必須儘快找到大夫為你醫治，小天，我不跟你鬥氣了，再也不跟你鬥氣了，咱們這就走！」

霍勝男看到胡小天病情嚴重不敢耽擱，即刻就收拾營帳，將胡小天抱到了小灰的背上，胡小天現在甚至連坐都坐不穩，只能讓他趴在馬背上，再用綁帶將他在馬上綁好，小灰雖然神駿，可是畢竟山路難行，再加上他們隨身的行李也不少，霍勝男不忍加重小灰的負擔，若是僅有的這匹坐騎累垮了，她就只能背著胡小天徒步而行了。

星空中辨明了北斗星的位置，霍勝男牽著小灰向相反的方向而行。

胡小天趴在馬背上，雖然右半邊身體不能動彈，可是並沒有影響到這廝的大腦，腦子一如往常那般靈活，從最初的慌亂中也漸漸冷靜了下來，根據自己目前的症狀來看，中風的可能性很小，應該是在修煉無相神功的時候出了岔子，嘗試用內息修復右肩傷口的時候過於激進，所以內息產生了岔子，發生了內息外泄的狀況，每個人的身體都會有自我防禦機制，出於本能，丹田氣海切斷了和周圍經脈的聯絡，傷處的外泄口也已經封閉，於是有相當一部分內息被困在了某段經脈之中。經脈阻塞導致右半邊肢體行動異常，看起來如同中風的症狀差不多。

想要恢復正常，就必須將淤滯的經脈重新打通，可是若想內息流通，首先要重新啟動丹田氣海，丹田氣海於奇經八脈來說有如發動機引擎，只有它工作起來才能夠將內息源源不斷地輸送前往全身各處。

胡小天嘗試著啟動內息，雖然能夠感覺到丹田氣海之中仍然有雄渾的內息在鼓動，但是卻找不到宣洩的出口，因為剛才的內息外泄，機體自發封閉了丹田氣海的各個出口，將他的丹田和經脈隔離了起來。

胡小天暗暗叫苦，但是也明白有些事情心急也於事無補，自己最好還是順其自然，或許過段時間，不知不覺就能夠重新打開丹田氣海的封閉禁錮呢？然而這種想法只能是聊以自慰罷了。

清晨在不知不覺中到來，陽光透過樹葉的罅隙投射進來，在山谷中留下一個個金色的光影，霍勝男徒步走了兩個時辰，她的傷勢本來就沒有痊癒，經過這段時間不眠不休的趕路，身體已經是疲憊至極，抬起手來用袖口擦了擦額頭的汗水，看到馬背上的胡小天，胡小天的左手不停揮舞，似乎有什麼事情。

霍勝男決定休息一下再走，將他從馬背上解開抱下來，胡小天單腿站在地上左手指了指自己的雙腿之間，歪著嘴唇做出噓噓的表示。

霍勝男的俏臉不由得紅了起來，原來這廝是內急了，換成平時，她才不會幫胡小天做這種事情，可是今時不同往日，胡小天半身不遂，自己總不能對他不聞不問，攙扶住胡小天的右臂，這廝跳啊跳啊，跳到草叢處，急著解開褲帶，越是著急越是解不開。

霍勝男無奈，只能幫他將褲帶解開，慌忙扭過頭去，很快就聽到一陣嘩嘩流水的聲音，霍勝男羞得俏臉一直紅到了脖子根，胡小天這一泡尿尿了好久方才結束，臨了還舒坦地顫抖了一下。

霍勝男皺著眉頭道：「好了沒有？」

胡小天說不出話，用左手拍了拍她的手背，霍勝男突然想起他的手剛剛摸過那地方，現在又來摸自己，心中一慌，下意識地鬆開胡小天，胡小天馬上失去了平衡，一頭照地上栽了過去，臉部衝著剛才自己新鮮出爐的那灘尿跡就拍過去了，這廝情急之下大聲慘叫，卻想不到居然叫出聲來：「啊……」

眼看就要啃上去的時候，霍勝男又反應了過來，及時伸出手去，一把將他拉住，胡小天的嘴巴距離下方的尿跡只剩下不到一寸的距離，一股腥臊之氣撲鼻而來，胡小天嚇出了一身的冷汗，就差那麼一點恐怕就要自產自銷了。

霍勝男將他拉了起來，胡小天驚魂未定道：「差點就啃上去了……」

霍勝男聽他居然恢復了語言能力，又驚又喜道：「胡小天，你能說話了！」

胡小天這才意識到自己突然就恢復了語言能力，自然也是欣喜異常，不過他的高興並沒有持續太久，因為他很快就發現自己除了語言能力恢復之外，右邊肢體的運動協調性並沒有恢復，甚至沒有絲毫改善的跡象。

日出日落，轉眼之間一天已經過去，胡小天雖然恢復了語言能力，可是這一天卻很少說話，甚至很少吃飯喝水，他表面上雖然玩世不恭，可骨子裡卻是個自尊要強之人，突然之間淪為了一個廢人，讓他的心理難免產生了巨大落差，開始的時候他還希望情況很快就可以改善，可整整一天過去了，他仍然這般模樣，胡小天開始懷疑自己會不會一輩子都這個樣子，他儘量少喝水少吃飯是為了避免給霍勝男帶來更多的麻煩，還有一個原因是他必須要保持一個男人應有的自尊，可現在連撒尿這麼簡單的問題都需要依靠霍勝男的幫助了，胡小天不敢繼續想下去，如果這輩子都要這個樣子，他還不如乾脆死去。

過去當醫生的時候雖然同情癱瘓病人的處境，卻沒有真切的體會，如今自己也變成了偏癱，方才知道人如果在這樣的狀況下還能堅持活下去需要多大的勇氣。

霍勝男對胡小天的態度卻越來越溫柔了，從胡小天憂鬱的眼神中她察覺到了他的傷感，霍勝男柔聲道：「你渴不渴？」

胡小天左手擺了擺。

「你需不需要方便一下？」霍勝男開始的時候還難以啟齒，現在問得已經很自然了，因為她已經將胡小天當成了一個病人。

胡小天恰恰最受不了的就是這個，在霍勝男眼中自己已經成了一個廢物，他有種發作的衝動，可旋即又擺了擺手。

霍勝男道：「眼看就快天黑了，咱們應該距離灰熊谷南邊的出口不遠了，根據地圖上的標注，附近應該有座靈音寺，咱們去那邊投宿好不好？」

胡小天對任何事都失去了興致，低聲道：「隨便！」

霍勝男知道他心情不好，安慰他道：「你不用心急，等明天離開灰熊谷，就是邵遠城，邵遠是大雍南部重鎮，一定可以找到高明的大夫。」

胡小天沒有回應她。

霍勝男心中暗歎了一口氣，牽著小灰，拖著疲憊的步伐繼續而行。此時夕陽漸漸落山，整個灰熊谷內被金色的餘暉籠罩，山風徐徐，隱隱送來暮鼓之聲。胡小天雖然右側肢體活動受限，但是他的聽覺還是一如既往的犀利，早已聽到了鼓聲，按照霍勝男剛才的話來推測，靈音寺應該就在前方不遠處了，不過他現在心中意趣索然，對任何事情都提不起精神，自然也懶得提醒霍勝男。

又往前走了半里多路，霍勝男方才聽到鼓聲，欣喜道：「胡小天，你有沒有聽到鼓聲？」

胡小天沒說話，趴在馬背上閉著眼睛假裝已經睡著了。

霍勝男看了看他，於是不再說話，拉了拉韁繩，加快了腳步，為了儘快趕出灰熊谷找到大夫給胡小天治病，她從昨晚至今都在不停趕路，雙腳都已經磨出了不少血泡，體力也處於嚴重透支的境地，全憑意志支撐下來。

又往前走了二里路程的樣子，聽到前方傳來陣陣笑聲，灰熊谷內的山澗在此地變得寬闊，水流依舊湍急，不過河水很淺，夕陽在遠方的山巒頂部只剩下最後一抹紅色，餘暉將河水染得通紅，六名健壯的青年僧人正在河邊打水。他們全都穿著灰色僧衣，僧衣洗得發白，上面也打了不少的補丁，寺內生涯枯燥無聊，而且戒律森嚴，難得出來透氣放風，幾名僧人不知在說什麼樂事，一個個笑得開心不已，為首的國字臉龐的青年僧人率先發現了山路上的兩人一馬，灰熊谷內人跡罕至，雖然這裡距離南邊的谷口已經不遠，可是很少有人從谷內穿行，六名僧人全都向上看去。

那國字面龐的僧人挑著兩桶水，大步流星迎向霍勝男道：「這位女施主，你們遭遇了什麼事情？」因為看到胡小天趴在馬上一動不動，所以他才會有此一問。

霍勝男向那僧人雙手合什道：「這位師傅，我們姐弟兩人從宇陽城而來，前往邵遠投奔親戚，可是我們在灰熊谷中遭遇了狼群，我弟弟為了保護我不慎從山岩上摔下來，受了重傷。路過此地，看到天色已晚，想求寶剎收留借住一晚，不知師傅可願行個方便？」

那僧人道：「小僧覺正，他們是我的五位師弟，我們全都是靈音寺五觀堂的僧人，女施主不必擔心，我們靈音寺專門有提供給過路客商休息的房間，請隨我來吧！」

霍勝男看到這幾名僧人全都相貌淳樸，舉止端正，暗想他們應該不是壞人。胡小天卻深諳凡事不能只看外表的道理，想當初他前往西川的途中，就在蘭若寺被一群惡僧設計，如果不是自己警惕，當時就會遭了毒手，深山古剎，總之還是小心為妙，看到幾名僧人已經挑起水桶在前方引路，他低聲提醒霍勝男道：「務必小心。」

第五章

休想甩開我

霍勝男俯下身去，輕輕在他額頭上吻了一記，
她附在胡小天耳邊道：「我還能到哪裡去？
你都那樣對我，你以為我這輩子心裡還可能有別人嗎？」
她這番話說得無比艱難，可是她又不能不說，
看著胡小天的意志逐漸消沉，她心痛如絞。

前方覺正已經走出十多丈，不過這樣的距離仍然將胡小天的這番話聽得清清楚楚，覺正轉身笑道：「施主不必多心，我靈音寺乃是千年古剎，禪門正宗，光明磊落，以德渡人。」說完扛著水桶繼續向前走去，六名僧人全都不用扁擔，雙臂平伸拎起雙桶，那水桶比起尋常所見都大上一號，外面雖然塗抹著朱紅漆色，裡面卻不是木材，而是實打實的鑄鐵材質，不算水的重量，單單是每只鐵桶的份量都要在五十斤左右。

六名僧人雙臂承擔著這樣的重量卻依然健步如飛，足見他們的武功全都非同尋常。為首的覺正更不是普通的人物，胡小天雖然沒用傳音入密，可也是聲如蚊蚋，居然被他聽得清清楚楚。

霍勝男向胡小天笑了笑，低聲道：「你不用多慮，靈音寺雖然地處偏僻的深谷，但卻是大雍的七大古剎之一，擁有很大的聲譽。」

胡小天心中暗歎，自己現在想得再多又有什麼用處，真正遇到了麻煩也唯有束手待斃的份兒，不過霍勝男既然這樣說，應該不會有錯。

拐過前方的山腳，就看到一座古廟臨水而立，紅牆在夕陽下璀璨生光，殿角的銅鈴在風中響動，晚禱的暮鼓在悠揚奏響。

靈音寺的規制並不算大，因為建在深山的緣故，牆頭屋頂瓦片之間生有不少的荒蒿，兩廓禁閉，山風吹送，松濤陣陣，六名僧人帶著他們來到山門前，山門也非常陳舊，只是匾額上靈音寺三個大字金光閃閃，還散發著新鮮的油漆味道，應該是剛剛修補過不久。

覺正將手中的兩桶水交給其中一名師弟，然後向霍勝男道：「女施主，按照我們靈音寺的規矩，外客是不可以在寺內留宿的，不過我們方丈特地在前方修建了七間茅廬，提供給路人和香客們短期留宿之用。」他指了指西南方向。

霍勝男舉目望去，看到一條小路蜿蜒連接到半山腰處，竹林掩映之中果然有七間茅舍。

覺正帶著他們兩人來到茅舍前，霍勝男發現茅舍外面的松樹上已經栓了一頭黑驢，顯然有人在他們之前來到了這裡。覺正推開中間的一間房，這是其中最大的一間，裡外兩間，這和尚考慮事情還是非常周到，如此安排也是為了方便霍勝男照顧。

霍勝男準備去抱胡小天下來的時候，覺正走了過來，主動幫忙抱起胡小天，胡小天有生以來好像還是頭一次被男人這麼橫抱在懷裡，想想自己昔日的風光，在看到如今的窩囊和落魄，真恨不能一頭撞死算了。

霍勝男將行李拿入房間內，又將小灰安頓好，回到房內，看到覺正已經幫助胡小天躺在床上，霍勝男輕聲道：「多謝師傅仗義相助。」

覺正微笑道：「我佛慈悲，施主不必客氣。」他辭別離去之時讓霍勝男好好休

息，等半個時辰他就會送晚餐過來。

覺正離去之後，霍勝男來到胡小天身邊，看到他躺在床上一言不發，柔聲道：「你想吃什麼？」

胡小天歎了口氣道：「勝男，你還是別管我了，我可能這輩子都這樣了。」

霍勝男道：「那又如何？」她幫著胡小天將鞋子脫掉，伸手幫他輕輕揉捏著右腿，希望有助於幫他恢復。

胡小天道：「我忽然有個想法，不如你就將我留在這裡，靈音寺乃是佛門聖地，應該慈悲為懷，應該不會對我放任不管。」

霍勝男咬了咬櫻唇道：「你什麼意思？想要出家當和尚嗎？」

胡小天苦笑道：「我現在這個樣子，就怕別人不肯收我，只要他們肯收，我當然求之不得。」

霍勝男道：「你心裡是害怕拖累我嗎？」

胡小天搖了搖頭道：「咱們之間只是普通朋友罷了，我怎麼會拖累你？你對我也無需承擔任何的責任。」

霍勝男道：「我卻不那麼想。」

胡小天閉上眼睛，似乎心意已決：「明天清晨，你騎上小灰離開這裡，念在咱們朋友一場，你幫我辦幾件事，我行囊中有筆墨紙硯，回頭你幫我研墨，我將要辦的事情全都寫下來。」

霍勝男搖了搖頭。

胡小天道：「什麼意思？」

霍勝男一字一句道：「你休想甩開我！」

胡小天真是哭笑不得：「不是我要甩開你，是我不想拖累你，我已經變成了這個樣子，你總不能伺候我一輩子？」

霍勝男道：「那又如何？」

胡小天眨了眨眼睛，當然是一隻左眼：「你不用覺得過意不去，雖然你對著流星許過一個惡毒的願望，可我現在能說話了，證明那件事不靈，我現在這個樣子跟你沒關係，你不用補償什麼。」

霍勝男道：「我想怎麼做是我自己的事情。」

胡小天的情緒忽然激動了起來：「我現在就是一個廢人，我不想拖累你，我不想連撒尿都要讓女人扶著，你知不知道，這樣讓我連一丁點做人的自尊都沒有了，我感覺自己根本就不是個男人，甚至連人都算不上！」

霍勝男咬了咬櫻唇，美眸中眼波卻變得異常溫柔：「你在我眼中是這個世界上最優秀的男人，沒有人比得上你。」

胡小天就快發瘋了，霍勝男這是在安慰自己嗎？怎麼感覺比往他心裡戳刀子還要難受。

胡小天道：「如果你真的還把我當成朋友，就給我保留一些尊嚴，你走吧！」

霍勝男俯下身去，鼓足勇氣，輕輕在他的額頭上親吻了一記，羞澀讓她的俏臉飛起兩片紅暈，她附在胡小天的耳邊，用只有他能夠聽到的聲音道：「我還能到哪裡去？你都那樣對我，人家連這裡都被你摸過了，你以為我這輩子心裡還可能有別人嗎？」她這番話說得無比艱難，可是她又不能不說，看著胡小天的意志逐漸消沉下去，她心痛如絞，忽然意識到，在不知不覺中，胡小天已經在她心中佔據了如此重要的位置。

胡小天心中感動非常，霍勝男向來要強矜持，如果不是為了鼓勵自己，她絕不會選擇向自己表白心跡，可越是如此，越是不能拖累她。胡小天道：「我累了！」

霍勝男咬了咬櫻唇，強忍住沒有落下淚來，昔日意氣風發樂觀向上的胡小天突然變成了這個樣子，換成誰都會難以接受，她點了點頭，悄然退出門外。

外面夜色已經黑了，她雙手合什閉上雙眸，向著寺廟的方向默默祈禱，祈禱會有奇蹟發生，祈禱胡小天早一些恢復健康。

入夜後，覺正和另外一個僧人送來了晚餐，寺廟裡當然不可能有什麼山珍海味，無非是饅頭白粥，還有一盤青菜，帶來的晚餐共有三份，除了給他們的兩份，還有一份提供給隔壁的過路客。

胡小天依然沒吃，霍勝男看到他不願意吃，於是也沒了吃飯的心情。就坐在床邊守著胡小天，胡小天面朝窗口睡著，其實他也根本睡不著，腦子裡盡是胡思亂想。

霍勝男望著胡小天一動不動的背影，忽然心中一酸，再也忍不住眼淚，又害怕被胡小天看到，起身走出門去。

門外一位青袍老者坐在石頭上，手中端著一個酒葫蘆，對著夜空中的彎月自斟自飲。霍勝男本來流著淚出來，卻想不到外面有人，趕緊轉過身去。

那青袍老者道：「裡面的是你弟弟，還是你相公？」

霍勝男背身擦去眼淚，轉過臉來吸了口氣道：「老先生還是別問他人家事的好。」

那青袍老者微笑道：「想不到勇冠三軍的巾幗英雄也有兒女情長的時候。」

霍勝男聞言芳心中不由得一凜，向後退了一步守在房門的入口處，冷冷望著那青袍老者道：「你是誰？」

青袍老者目光並沒有看她，喝了口酒道：「大雍境內到處都是你的海捕公文，刑部已經將懸賞提升到了三千金，你還真是膽大，居然還敢以本來面目示人。」

霍勝男的手落在劍柄之上，咬了咬櫻唇道：「你是來抓我的？」

青袍老者緩緩搖了搖頭道：「老夫跟你無怨無仇，雖然身無分文，可是也不會被區區三千金所動，我也不知你會從這裡經過。」

霍勝男心中一驚，難道這青袍老者是專程為了胡小天而來？

青袍老者將酒壺放下，緩緩站起身來，陰森冷冽的目光盯住霍勝男道：「現在離開，老夫只當沒有見過你。」

霍勝男道：「應該離開的是你！」她將腰間的佩劍拔出。

青袍老者緩緩搖了搖頭道：「你雖然在沙場上驍勇善戰，可是戰場上殺敵和真正的武者過招卻大大不同，你武功雖然不弱，可是在老夫的面前還是不堪一擊。」深邃的雙目凝視著霍勝男道：「長途跋涉，腳步蹣跚，你目前的體力處於嚴重透支狀態，呼吸急促，心跳不穩，證明你此前經脈受傷未復，就算你處在巔峰狀態也不會在老夫的手下走過十招，更何況現在已經是強弩之末？上天有好生之德，我不想難為你，把胡小天交給我，就讓你走！」

霍勝男鳳目圓睜，橫眉揚劍，傲立於茅舍門前：「只要我有一口氣在，任何人都休想傷害他！」

青袍老者歎了一口氣：「年紀輕輕卻如此拘泥不化，真是可惜可歎！」他伸出手去輕輕折斷了一根青竹。

霍勝男先下手為強，向前跨出一步，手中青鋼劍掀起一抹冷光，追風逐電般向老者的手腕刺去，霍勝男以克敵制勝為主要的目的，她並沒有一定要將對方置於死地。

青袍老者唇角泛起一絲輕蔑的冷笑，看到霍勝男的劍鋒距離自己還有一尺左右，方才抬起手來，手中清影一抖，竹竿的頂端敲擊在青鋼劍的刃緣，噌的一聲，利用青鋼劍的劍刃剛好將青竹的頂端削出一個斜面，尖銳鋒利如同劍刃，然後青袍老者的手腕一個微妙地轉動，青竹抖動了一下，拍擊在青鋼劍的劍身之上，啪的一聲，青鋼劍因為這次撞擊整個劍身都顫抖了起來，嗡嗡之聲不絕於耳，強大的力量通過青鋼劍傳遞到了霍勝男的右手之上，震得她虎口劇痛，青鋼劍險些脫手飛出。

青袍老者手中青竹回收一寸，然後宛如毒蛇一般彈射而出，直刺霍勝男的咽喉，霍勝男強忍手臂的酸麻和疼痛，回手反削那根青竹。

青袍老者刺她咽喉乃是虛招，等到霍勝男出招之後，手腕迅速旋轉，青竹瞬間改變了方向，尖端刺在霍勝男手腕太淵穴之上，霍勝男手腕如被電擊，整條手臂又痛又麻，太淵穴乃手太陰肺經關口所在，被刺中之後，她的右臂瞬間脫力，手中青鋼劍再也拿捏不住，噹啷一聲落在了地上。

青袍老者揚起手中青竹準備乘勝追擊的時候，卻聽身後傳來口宣佛號的聲音：「阿彌陀佛，施主為何在我佛門境地做出這種恃強凌弱之事？」

卻是覺正和他的師弟覺明兩人出現在茅舍之前。

青袍老者皺了皺眉頭，沉聲道：「兩位小師父，老夫只是處理一些私人恩怨，無意驚擾寶剎的清淨，此乃方外之事，還望兩位小師父不要插手。」

霍勝男和青袍老者交手之後已經知道自己的武功和對方相差甚遠，她並不想連累兩位無辜的僧人，大聲道：「兩位師父快快離去吧，這是我們的私人恩怨，和你等無關！」

覺正目光炯炯望著青袍老者道：「在靈音寺的範圍內，決不允許有恃強凌弱的事情發生，還請這位施主離開本寺，不要驚動其他的僧眾，引起不必要的麻煩。」

青袍老者呵呵笑道：「既然小師父這樣說，老夫也只能從命。」他向霍勝男冷冷看了一眼道：「你給我記住，今日之事絕不會作罷，山高水長，我等必有相逢之時。」他拱了拱手向松樹走去，似乎要去牽他的那頭黑驢。

霍勝男沒想到他在兩名僧人出現之後居然這麼容易就放棄追殺胡小天，選擇離開，總覺得青袍人有詐。

果不其然，那青袍老者走了兩步之後，卻突然一個箭步向覺正衝去，手中青竹發出一聲尖嘯，閃電般戳向覺正的右眼。青袍老者出手極其卑鄙，竟然想出其不意先將覺正制住。

「小心！」霍勝男大聲提醒道。

覺正揚起右拳，拳頭對準了青竹，一拳迎了上去，他出拳的剎那，手臂的肌肉鼓脹開來，雙腿穩紮馬步，普普通通的一記直拳，卻隱含著伏虎擒龍的威猛氣勢。

青竹的尖端破空發出毒蛇吐信般的嘶嘶聲響，青竹和空氣摩擦出接連不斷的氣爆之聲，信手折來，普普通通的一根青竹在青袍老者的手中竟然擁有雷霆萬鈞的力量，驚天地泣鬼神，化為一蓬青光帶著不可一世的霸道力量刺向覺正的拳頭。

覺正面目慈和，不見任何恐懼，也沒有因為青袍人的陰險毒辣而流露出任何的怒氣，樸素的一拳正如他樸素的僧袍，樸實無華但卻大巧若拙，伏虎降魔拳，力可伏虎，勢可降魔，面對對方惡魔般的一劍，絲毫不落下風。拳頭雨那道高速行進的青光相遇，青袍人唇角露出一絲冷笑，彷彿看到覺正的右拳被洞穿的情景，可是當青竹的鋒芒戳在對方的肌膚之上卻如同戳在山岩之上，堅硬如鐵，韌如老竹，青竹的鋒芒雖然可以將對方的肌膚刺得凹陷下去，卻無法完成突破。

剛猛無匹的一拳卻將青竹震得從中開裂，青竹的尖端出現一道裂痕，然後以驚人的速度向青袍人右手的方向擴展，轉瞬之間已經開裂到最後一節，青袍人手腕一頓，內力沿著青竹蔓延而上，裂痕的擴展停滯在最後一節處，然後發出一聲聲的破裂聲，前方裂開的部分炸裂成為十多根竹篾，然後又在青袍人內勁的作用下旋轉凝集，重新成為一體，雖然手中握著的只是一根普通的青竹，但是在青袍老者的操控下無異於神兵利器，青影一晃刺向覺正的右肋。

覺正腳下未曾移動，拳頭一沉化拳為抓，想要一把將對方的青竹抓住，大聲道：「師弟，你帶他們離開！」

覺明應了一聲，隨同霍勝男兩人衝進了房間內。

剛才在霍勝男和青袍老者發生衝突之時，胡小天就聽得清清楚楚，他心中又是擔心又是著急，想要起身去看看霍勝男的情況，挪動到床邊，卻因為控制不了身體的平衡，咕咚一聲摔在了床下，被碰得鼻青臉腫，有生以來還從未這麼狼狽過。

霍勝男慌忙從地上將他扶起，她的太淵穴被青袍老者刺中之後，手太陰肺經受損，右臂到現在都沒有恢復過來。還好有覺明幫忙，覺明將胡小天背起，他向霍勝男道：「咱們先去寺裡面找人幫忙。」

霍勝男充滿感激地點了點頭。

三人出了房門，卻見覺正已經被青袍人籠罩在青色光影之中，青袍老者手中青竹揮舞幻化出滿天清影，手中青竹時而分散成為十多根竹篾，時而又旋轉聚攏成為一體，幻化多端，覺正雖然內力渾厚，根基扎實，但是在青袍人詭異多變的攻擊之下已經呈現出敗相，現在也是在強自支撐。

眼前漫天清影忽然消散，覺正感覺壓力突減，再看之時，青袍老者宛如一道利箭倏然射向胡小天，霍勝男彎弓射箭，意圖阻止青袍老者近身，可是那青袍老者一把抄住羽箭隨手投擲了回去，他徒手擲出的一箭卻勝過強弓勁弩發射，霍勝男躲避不及，左腿已經被羽箭射中，入肉甚深，痛得她悶哼一聲，左腿一軟跪在了地上。

覺明背著胡小天，手中還拿著他的行李，正在猶豫是不是放下胡小天來擋住這青袍老人的攻擊，此時身後忽然探出一隻手來，一把從行李之中抽出一柄大劍，爆發出一聲怒吼，手中大劍照著青袍老者一揮，初升的新月映射在藏鋒寬厚的劍身之上，隨著劍身舞動，捲起一團淒迷的月光，一道無形的劍氣脫離藏鋒向青袍老者飛了過去，青袍老者本來已經準備衝向覺明，卻因為這突如其來的一劍而面色大變，他手中青竹在虛空中來回抵擋，身形在空中轉折變幻，一直後退了十餘丈方才落在地上，手中的青竹只剩下不到半尺的一截，身側竹林卻似有罡風吹過，青竹紛紛倒伏，斷裂的地方宛如利劍切斬，光滑而整齊。

誰都沒有想到這一劍竟然是胡小天所發，胡小天看到霍勝男遇險，情急之下正看到覺明拿著的行囊中露出一支劍柄，卻是自己的大劍藏鋒，順勢用左手抽了出來，當時顧不上多想，不管三七二十一一劍就揮了出去，卻想不到這一劍居然奏效。胡亂揮出的一劍竟然能夠達到劍氣外放的境界。

青袍老者被這一劍嚇得臉色驟變，等他搞清楚究竟是怎麼回事，方才充滿震駭地望著胡小天。

胡小天歎了口氣道：「你真是蠢笨如豬，當真以為我癱瘓了？哈哈！既然你來送死，我就滿足你的心願。」

青袍老者陰測測望著胡小天，嘴唇動了動，臉上充滿狐疑之色。

胡小天雖然剛剛成功揮出劍氣，丹田氣海成功啟動，但是劍氣外放之後馬上就封閉如常，胡小天不由得暗暗叫苦，怎麼只用了一下就不靈了，娘的，若是嚇不走這青袍老者，恐怕大家都有麻煩了，就算他們四個聯手也未必是青袍老者的對手。

青袍老者點了點頭，右手伸出，霍勝男剛剛掉落在地上的青鋼劍被一股強勁的吸力所吸引，無風自動，嗖的一聲飛向青袍老者，青袍老者寬大的手掌將青鋼劍穩穩抓在手中，臉上流露出前所未有的凝重之色，沉聲道：「胡小天！今天就讓老夫領教一下你的誅天七劍！」

胡小天聞言心中一怔，馬上就想起自己在水潭之中得到的那把玄鐵劍還有那個玄鐵牌，當初正是修煉了玄鐵牌中的一招劍法，才擊敗了劍宮少主邱慕白，不過胡小天一直都無法確定自己練習的是不是誅天七劍，現在青袍老者這麼說，應該不會有錯。

青鋼劍在青袍老者的手中竟然散發出青濛濛的光華，難怪都說真正的高手隨便拿起一件武器，都可以讓普通的武器變成無堅不摧的絕世神兵，此前青袍老者並沒有將幾個小輩放在眼裡，直到現在他才顯露出真正的實力。

覺正大踏步走了過來擋在胡小天他們三人的身前，青袍老者雙目中迸射出豺狼一般的凶殘光芒，心中殺機大熾。此時那頭被栓在松樹上的毛驢江昂江昂地叫了起來。

眾人舉目望去，卻見那毛驢身邊不知何時多出了一位身穿灰色僧袍的老僧，老僧輕輕摸了摸毛驢頸上的鬃毛喃喃道：「我佛有云，眾生平等，老檀越又為何將牠栓在這裡？」

青袍老者目光一凜，身上的殺氣卻在瞬間消失於無形，微笑道：「大師若是看上了我這頭毛驢，就將牠送給大師也無妨。」

老僧微笑道：「錢財乃身外之物，出家人要這些東西幹什麼？你送了一頭毛驢給我，表面上是好意，可事實上我們這靈音寺也就是勉強讓僧眾們填飽肚子，哪還有多餘的糧食去餵毛驢？莫非你想我們節衣縮食，省下自己的口糧給毛驢吃？老檀越看起來慈眉善目，可心腸卻不夠厚道啊。」

青袍老者呵呵笑了起來：「大師乃是出家人，我還從未見過哪個出家人會有你那麼多的心思，老夫的一片好意卻被你當成了惡意，也罷也罷，既然你覺得我在陷害你，那毛驢我還是自己留著。」

老僧笑瞇瞇道：「老檀越要走了，一路順風！」

青袍老者道：「過去聽說靈音寺樂善好施，普度眾生，今日一見也不過爾爾，深更半夜就要趕老夫上路。」

老僧道：「佛門最講究一個緣字，佛門弟子想結的都是善緣，老檀越似乎和靈音寺無緣。」

青袍老者道：「我走可以，可是我還要帶一個人走！」

老僧微笑道：「只要有人願意跟你走，老僧絕不阻攔，這天下間也沒有人攔得住你。」他望著胡小天和霍勝男道：「兩位施主願意跟他走嗎？」

胡小天道：「這裡沒人願意跟他走，估計那頭驢子也不想跟他走！」

青袍老者冷冷道：「你必須要跟我走！」

老僧歎了口氣道：「老檀越已經是知天命之年，何必逆天而為呢？」

青袍老者點了點頭道：「靈音寺也仗著店大想要欺客嗎？」雙目陡然變得犀利起來。

老僧仍然笑瞇瞇道：「老檀越誤會了，靈音寺不是什麼客棧，可也不是什麼人想來就能來，想走就能走的地方。」

青袍老者冷哼一聲：「好！我倒要領教一下大師的高招！」手中青鋼劍劃出一道驚鴻，向老僧追風逐電般刺去。

那老僧一動不動，任憑那青鋼劍刺到胸前仍然不閃不避，噗！青鋼劍已經刺入他的胸膛，如同刺入了一截朽木，青袍老者也沒有想到自己居然會一擊得手。

胡小天四人同時發出驚呼，兩名年輕僧人悲憤叫道：「師叔祖！」想不到這老僧在靈音寺的地位如此超然。

老僧臉上的表情不見任何痛苦，青鋼劍雖然刺入他的胸膛，但是傷口處卻沒有絲毫的鮮血流出。老僧仍然平靜望著青袍老者道：「苦海無邊，回頭是岸！」

青袍老者怒吼一聲，手中青鋼劍猛然加力再次向前方刺去，他要刺穿這老僧的心臟，穿透老僧的軀體。

劍鋒在老僧的體內卻似乎遇到了阻礙，任他如何加力，都無法再行突破一分，青袍老者的雙目中流露出惶恐的光芒，因為他感覺到一股強大的力量正在將自己手中的青鋼劍緩緩向外推出，武功修煉到一定的地步可以練出護體罡氣，可以將皮肉筋骨練得堅逾鋼鐵，但是他從未見過劍身刺入對方的體內卻仍然可以被逆行推出的事情，這老僧從頭到尾，連手指都未曾動一下，難道這老僧已經將五臟六腑練到堅逾金石的地步？

老僧道：「老檀越殺氣太重，若是任由你回到塵世，必然會造出無數殺孽，不如留在這靈音寺內，陪老衲誦經念佛一段時日，也好化解心中戾氣。」

青袍老者怒道：「你算什麼東西，也敢強留我？」他抬起腳來狠狠向老僧的下陰踢去，胡小天看在眼裡頭皮一陣陣發緊，換成自己，這一腳就算不把自己踢死，估計也要被暴力絕育了。

那老僧卻仍然紋絲不動，青袍老者這一腳結結實實踢在老僧的下陰處，卻如同踢在了堅硬的鐵板上，喀嚓一聲，他的右腿竟然被震得骨折。

青袍老者痛得滿頭是汗，臉上的表情惶恐之至，顫聲道：「你是緣木大師……你本該是天龍寺的僧人，為何會在這裡？」

老僧微笑道：「老衲雲遊天下，四海為家，只要心中有佛，在哪裡還不是一樣？」

青袍老者踢完這一腳之後，竟然不敢再有動作，手中青鋼劍也噹啷一聲落在了地上。

老僧彷彿什麼事情都沒發生過一樣，輕聲道：「老檀越現在可願意陪我誦經一年了？」

青袍老者咬了咬嘴唇，雙目惡狠狠瞥了胡小天一眼，雖然心中還有無數念頭，但是卻不敢說出一個不字，低聲道：「聽憑大師安排。」

老僧微笑點頭伸出手去，在青袍老者的肩頭輕輕拍了一拍道：「老檀越心中終究還是有些善念。」

青袍老者感覺一股宛若游絲的內勁沿著自己的肩井穴，瞬間貫入自己的奇經八脈，自己的內力如同被封閉一樣，整個人感覺虛弱無比，他驚恐道：「你……」

老僧道：「老檀越不必擔心，一年期滿，你離開之時自會恢復如初。」

胡小天雖然未曾見到老僧出手，可是從青袍老者和他的對話中已經知道這老僧武功高深莫測，已臻化境，青袍老者如此厲害的劍法，竟然在老僧面前連一個回合都走不到，暗歎人外有人，天外有天。

老僧讓覺正一人牽著那頭毛驢，將青袍老者抱了上去，帶著青袍老者進了靈音寺，顯然是要兌現那陪同老僧誦經一年的承諾，青袍老者臨行之前，目光充滿怨毒地望向胡小天，雖然對胡小天恨極，可是礙於老僧在場，卻不敢再有任何動作。

等到兩人離去，老僧的目光落在小灰的身上，微笑道：「請恕老衲眼拙，這是一頭騾子嗎？」

小灰顯然對這句話極為不滿，江昂江昂地叫了起來。

老僧微笑道：「看樣子像頭騾子，可聽聲音卻又像頭驢子，還真是有些稀罕呢。」他轉向胡小天道：「這頭驢子老衲很是喜歡呢。」

胡小天道：「大師就算喜歡，晚輩也不能送給你。」

老僧歎了口氣道：「老衲和你這年輕人本來還有些眼緣，想要幫你治病，可想不到你連區區一頭驢子都捨不得送給我。」

霍勝男聽到老僧的話不由得心急，在她看來，如果能夠治好胡小天的病，別說是小灰，就算是將所有貴重的東西送出去也在所不惜。

胡小天道：「大師剛剛不是說過，眾生皆平等，在佛的眼中，大師和我甚至和這匹馬一樣沒什麼分別，都是一條生命，既然是生命就有牠的自由，我無法替牠做出決定。」

老僧道：「你既然無法替牠做出決定，又怎麼知道牠不願意跟著我呢？」

胡小天微笑道：「大師口口聲聲說牠是驢子，對一匹馬來說，已經是最大的侮辱，每個生命都有自己的尊嚴，為了尊嚴甚至連生命都可以不要，大師以為牠會跟你走嗎？」

老僧哈哈大笑，他向覺明道：「將兩位施主送入房內休息吧。」

覺明將胡小天背著進入房間內，重新將他放在床上。

霍勝男等他們進去之後，強忍著左腿的箭創，跪倒在地，卻因為這樣的動作而觸痛了箭傷，痛得她俏臉瞬間失去了血色，額頭上冷汗涔涔而落。

老僧的面容仍然古井不波，似乎根本沒有看到霍勝男的舉動。

霍勝男道：「求大師慈悲為懷。」

老僧搖了搖頭道：「跪天跪地歸佛跪父母跪天子，卻唯獨不可以跪我，女施主這分明是要增加老衲的罪孽啊！」他緩步走了進去，霍勝男感覺一股無形壓力撲面而來，竟然壓迫得自己連氣都透不過來，眼前一黑暈了過去。

胡小天雖然進了房間，可眼睛卻始終盯著外面，看到霍勝男暈倒，心中也是焦急萬分，可是他卻知道自己就算再著急也於事無補，剛剛那個青袍老者已經險些奪去他們的性命，更不用說這位老僧。

老僧走入房間內向覺明道：「你去吧！」

覺明向老僧合什行禮，轉身離去。

胡小天道：「大師是不是還有什麼話問我？」

老僧並未說話，伸出乾枯的右手，他和胡小天還有一丈左右的距離，可是胡小天卻感覺到一股無形的力量將他的右臂托起，他的右半邊身體已經失去了知覺，眼看著右手緩緩漂浮起來，胡小天雙目充滿驚奇的光芒，不知這老僧是如何做到的。

彷彿有一條無形的絲索纏繞住了他的右臂，讓他的手臂伸展屈伸，老僧原本平靜無波的雙目之中卻陡然迸射出懾人的光華。

胡小天內心忐忑不已，忽然想起青袍老者所說的那番話，說這老僧乃是天龍寺的緣木大師，此時胡小天方才聯想起無相神功起源於天龍寺，難道這位老僧發現了自己修煉無相神功的秘密？

胡小天漂浮在虛空中的手彷彿根本不屬於自己，他看到自己的五根手指輪番動作起來，就像是舞動的八爪魚，過去彈吉他的時候也沒見手指那麼靈活。突然那股漂浮力消失得無影無蹤，胡小天的手又重重垂落了下去。

老僧道：「你修煉的究竟是什麼內功？」

胡小天道：「乃是宮中一位老太監所傳，他說是《無間訣》。」

老僧道：「奇怪？這氣息有些像，又有些不像！」

胡小天小心翼翼地問道：「大師說的是什麼？我怎麼聽不明白？」

老僧道：「傳你內功的老太監叫什麼名字？」

「姬飛花！」胡小天本想說李雲聰，可後來想想李雲聰只是一個隱身在皇宮藏書閣的太監，說出來別人也未必知道，自然就沒有多大可信度，姬飛花卻不同，他的名氣在大康可謂是無人不知無人不曉，而且姬飛花武功高強，說他教給自己這套內功，絕不會有人懷疑。

老僧聽到姬飛花的名字，雙眉一動，顯然沒有懷疑胡小天的話，輕聲道：「想不到你年紀輕輕居然達到了劍氣外放的地步。」

胡小天照實回答道：「晚輩也不知到底是什麼緣故，心急之下一揮居然產生了那麼大的威力。」

「一劍擊退劍宮長老齊長光，縱觀天下年輕一代中也沒有幾人可以做得到。」

胡小天聽到劍宮兩個字心中頓時明白了，原來那位青袍老者是劍宮長老，怪不得他會找上自己，而且會從自己剛才的那一劍中認出自己的劍招來自誅天七劍。

老僧輕聲道：「東方無我創出誅天七劍，愛劍成癡，因劍成魔，若非他的弟子之死刺激到了他，他也不會參悟天道，必然會在魔道之中永世沉淪下去。」

胡小天道：「誅天七劍？什麼誅天七劍？」這廝揣著明白裝糊塗。

老僧意味深長地看了他一眼道：「少年人，你心機很深啊，只是你不必害怕，老衲早已看透生死，就算你擁有天下間至高無上的武學對我來說又有何用？老衲與世無爭，在這世上早已時日無多。」

胡小天笑道：「晚輩沒跟前輩耍心機，晚輩的確不知道我使用的是什麼劍法，稀裡糊塗地揮出一劍，根本就無招可循，我也沒想到那青袍人會認定我使的是什麼誅天七劍。」

老僧微笑道：「無招可循？呵呵想不到你一句話就道出了劍道的至高精義，有多少劍客窮其一生都無法悟出這個道理。」說完他卻又搖了搖頭道：「你雖然說出了道理，可是你自己根本就不明白，不然何以會變成這個樣子。」

胡小天道：「大師慈悲為懷，可否指點一二。」他早已意識到眼前的這位緣木大師絕對是一位絕世高手，自己現在的狀況全都是因為練功出了岔子，如果他肯出手相救，那麼問題自然會迎刃而解。

老僧明知故問道：「指點什麼？」

胡小天道：「晚輩那天打坐調息之時，突然就變成了這個樣子，還望大師幫我。」

老僧微笑道：「你練功出了岔子是你自己的事情，我又怎麼幫你？」

胡小天道：「大師若是能夠幫助晚輩重新恢復自由之身，以後小天必結草銜環，知恩圖報！」

老僧笑道：「這話倒是讓老衲有些動心，你既然是朝廷中人，那好，你就答應我一個條件。」

胡小天聽他提出條件，心中頓時喜出望外，就怕老和尚不提出條件，只要有條件，就證明自己有治癒的可能。

老僧道：「大康皇宮藏書閣內有一套太宗皇帝親筆抄寫的《般若波羅蜜多心經》，你可否幫我求來送回天龍寺？」

胡小天聽到他的要求，忽然想起自己當初在密道之中偷聽之時，曾經聽到過李雲聰和別人的對話，當時就提到了這部心經，難道這部心經之中暗藏著什麼秘密？胡小天道：「不瞞大師，晚輩在宮中只是一個小角色。」

老僧道：「能讓姬飛花如此看重，親傳武功，想必也不是什麼小角色。」

胡小天道：「晚輩不是要拒絕大師，只是擔心就算說出來，皇上也未必肯答應。」

老僧道：「事在人為，若是皇上不肯答應，老衲也不會勉強。」

胡小天心中暗忖，反正自己也沒什麼損失，這位緣木大師看起來通情達理，也沒有逼迫自己一定去偷去搶，就算不擇手段也要將這部心經得到，於是點了點頭道：「好，這件事晚輩一定會盡力去做。」

老僧聽他答應，唇角露出一絲微笑，輕聲道：「出家人不打誑語，你的病情我幫不了你。」

這句話真是大大出乎胡小天的意料，本以為自己答應了緣木大師的條件，他就會出手相救，卻想不到等來了這句話，真是讓他大失所望，既然幫不上忙，又怎麼好意思提出條件呢？胡小天心中暗歎，怎麼說人家也算是救了自己和霍勝男的性命，衝著這件事也應該為他做一件事，於是歎了口氣道：「那就多謝大師了。」

緣木大師看到胡小天的表情充滿沮喪，知道他此時的心情必然是失落之極，微笑道：「老衲雖然幫不了你，可是並不代表著施主的病無可救治，解鈴還須繫鈴人，天下間能救施主的其實只有施主自己啊。」

胡小天心中一動，低聲道：「還望大師指點。」

緣木大師道：「你應該是丹田和經脈之間的通路被阻斷，只要能夠重新開啟這條通路，一切問題自然迎刃而解。」

「如何開啟呢？」

緣木大師道：「必須真正達到心無旁騖，身心放鬆，一個人活在世上，時刻都能夠感知到自己的生命，感知到他人的存在，感知到周圍一切事物的生長變化，感覺敏銳固然是一件好事，可在很多時候卻又成為負累，須知水能載舟亦能覆舟，打個比方，感覺敏銳的人對疼痛的感覺也一定深刻，而麻木的人卻在這一點上佔據著相當大的便宜。一個人心中積累了太多的感覺，猶如在頭腦中形成了一道道的禁錮，積沙成塔，集腋成裘，最終這些禁錮會將自己封閉其中，想要重新獲得自由，就必須破碎禁錮，唯一的方法就是忘我！」

胡小天道：「忘我？」

緣木大師點了點頭道：「心中無我，腦中無我，才能做到自然而然！」

胡小天想了半天，皺著眉頭道：「大師的這番話實在是太過高深，晚輩只怕是無論如何都做不到了。」

緣木大師微笑道：「做不到為何一定逼著自己去做？」

胡小天此時又皺了皺眉頭，這次不是想不通而是有些尿急，有了這種想法，心中很快就變得迫不及待了，可霍勝男暈了，周圍只有緣木大師，胡小天苦著臉道：「大師可否幫我一個小忙，我有些內急。」

緣木大師道：「老衲幫不了你，其實你順其自然就好。」

胡小天目瞪口呆，緣木大師說完這句話居然一轉身就走了。

順其自然？總不能我這麼大人就尿在這炕上吧？這樣的事情若是傳出去，我胡小天還有何面目做人？

胡小天叫了一聲勝男，霍勝男仍然躺在地上一動不動，胡小天現在的狀況真可謂是叫天天不應叫地地不靈了，膀胱越來越漲，脹痛欲裂，再不解決這個問題只怕膀胱都要炸開了，胡小天咬了咬牙，順其自然？活人總不能被尿憋死，老子尿炕就尿炕，也是被你這老和尚逼的。

他準備原地解決，可真正想解決的時候，方才發現尿炕也並非容易的事情，生理上雖然迫切需要解決這件事，可是他腦子裡的自尊和榮辱感卻有一根弦繃在那裡，幾度想尿，心底卻有個聲音反覆提醒自己不能做這種沒面子的事，胡小天糾結了好一會兒，卻仍未成功將這泡尿撒出，這種糾結無助的感覺卻讓他浮想聯翩。

胡小天此時卻忽然想起，自己的丹田氣海和自己過度充盈的膀胱何其相似，都是欲瀉不能！要說不同，一個是尿道括約肌在起作用，另外卻是被無形的關卡所限制，不對！真正禁錮自己的還是自己的意思！

胡小天腦海中突然一陣空明，自己之所以尿不出來，是因為自己穿著衣服躺在床上，是因為自己太過在意自己的形象，想當初自己剛剛來到人世間的時候，赤裸裸毫無牽掛，當然不會有什麼羞恥感，當然不會有那麼多的顧慮。同樣的道理，自己不會武功的時候，壓根不會想到什麼丹田氣海奇經八脈，過去只知道腦梗塞腦出血會導致偏癱，從未想到還有真氣走岔的偏癱，如果自己只是一個不會武功的普通人，豈不是就永遠沒有這樣的風險？如果自己只是一個光屁股的嬰兒，那麼豈不是百無禁忌，想拉就拉想尿就尿。

想到這時候，胡小天丹田氣海的感覺突然消失了，在他感知不到丹田氣海的同時，卻有一股龐大的內息沿著他的經脈洶湧澎湃地狂湧而去，瞬間已經行遍全身，早已失去知覺的右臂和右腿突然感到一陣撕裂般的劇痛，然後感覺到尿意盎然，胡小天大叫一聲一骨碌從床上爬了起來，宛如被燒了尾巴的兔子一樣竄出門去，剛剛離開大門，就迫不及待地鬆開了褲帶，一道雪亮的水箭從他的雙腿之間一瀉而出！

胡小天有生以來從沒有這樣的舒爽過，這泡尿撒得可謂是淋漓盡致，快意連連，無論是流量、流速還是射程都絕對創出這廝人生新高，胡小天不知自己是否已經達到了緣木大師所說的忘我之境，但是有一點他能夠保證，在他撒尿的時候絕對達到了忘我之境，什麼功名利祿，都是浮雲，加起來都不如自己的這泡尿爽快，酣暢淋漓！

如果不是霍勝男的一聲尖叫，胡小天可能還要持續沉浸在忘我之境，霍勝男的這聲尖叫才讓這廝從忘我回到現實中來，他的確沒有尿炕，可仍然逃脫不了隨地大小便毫無功德的嫌疑，更麻煩的是，他撒尿的時候霍勝男剛好醒了過來，雖然霍勝男有過扶他小解的歷史，可那時候都是偏過頭去，只聞其聲不見其景，這次看了個清清楚楚，霍勝男的這聲尖叫把胡小天給嚇著了，這廝突然剎閘。

霍勝男羞得扭過身軀，心中只想著這廝無恥，甚至都沒留意到他居然就活動自如了。

胡小天看了看霍勝男，身子也向一旁偏了偏，背影留給霍勝男，不過這膀胱內還剩下一些存貨不吐不快，反正都已經這樣了，也不在乎什麼臉面，繼續放水。

霍勝男聽到重新響起的嘩嘩放水聲，這會兒才意識到胡小天恢復正常了，心中又羞又喜，喜的是終於了卻了一樁心願，胡小天總算恢復了健康，羞的是這次糗大了，什麼都看到了，胡小天真是無恥之尤，怎麼就在自己面前做這種事情？沒公德，沒素質！不過這件事應該怪自己不懂變通，剛剛看到了就不應該發出尖叫，繼續裝暈就是，胡小天也不會知道自己看到了，自己怎麼這麼糊塗！

霍勝男在這裡忐忑不安，胡小天終於將這泡尿撒完，舒舒服服打了個寒戰，束好褲子，然後舒舒服服伸了個懶腰：「撒完尿真舒服！」反正都到了這種田地，死豬不怕開水燙了。

來到霍勝男身邊，卻見霍勝男的左腿上仍然插著一支羽箭，想起她剛剛為了保護自己和劍宮長老齊長光捨命相搏的情景，內心中不由得一陣感動，伸出手去想要扶她起來。

霍勝男卻皺了皺眉頭：「拿開你的髒手！」

胡小天笑道：「不髒，我挺注意個人衛生的。」

霍勝男簡直不知怎麼面對他才好，美眸向周圍看了看，確信除了他們兩人再沒有其他人在，這才稍稍放心下來，猶豫了一下，終於還是將手臂交給胡小天。胡小天半摟半抱，將霍勝男送到了房間內。

霍勝男確信他已經完全恢復了正常，心頭的一塊石頭總算落地，輕聲道：「大師將你治好了？」

胡小天嗯了一聲，也無需否認，畢竟如果不是緣木大師給他的那些指引，他也不會奇蹟般地恢復，雙目盯著霍勝男腿上的箭鏃道：「其他的事情以後再說，先將

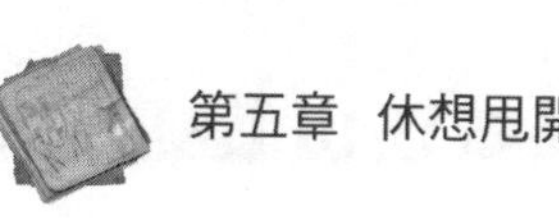

這支箭取出來。」

霍勝男咬了咬櫻唇，點了點頭。

胡小天從行囊中取出手術工具，先用剪刀將箭桿剪斷，然後道：「你把褲子脫了！」

「什麼？」霍勝男美眸圓睜，怒視胡小天，警惕十足道：「你想幹什麼？」

胡小天苦笑道：「你把我當成什麼人了？」

「你反正不是什麼好人！」

胡小天道：「你不脫褲子我怎麼幫你處理傷口？」

霍勝男橫了他一眼，然後一伸手，嗤！將大腿處的褲管撕開了一條縫，露出雪白晶瑩的肌膚：「這不就行了！」

胡小天有些尷尬了，他可真沒抱有什麼不良的企圖，急著為霍勝男療傷，並沒有考慮她的感受，人家畢竟是個姑娘家。

知道自己理虧乾脆不說話，拿出麻藥遞給霍勝男，霍勝男卻搖了搖頭道：「不用！」她拿出一方手帕，團成一團咬在牙關之間：「來吧！」

胡小天歎了口氣道：「你為何對麻藥如此抗拒？」

霍勝男沒搭理他。

胡小天為霍勝男清理了一下傷口，然後用柳葉刀將傷口擴大了一些，小心取出了鏃尖，再用金創藥和墨玉生肌膏為她將傷口黏合，清理箭傷的時候發現霍勝男腿上還有一圈被咬噬過的痕跡，烏青發紫，本以為是青狼所咬，可仔細一看卻像是人咬造成，問過霍勝男方才知道，這傷口是吸血女妖曹絕心留下的。

胡小天道：「還有沒有其他的傷口？」

霍勝男道：「小腿上還有幾處，都是被她咬的。」

胡小天抓住霍勝男褲管上的裂口稍一用力，將她左腿的整條褲管都撕裂開來，還別說，這種聲音聽起來還真是有些刺激呢。

霍勝男大羞道：「你幹什麼？」

胡小天定睛望去，卻見霍勝男的腿上還有四處傷口，有些地方已經開始潰爛化膿，想起自己在練功走岔失去行動能力這段時間，她所蒙受的辛苦，心中頓時不好受起來。胡小天道：「這些傷口必須清理乾淨，如果曹絕心有狂犬病，你豈不是麻煩了？」

事情到了這種地步，霍勝男也只能接受，胡小天找來清水，自己找了個矮凳坐在床邊，除去霍勝男的鞋襪，讓她將腿放在自己的膝蓋上，又發現霍勝男腳底的血泡，兩人之間雖然沒有做太多言語上的交流，可是胡小天卻已經明白霍勝男一路走來的辛苦，先將她腿上的傷口處理乾淨，塗抹好金創藥，然後將霍勝男的另外一隻鞋襪也脫掉了，抓住她的一雙玉足浸泡在水盆之中。

霍勝男霞飛雙頰，發現胡小天抓著自己的雙足始終不願放手，輕聲啐道：「你有毛病啊，抓住人家的腳作甚？」

胡小天充滿感動道：「勝男，你此前說過的那番話還算不算？」

「什麼話？」

胡小天道：「你說我是這個世界上最優秀的男人，沒人比得上我……」

霍勝男格格笑了起來，一雙美眸顯得格外明亮：「你自己相信嗎？」

呃……胡小天有些尷尬了，這話的確是有點誇張，自己雖然優秀，可談不上這個世界上最優秀。胡小天又道：「你不是說，你那裡都被我摸過了，這輩子心裡都不會有別人……」

霍勝男羞不自勝，想要把腳從胡小天手裡掙脫出來，啐道：「胡小天，你混蛋！人家是看到你意志消沉所以才安慰你，那些話不能算數的！」

胡小天輕輕揉捏著霍勝男花瓣般的足趾道：「無論算不算，你照顧了我整整一路，現在也該我好好照顧你一次，就讓我幫你洗洗腳好不好？」他的聲音溫柔而低沉，似乎充滿著一股不可抗拒的魔力，霍勝男甚至都不知道應該如何拒絕了，事實上他已經在做了。

第六章

肉包子打狗

胡小天道：「名義上是大康接管，可是一座城池留在庸江北岸，
大雍皇上什麼時候想要，什麼時候就能夠收回去，
如果我家陛下能夠識破他的意圖還好，
以為送了個便宜給自己，在東梁郡加大佈防，
肯定是肉包子打狗有去無回了。」

月色如霜，胡小天服侍霍勝男入睡之後，獨自一人來到茅舍前方，借著月色遠眺東北方向的靈音寺，想起連日來的遭遇心中不禁一陣感歎，也許自己的今生註定要跌宕起伏，有刀光劍影，也有柔情刻骨，這樣的人生要比他的前世精彩得多，也深刻得多。

耳邊傳來鑾鈴聲響，卻是小灰來到了他的身邊，胡小天輕輕拍了拍小灰的腦袋，卻發現小灰的尾巴上被人紮了一根灰色的布條，胡小天解下布條，布條上面寫著一行字：一諾千金。

胡小天不覺露出一絲笑意，這行字一定是緣木大師所留，他是提醒自己千萬不要忘記了答應送還《般若波羅蜜多心經》的事情。

這一夜胡小天都選擇打坐調息，雖然他不可能短時間做到緣木大師所說的無我境界，可是在內息的運轉上已經開始領會到了自然二字的精髓，不再刻意去改變什麼，雖然一夜未眠，可是精神卻更勝往昔。

霍勝男清晨醒來，發現胡小天並未在房內，她換好衣服，洗漱完畢，一瘸一拐地走了出去，看到胡小天正拿著一根青竹在茅舍前方的空地裡練劍，雖然威力比不上劍宮長老齊長光，可是論到詭異多變，還要勝過齊長光一籌。

胡小天練完之後將那根青竹扔到一邊，轉身朝霍勝男笑了笑。

霍勝男還是有些受不了他的眼神，俏臉沒來由又紅了起來。

此時看到覺正拎著食盒走了上來，卻是來給他們送上早餐。

胡小天慌忙迎了過去，微笑道：「覺正師傅，來得這麼早？」

覺正笑道：「早些給兩位施主送飯，省得耽擱了兩位的行程。」

胡小天聽出他這句話分明有下逐客令的意思了，笑道：「怎麼沒見那位老師父？」

覺正道：「施主是問小僧的師叔祖？他今日面壁去了。」

胡小天點了點頭，接了覺正手中的食盒。

覺正向他雙手合什準備告辭離去，胡小天叫住覺正道：「多謝昨晚覺正師父仗義相救，他日若是有用到在下的地方，只管來康都找我。」

覺正微笑道：「小僧守著青燈古佛，連出谷的機會都很少，只怕這輩子都不可能去康都了。」

胡小天笑道：「世事無絕對，守著佛像每天誦經未必能夠開悟，行萬里路好過讀萬卷書。」

覺正聞言肅然起敬，深深向胡小天一躬道：「多謝施主指點！」

用完早飯，胡小天和霍勝男兩人將碗筷食盒收拾乾淨放歸原處，將他們住過的茅舍重新整理一新，然後掩上房門牽著小灰悄然離去，其實胡小天心中還有些問題想當面問問緣木大師，可是人家既然不願相見，自己當然也不好強求。須知道越是世外高人，脾氣性格越是古怪，有些事情還是不要勉強得好。

靈音寺可謂是他們此次途中的轉捩點，比起來時的愁雲慘澹，走的時候兩人的心情已經變成了陽光明媚喜氣洋洋。雖然騎馬的變成了霍勝男，步行的變成了胡小天，可是他們心中卻有一種絕處逢生的重生感，胡小天是因為重獲自由人逢喜事精神爽，而霍勝男卻也因為這次的經歷一掃心中的陰霾，什麼被人誣陷，什麼背井離鄉全都被她拋到了腦後，再壞又能怎樣？離開大雍焉知自己的人生不會更加精彩，有胡小天這個活寶在身邊，比起過去似乎每一天都過得不同呢。

兩人出了灰熊谷取道邵遠，因為霍勝男的人皮面具已毀，胡小天手中也沒有多餘的可以使用，於是霍勝男只好男裝打扮，畢竟仍然在大雍的國境內，處處都是霍勝男的海捕公文，兩人不敢太過招搖，原本在邵遠好好調整休息一段時間的計畫也決定放棄，繞過邵遠一路往東，取道東梁郡，在那裡乘船沿著庸江順流而下前往武興郡。

這一路之上無驚無險，既沒有遇到大雍官軍的搜捕，也沒有遭遇劍宮的阻擊，兩人的運氣自從靈音寺之後開始變得好轉起來，胡小天刻意放慢了行進的速度，以便霍勝男身體康復。來到東梁郡的時候，兩人身上的傷勢都已經完全康復，這一路之上雖然彼此還是鬥嘴不斷，但絕不是彼此看著對方不順眼水火不容，到了後來就越發有了打情罵俏的意味。

兩人在東梁郡南部的下沙港搭乘了一艘來自大康的商船，乘坐這艘商船順水南下，明日正午就可以抵達武興郡，那裡就是大康管轄的範圍。

胡小天將馬匹寄存在底艙的牲口欄，然後走上甲板，看到霍勝男一個人趴憑欄上凝望正北的方向，大雍大康兩國以庸江為界，船隻行過庸江的中心就已經離開大雍了，雖然霍勝男內心中已經不像前些日子那樣黯然神傷，可是真正到了離開之時，心中難免會生出惆悵，今次別離之後，不知何時才能重返大雍的土地。

胡小天來到她的身邊，微笑道：「想家了？」

霍勝男幽然歎了口氣道：「早已無家可歸了，只是忽然生出一些感觸，這裡還是大雍，再過一會兒就到了大康境內。」

胡小天瞇起雙目望著不遠處的東梁郡道：「其實這裡已經是大康的地盤了。」

霍勝男愕然道：「什麼？」

胡小天這才將自己臨來之前，大雍皇帝薛勝康特地將他召到皇宮，送了一份大禮給大康，以東梁郡交還給大康作為他對安平公主之死的歉意。

霍勝男皺了皺眉頭，想不到陛下居然捨得將犧牲無數將士生命方才奪來的東梁郡送人，這東梁郡可是大雍沿江的要塞之一，送給大康豈不是等於將自己國家的門戶向對方敞開了？可是霍勝男仔細一想這件事卻沒那麼簡單，以薛勝康的英明絕不會做這種糊塗事，這其中必有他的用意。

胡小天道：「不得不說你們的這位陛下打得一手如意算盤呢。」

霍勝男微笑道：「你這話我就不明白了，好像你對他還有些不滿呢？」

胡小天道：「表面上送了一座城池給大康，其實卻是下了一招暗棋，如果我家皇上收了這座城池，你說這城池會不會派兵駐守？」

霍勝男道：「哪座城池沒有守將，當然會派兵接管。」

胡小天道：「名義上是大康接管，可是孤零零一座城池留在庸江北岸，大雍皇上什麼時候想要，什麼時候就能夠收回去，如果我家陛下能夠識破他的意圖還好，如果當真以為送了個便宜給自己，在東梁郡加大佈防，肯定是肉包子打狗，有去無回了。」

霍勝男其實早就覺察到薛勝康的用意，只是不便說出來就是，聽胡小天分析得頭頭是道，不由得歎了口氣道：「看來陛下的心思已經被你完全摸透了，這東梁郡很可能肉包子打狗，有去無回了。」

兩人對望了一眼，不由得一起笑了起來。

此時又有不少人登上商船，其中有一對男女頗為引人注目，兩人穿著打扮都顯得貴氣逼人，男子英俊挺拔，女子嫵媚俊俏，果然是一對璧人，不過那女子還是顯露出少許的惶恐，登上甲板之後還不停向後方張望，那男子摟住她的纖腰對她耳語了幾句。

胡小天耳聰目明，馬上聽到那男子說的是，不用怕，等船開了之後他們就再也追不上來了。心中暗自有些奇怪，目光追逐著那女子的身影，看到那男子拿了一錠金子扔給船主，船主馬上低頭哈腰地將他引到上等艙房去了。

霍勝男看到胡小天盯住那女子的背影不放，瞪了他一眼道：「好色之徒！」

胡小天笑道：「你吃醋啊？」

霍勝男道：「就憑你？呵呵！」

胡小天道：「我怎麼也要比那個小白臉強多了吧！」

商船終於起錨，甲板上聚滿了揮手道別的人們，雖然同行，可胡小天和霍勝男的心情卻是完全不同，兩人一個是返回故土，一個是離別家園。胡小天深知這會兒還是讓霍勝男靜一靜得好，於是不再打擾她，目光四處搜尋起來，看了一會兒也沒找到剛剛那對年輕男女的影子。

商船且行且遠，離開碼頭之後，人們大都返回了自己的艙房，也有幾人仍然在甲板上觀望風景，免不了談天說地，縱論天下形勢，有一人的說話聲引起了胡小天的注意，說話的是個中年儒生，他揮舞著一把摺扇搖頭晃腦道：「聽說大康的皇上瘋了，你們有沒有聽說？現在是大皇子代為主持朝政，簡皇后垂簾聽政。」

胡小天不禁暗笑，都老黃曆的事情了，這儒生還當成新聞到處宣講。

不過那中年儒生的話引來了一群驚歎，當今還遠未達到資訊時代，康都發生在一個月以前的事情能夠傳到這裡已經是新聞了。一群人七嘴八舌討論個不停，那船主走了過來道：「諸位還是莫談國事，以免惹禍上身。」

眾人道：「這裡不怕，船行庸江中心既不是大雍也不是大康，沒人管得了咱們。」一幫儒生哈哈大笑。

那船主搖了搖頭也懶得管這幫讀書人空口閒談，就在此時一個趴在船舷上衣衫襤褸的漢子呵呵笑道：「百無一用是書生，說了半天全都是些閒扯淡的鳥話。」

那幫書生聽到他這樣說話，一個個義憤填膺起來，紛紛圍著那漢子道：「我等在這裡說話，你卻在一旁偷聽，你偷聽就算了還惡語傷人，這是何故？」

那漢子方面大耳，紫色面龐，髮鬚的顏色微微有些發紅，相貌帶著一股子彪悍之氣，雙目冷冷望著那幫書生道：「你們有沒有聽說，新近康都皇城之中又發生了變數。」

一幫書生笑道：「有什麼變數？變來變去還不是姬飛花當家。」看來姬飛花的大名早已傳遍天下。

那漢子搖了搖頭道：「就說你們這幫書生除了死讀書，讀死書，不知從那裡聽來了一些舊聞，還當成天大的消息大肆宣揚，姬飛花謀害皇上未遂已經自盡身亡了，現在他的屍體被懸掛在午門之外梟首示眾。」

眾人聞言都是一驚，胡小天內心的震驚尤甚，不過他馬上就在心底否定了那漢子的話，怎麼可能？姬飛花的武功已臻化境，一直牢牢掌握著大康皇室權柄，更何況他還擁有皇城十萬羽林軍作為後盾，其人心機深沉，智慧超群，誰能將他擊敗？

那幫書生也是一般的想法，最先說話的那儒生道：「簡直是嘩眾取寵，故意放出一些假消息吸引大家的注意，姬飛花何許人也？他可是當今皇上眼前最大的紅人，怎麼可能刺殺皇上？」

一幫書生都跟著點頭道：「簡直胡說，謠言也要編得像一些。」

他們對那漢子的話根本毫不相信。

那漢子也懶得跟這群書生辯駁，繼續轉過身去看江面風景。

胡小天卻被他剛才的那句話勾起了好奇心，走了過去，來到那漢子身邊道：「這位兄台，你剛剛說姬飛花死了？」

那漢子看了他一眼，並不友善道：「我跟你很熟嗎？」

胡小天笑道：「四海之內皆兄弟也！」

那漢子冷笑道：「我沒有你這樣的兄弟，年輕輕的不學好，拐帶良家婦女小心有報應。」

胡小天微微一怔，那漢子朝遠處的霍勝男看了一眼，顯然是已經識破了霍勝男是女扮男裝。

胡小天真是哭笑不得，想不到被人當成拐帶良家婦女私奔的登徒子了。那漢子不願跟他多說，轉身已經向底艙走去。

底艙住的都是些普通百姓，真正有錢的金主都被安排在船上的六間上等艙房內。

胡小天也不缺金子，自然挑選了一間條件最好的艙房，看到天氣又開始變得陰沉，掏出碧玉貔貅推斷出一場風雨就要到來，於是叫了霍勝男兩人回艙內去了。

其實胡小天的擔心是多餘的，霍勝男在北疆領軍抗擊黑胡人多年，經歷大小戰爭無數，可謂是常年和死亡打交道，在她看來死人比活人安全得多，要說真正的危險還是躺在自己身邊的胡小天，這廝雖然不是個壞人，可絕不是個君子，一路之上沒少占自己的便宜，想起這件事俏臉就有些發熱。趁著胡小天傾聽隔壁艙房動靜的時候，悄悄將大劍立了起來，阻擋在兩人之間，重新和胡小天劃清界限。

好在胡小天被隔壁發生的狀況轉移了注意力，雖然他並不擔心死人對他們構成威脅，可是那名殺手卻很可能就在附近，如果只是仇殺當然無需擔心，可如果剛才潛入隔壁艙房的是強盜，那麼很可能還會繼續潛入其他的艙房內行兇作案，胡小天自然要提起警惕。

兩人這一夜各有各的心思，誰也沒有能夠睡好，直到黎明時分，聽到隔壁傳來了一聲驚恐的尖叫，胡小天和霍勝男同時坐了起來，他們知道隔壁船艙內的事情已經被人發現了。

兩人簡單洗漱了一下，沒多久就聽到有人過來敲門，打開房門卻看到那位船主站在門外，滿面惶恐之色，看到兩人無恙，船主鬆了口氣，旋即又哭喪著臉道：「出大事了！兩位兄台出來一下。」

胡小天明知故問道：「出了什麼事情？」

那船主也沒有說明，只是請他們出來。

兩人來到甲板之上，發現甲板上已經聚集了不少人，三五成群竊竊私語，臉上的表情都充滿了惶恐，兩名精壯的水手守住那間出事的艙房。

船主向眾人道：「昨晚船上出了一件命案，為了大家的安全起見，所以要重新清點一下船上的人數，看看究竟有無疏漏，等抵達武興郡之後，也好配合當地官府的調查。」

人多了自然意見也不一致，有人願意配合，有人卻大聲抗議。

胡小天和霍勝男懶得參與意見，兩人來到船頭欣賞風景，問過水手知道因為昨晚遭遇暴風雨的緣故，船隻的速度減緩了不少，原本預計中午能夠抵達武興郡，現在看來要到今日黃昏了，不過清晨開始已經是風停雨歇，天氣晴好。

胡小天的目光四處遊走，並沒有在甲板上看到昨天那對俊男美女，記得他們就住在自己的隔壁，看來死去的就是他們兩個。

船主輕點人數之後，發現乘客少了一人，正是昨天那個衣衫襤褸的紅髮男子。

幾乎可以鎖定兇手就是那人，霍勝男道：「那兇手殺人之後，應該已經跳船逃走了。」

胡小天道：「事不關己高高掛起。」他們自己的事情已經夠多，很難顧及這種小事。

發生了命案之後，所有人也不願意再回到船艙，一個個都留在甲板上聊天，那船主愁眉苦臉，船上出了兩條人命，短時間內生意肯定要受到影響了。

黃昏時分，船隻終於抵達了武興郡羊角港，羊角港乃是軍民混用，有三個碼頭為民用，船主不及將船隻靠岸，先放下舢板讓手下人上岸通報，船上的乘客已經紛紛抗議起來，他們都知道一旦驚動官府，所有人都會有麻煩，不經過一番調查，是無法順利離開的，時間上必然耽擱。更何況已經查出船上少了一個人，兇手應該早就逃了，留下他們這群無辜之人作甚？

船主也是沒別的辦法，如果船隻馬上靠岸，只怕這些船上的乘客就再也無法控制，如果他們都走了，自己向官府又該如何交代？所以只能採取先報官後靠岸的辦法。

一時間甲板之上群情激奮，搭乘商船的客人全都圍著那船主討要說法。船主苦苦哀求道：「各位客官，船上出了命案，最倒楣的那個其實是我，我也不是故意想要為難大家，而是大家一走，我就更加說不清楚了，只求各位多些耐心，等到官府調查清楚，還大家一個清白，也還我一個清白。」

有人憤然道：「我們憑什麼要為你船上發生的事情負責？」

「是啊！兇手都已經走掉了，你將我們留下來作甚？」

「我們是雍人，你報大康的官府作甚？」

船主看到群情洶湧，形勢就快無法控制，慌忙表示將所有人的船資退還，好不容易才平復了眾人的情緒。

胡小天和霍勝男兩人自始至終沒有跟著湊熱鬧，那船主的確也不容易，不但船上死了人，而且還要賠上那麼多的銀子。

此時有人道：「官軍來了！」

眾人向碼頭望去，果然看到一支約有二十人的隊伍已經抵達，為首將官向商船招了招手，示意他們將商船靠岸。

船隻靠岸之後，那幫人開始對每個人進行逐一排查，不但逐個搜身盤問，甚至連他們隨身攜帶的物品也不放過。

胡小天和霍勝男取了行李和馬匹，最後才上岸，一名大康士兵指著他們道：「到這裡來！」

兩人走了過去，那士兵指著胡小天手中的行囊道：「打開來看看！」

胡小天並不想現在就亮出身分，以免引起太多不必要的麻煩，反正自己也沒什麼嫌疑，將東西放在條桌之上，把行囊打開，霍勝男也將隨身行囊打開，兩人所帶的東西並不多，除了那匣骨灰就是一些文書，除此以外還有不少的金銀。

或許是被行囊中黃燦燦的金葉子所吸引，那名帶隊的將領走了過來，指了指那些金子問道：「這麼多金子，你幹什麼的？」

胡小天道：「生意人，帶金子過來是前往康都販賣茶葉。」

那將領指了指胡小天背後的大劍道：「生意人帶這麼大的劍？」

胡小天笑道：「防身！」

將領滿面狐疑地望著胡小天，目光落在裝有骨灰的木匣上：「這裡面是什麼？」

「骨灰！」

將領指著骨灰盒道：「打開！」

胡小天道：「還是不要驚擾亡靈的好。」

那將領冷冷看了胡小天一眼，此時一名士兵走了過來，附在他耳邊說了句什麼，胡小天聽力敏銳，那士兵已經找船主基本調查清楚了情況，船主證明有人已經中途離開了商船，其他人應該沒有太大的嫌疑。

其實胡小天亮出自己的身分就應該可以順利脫身，不過他並不想在當地製造太大的動靜，悄悄離開最好，成為眾人矚目的目標絕不是什麼好事。聽到那士兵說完，胡小天本以為那將領會放任自己離去，卻想不到那將領指了指骨灰盒道：「打開！」

胡小天道：「都跟你說過了，驚擾亡靈不好。」

那將領冷笑道：「一看就知道你不是什麼好東西，賊眉鼠眼，滿面奸詐，非奸即盜！」

霍勝男一旁聽著差點沒笑出聲來，這將官雖然態度惡劣，可他送給胡小天的幾句評語倒是非常貼切。

胡小天道：「這位將軍只怕看走了眼，我們可是規規矩矩的生意人。」

那將領忽然從腰間拔出劍來，一劍向條桌上的骨灰盒砍去。

胡小天從這廝的目光中已經率先察覺到他的意圖，不等那將領手中劍落在骨灰盒上，先行一拳擊中了他的下頜，這一拳打得力道十足，胡小天今時今日的實力豈是這普普通通的下級將領能夠承受的，一拳就將那將領打得倒飛了出去，手中佩劍脫手飛出，眼看就要落入人群，引來一陣驚慌失措的尖叫聲。

霍勝男足尖一點輕盈飛躍出去，穩穩將那柄劍抓住，以免誤傷無辜。

此時那將領方才四仰八叉地摔在地上，盔歪甲斜，激起一片塵土，口鼻之中鮮血狂奔。

一群士兵看到形勢不妙，嘩啦一下將他們兩人包圍在中心。

胡小天不慌不忙將骨灰盒收起，手指捏成了蘭花指一樣的形狀，配上他陰冷的目光，整個人平添了幾分妖媚之色，胡小天冷冷道：「一群不開眼的混帳，竟然冒犯公主的英靈，武興郡誰人當家？讓他過來見過咱家！」胡小天神情動作有七分都在刻意模仿姬飛花，太監中最為霸道的一個就要數姬飛花了，不過胡小天的演技還真是不錯，高高在上不可一世的氣勢頓時將一幫士兵給震住，這幫士兵彼此面面相覷，一時間猜不出他的來路。

此時遠處一隊盔甲鮮明的騎士向這邊奔行而來，為首一名銀盔銀甲的年輕將領胯下白馬纖塵不染，一馬當先怒喝道：「何人在此鬧事？」

胡小天循聲望去，那將領也正在朝著這邊望來，兩人目光接觸都是微微一怔，那名年輕將領竟然是趙武晟！胡小天在前往大雍於倉木青龍灣渡江之時就和趙武晟打過交道。當時趙武晟還調撥了二百名水軍作為文博遠隊伍的補充，還在鳳凰台專程為自己擺酒餞行。趙武晟不但是水師提督趙登雲的侄子，而且他還是姬飛花安插在這裡的內應。

可以說兩艘大船在庸江出事，應該就是他在暗中安排。胡小天原本並沒有打算在武興郡和此人會面，本想不引起太多注意離開武興郡，卻想不到因為商船出了人命案，所以引出了一場風波，比起胡小天的無奈，趙武晟就是驚奇萬分了，他壓根沒有想到胡小天會在這裡出現。

趙武晟翻身下馬，快步向胡小天走去。遠遠發出一聲大笑：「胡大人！卑職趙武晟不知胡大人歸來，有失遠迎，有失遠迎！」

胡小天發出一聲呵呵奸笑，聲音又尖又細，霍勝男聽得不寒而慄起了一身的雞皮疙瘩，此時方才意識到胡小天仍然是太監的身分，在人前必須要將太監這個角色扮演好。

被胡小天一拳放倒的將領捂著口鼻，在手下的幫助下站起身來，此時方才知道胡小天乃是從大雍返回的大康遣婚史，頓時嚇得魂不附體，撲通一聲跪倒在地，顫聲道：「胡公公，小的有眼無珠，冒犯了胡公公，還望大人不記小人過，不要和小的一般見識。」

胡小天唇角露出一絲冷笑，其實剛才那船主已經解釋清楚，嫌犯逃走是再明白不過的事情，這將領故意刁難自己，根本是看中了自己的錢財。胡小天將骨灰盒捧起，慢條斯理道：「咱家當然犯不著和你一般見識，可是若是咱家剛剛出手再慢一步，公主的骨灰就被你這混帳給劈開了。」

眾人此次是方才知道胡小天手中捧著的竟然是安平公主的骨灰，趙武晟率先跪了下去，一幫手下看到他都跪下了，誰還敢站在那裡，一個個爭先恐後的跪下，趙武晟含淚道：「末將趙武晟攜麾下將士恭迎安平公主殿下魂歸故里！」說完之後他恭恭敬敬向胡小天懷中的骨灰盒磕了三個響頭，眾人也是跟著一起跪拜。

胡小天心中暗笑，這骨灰盒中還不知裝的是誰的骨灰，不過無論是誰的，也算是對得起她了，從踏入大康境內就給了她這麼崇高的禮遇，不用說，等回到康都之後，皇上必然會下令將之厚葬。

趙武晟及其麾下的將士其實也只是做做樣子，誰和這位安平公主也沒有多深的感情，大家也都明白安平公主嫁入大雍無非是一場政治事件罷了，至於在大雍遭到暗殺，雖然不少人心中感到悲憤，但也只是為大康所蒙受的屈辱感到不平，如今的大康朝廷動盪不停，國內民亂四起，這些為大康駐守邊境防線的將士也心中不安，應該說他們對大康的未來更加悲觀一些。

這群人中最害怕的還是剛剛那名刁難胡小天的將領，聽到自己差點劈到的骨灰盒竟然是安平公主的，當即嚇得就昏死過去，他知道自己這個麻煩惹大了。

趙武晟起身之後冷冷看了那將領一眼，怒道：「將這個有眼無珠的混帳給我拖下去關起來，先賞他五十軍棍，以後再行發落。」

「是！」

胡小天看到身分暴露，只能改變原有的計畫，他和霍勝男翻身上馬，趙武晟陪同胡小天並轡而行，趙武晟道：「胡大人為何不提前通知一聲，也好讓我等做足迎接的準備？」

胡小天道：「本來不想驚擾趙將軍的，想不到所乘商船偏偏出了人命。」

趙武晟道：「胡大人為何只有一名隨從？」

胡小天歎了口氣道：「一言難盡！」說完他也不解釋，趙武晟看到他不肯說，自然也不好詢問，微笑道：「胡大人這次的雍都之行必然費盡辛苦，回到大康就可以放下心來了，不如留在武興郡多歇息幾日。」

胡小天搖了搖頭道：「明日一早就走，公主的事情耽擱不得。」

趙武晟點了點頭，臉上也流露出傷感之色。

胡小天道：「我在大雍的時候，聽說武興郡已經淪陷在亂民手中的消息，何時又將民亂平復了？」

趙武晟道：「胡大人離開倉木之後不久，亂民就將武興郡的城門攻破，搶了糧庫殺了郡守，我們水師集合軍隊前來接應的時候，那群亂民已經棄城逃了，還好沒有造成太大的傷亡，倒楣的大都是官員商戶，於是水師提督趙大人臨時將武興郡實行軍管，這段時間經過整頓肅清，好不容易才恢復了一些秩序，具體的情況已經報到了朝廷那裡，只是現在還沒有得到朝廷的回應。」

胡小天點了點頭道：「武興郡乃是大康北疆防線的咽喉，若是失了武興郡，恐怕整個北部防線都會受到威脅。」

趙武晟道：「聽說黑胡四王子完顏赤雄死在了雍都，現在黑胡人正在厲兵秣馬準備南下吧，大雍自顧不暇，哪還顧得上咱們？」

跟在後方的霍勝男不由得皺了皺眉頭，她畢竟是大雍將領，聽到別人議論大雍的事情難免會有些敏感，可很快就心中釋然了，只怕自己在乎大雍，大雍早已不在乎自己，國家的大事再也不用自己去操心了。

趙武晟率領手下的那幫人一直將胡小天護送到了水師提督府，提督府其實就是過去的郡守府，水師提督趙登雲自從入駐武興之後，就將這裡設為自己的臨時辦公地點。

趙登雲又是趙武晟的親叔叔，想起兩人之間的關係，胡小天不由得想起當初在倉木渡河的事情來，趙武晟如果是姬飛花安插在這裡的內應，當時應該知那場沉船事件可能帶給他叔父的影響，身為水師提督的趙登雲必然要被追責，以趙武晟的精明肯定會考慮到這件事，在這種情況下他仍然堅持行動，要麼他算準了朝廷不可能將趙登雲怎樣，要麼就是他心狠手辣，大義滅親。

來到水師提督府，就看到門前一群人披麻戴孝列隊候在那裡，為首一人正是大康水師提督趙登雲。

胡小天向趙武晟看了一眼，心中明白一定是他讓人提前過來送信，不過這麼短的時間內，這些人是哪裡找來的孝服？看來應該是早有準備。

看到胡小天一行到來，趙登雲率領麾下文官武將全都跪了下去，一個個哭得愁雲慘澹，趙登雲都跪下了，趙武晟這個當侄子的自然也要陪著跪下。放眼望去，只有胡小天和霍勝男兩人站著，其他人全都跪下了，胡小天不由得有些想笑，大康這幫將領打仗不見如何厲害，可裝模作樣的本事卻是一流，生怕別人不知道他們為安平公主的事情傷心似的。經他們這麼一鬧，整個武興郡的老百姓都知道公主的骨灰回到大康了。

趙登雲年約五旬，中等身材，膚色白皙，相貌端正，頷下三縷長髯，頗有儒將之風，起身之後，用手帕擦了擦眼角，來到胡小天面前道：「胡公公一路奔波辛苦了。」

胡小天道：「為國家做事，就算再苦也心甘情願。」面對這位大康水師的一號實權人物，胡小天不由得多打量了幾眼。

趙登雲道：「胡公公今晚就在這裡休息，咱們回頭再詳談。」他向趙武晟道：「武晟，傳令下去，今晚開始城內任何酒肆茶樓不得營業，青樓妓寨閉門謝客，家家戶戶不許懸燈結彩。」

「是！」

胡小天一聽就知道趙登雲是要隆重祭奠安平公主的意思，他向趙登雲道：「提督大人且慢做出這樣的決定，咱家有幾句話說。」

趙登雲轉向胡小天，和顏悅色道：「胡公公請說。」

胡小天道：「提督大人，小天護送公主骨灰回國之事本不想大肆聲張，一來公主生前喜好清淨，肯定不喜歡被人打擾，也不想給太多人造成麻煩，二來，也是為了公主骨灰的安全考慮，從武興郡到康都還有一段距離，這途中難保會有居心叵測之人想要自找麻煩，所以還請大人諒解，暫時保守這個秘密最好。」

趙登雲聽胡小天這樣說，皺了皺眉頭似乎在考慮他的話，想了一會兒點了點頭道：「胡公公說得也很有道理，那好，就按照胡公公的意思去辦。」他擺了擺手示意眾人散去。

趙武晟引著胡小天來到東院暫時安頓下來，胡小天總算有機會舒舒服服泡一個熱水澡，等他洗完澡之後，天色也黑了下來。還是趙武晟過來請胡小天過去，說是趙登雲請他去吃飯。

趙登雲是請胡小天單獨過府，胡小天向霍勝男說了一聲，跟隨趙武晟來到提督府的後花園。

水師提督趙登雲已經脫下盔甲換上儒衫，涼亭內的石桌上也已經擺好了幾道涼菜，看到胡小天進來，趙登雲微笑招呼道：「胡公公來了！」

胡小天道：「大人百忙之中還抽出時間宴請在下，咱家實在是受寵若驚。」

趙登雲呵呵笑道：「胡公公又何必如此客氣，你護送安平公主前往雍都成親，歷盡九死一生，我雖然和胡公公還是頭一次見面，可是對胡公公的風采卻是仰慕已久啊。」

胡小天心中暗想，我一個太監能有什麼風采？又有什麼好讓你仰慕的？你大概是知道我和姬飛花的關係所以才故意跟我套關係的吧。想到了姬飛花，不由得想起昨日從紅髮漢子那裡聽來的消息，不知是真是假，今天剛好可以從趙登雲的口中探聽一下康都的真實狀況。

趙武晟為胡小天和趙登雲面前的酒杯斟滿美酒。

趙登雲端起酒杯道：「這杯酒我敬胡公公，胡公公甘冒風險九死一生前往大雍，無論智慧還是膽略，都讓我等深感佩服。」

胡小天道：「大人過獎了，咱家奉陛下之命護送公主前往雍都完婚，根本就是份內之事，本以為公主完婚之後就能幸福一生，大康和大雍兩國之間也能永結同好，卻想不到公主在雍都卻無端遭遇橫禍……」說到這裡他一臉悲愴，將端起的酒杯又放下。雖然沒有居功，但是也沒有往自己的身上攬責任，單就此次任務而言，應該算得上圓滿完成，至於安平公主之死，乃是到了雍都之後發生的事，大雍方面應該負有全責。

趙登雲道：「據說是大雍將領霍勝男因嫉生恨害死了安平公主？」

安平公主遇刺之後，大雍將這個調查結果對外公佈，如今已經是天下皆知了。

胡小天道：「刺殺公主的兇手全都當場伏誅，只是那霍勝男已經逃得不知所蹤。」

一旁趙武晟道：「這霍勝男乃是大雍第一女將，曾經為大雍立下赫赫戰功，卻沒有想到她的心腸居然如此歹毒，竟然敢謀害安平公主。」

趙登雲喟然歎了口氣道：「公主心地善良，卻命運多舛，最後落到如此淒涼的下場，想起來真是讓人不勝唏噓。」

趙武晟充滿悲憤道：「若是讓我抓住那霍勝男，必然將她千刀萬剮，方解心頭之恨。」

胡小天心中暗自冷笑，你也就是說說，真要是敢對勝男不利，老子第一個不會放過你，不過這個趙武晟應該很不簡單，姬飛花既然對他的重視程度應該不次於自己，當初讓他在這裡接應自己，並在暗中動了手腳，他才是導致沉船的罪魁禍首。對趙武晟胡小天充滿警惕，畢竟此人很可能知道文博遠的死和自己有關。端起面前的酒杯喝了一杯酒道：「事情既然發生也無可挽回，咱家現在只想著儘快護送公主的骨灰返回康都，向皇上交差，無論皇上如何責罰於我，咱家都不會有任何的怨言。」

趙登雲道：「不是禮部尚書吳大人也和胡公公一起出使，為何單單只有胡大人回來了？」

胡小天道：「此事一言難盡，等回到京城再向皇上解釋。」言外之意就是你趙登雲沒有知道這件事的資格。不過自己已經提前讓吳敬善等人返回大康了，從趙登雲的提問來看，吳敬善或許仍然沒有來到武興郡，或許已經來到了但是沒敢公開露面，吳敬善為人何其老道，在形勢未明之前或許會隱藏身分，淡出公眾視野，靜靜等待著自己的消息。

趙登雲道：「胡公公還不知道？」

胡小天道：「知道什麼？」

趙登雲將手中的酒杯緩緩放在桌上道：「京城出了大事！」

胡小天心中最關心的就是這方面的事情，巴不得趙登雲主動提及這件事，故作緊張道：「什麼大事？」

趙登雲壓低聲音道：「皇上得了失心瘋！」

胡小天早已得知這個消息，自然不會感到驚奇，臉上還要裝出關切無比的樣子：「怎會如此？怎會如此啊！」

趙登雲道：「還不是被人所害。」

胡小天倒吸了一口冷氣道：「什麼人竟敢如此大膽，居然敢謀害皇上？」

趙登雲道：「還有誰？除了姬飛花那個狼子野心的閹人，誰還有這樣的膽子？」

胡小天內心一沉，趙登雲公然在自己的面前辱罵姬飛花，若非姬飛花出事，他絕沒有這樣的膽子，聯想起昨日在商船甲板上聽到的消息，內心中產生了一個極其不好的預感，難道姬飛花當真出事了？在胡小天的心中一直將姬飛花視為幾乎不可戰勝的存在，不僅僅因為姬飛花擁有一身已臻化境的武功，更因為他擁有多智近妖的頭腦和冷酷無情的鐵血手腕，想要對付這樣的人絕不容易。

趙登雲罵完這句話之後，悄然用眼角觀察了一下胡小天的表情，罵姬飛花是閹人，胡小天也是閹人，而且幾乎所有人都知道胡小天乃是姬飛花手下的紅人，他之所以能夠當上這個副遣婚史，就是姬飛花親自保薦，姬飛花就是胡小天的靠山，如今靠山已經倒了，且看你這小太監又該何去何從？

胡小天的臉色的確不好看，也用不著掩飾，故作平靜也沒有意義，他抿了抿嘴唇道：「提督大人的意思是？」

趙登雲微笑道：「都說胡大人在宮中八面玲瓏，所以才能左右逢源，入宮這麼短的時間就能夠在宮中脫穎而出，不但得到姬飛花的信任，也深得皇上的信任，難道你還沒聽懂我的意思？」他這番話不像恭維，明顯帶著嘲諷的意味。

趙武晟道：「姬飛花陰謀造反，幸虧被皇后娘娘和太子殿下及時識破並聯合朝中重臣將他的計畫粉碎，如今姬飛花已經被在午門外梟首示眾，以儆效尤。」

胡小天現在已經可以確定姬飛花落敗了，不過他仍然不相信姬飛花會這麼容易就死，更不可能敗在簡皇后和龍廷盛的手裡。胡小天道：「只要皇上沒事就好！」此時他心亂如麻，姬飛花這個在他心中至強者的存在，卻敗得那麼突然，這一消息將胡小天原本設想好的應對計畫完全打亂。姬飛花如果真的死了，那麼自己前程未卜，返回康都還不知道會面臨著怎樣的命運。想到這裡頓時沒有了喝酒的心境，敷衍了兩句，離席告辭。

趙登雲也沒有挽留，冷冷望著胡小天離去的身影，將杯中酒一口飲盡，然後把空杯重重頓在石桌之上，向趙武晟道：「不要讓他活著離開武興！」

「是！」趙武晟說完又想起了一件事：「可公主的骨灰還在他的手裡。」

趙登雲淡然道：「這有何難，就說我想要為公主守靈一夜，以盡臣子的本份，料想他不會拒絕。」

趙武晟道：「叔叔果然妙計，咱們提前讓人在靈堂埋伏，只要他將骨灰放下，就動手抓人。」

趙登雲點了點頭唇角露出一絲冷笑。

霍勝男看到胡小天這麼早回來，也感到有些好奇，輕聲道：「怎麼這麼快就回來了？沒陪你的同僚多喝幾杯？」

胡小天道：「情況好像有些不對，咱們馬上離開！」

「什麼？」霍勝男深感不解，可是胡小天既然做出這樣的決定，自然有他的理由，馬上著手收拾行李。

霍勝男收拾東西的時候，已經聽到門外傳來密集的腳步聲，胡小天內心一怔，想不到這麼快就來了，心中暗自惱火，趙登雲也是個兩面三刀的小人，剛剛還和自己把酒言歡，一轉眼就要對自己下手，難道因為姬飛花的緣故？將自己當成姬飛花的同黨抓起來送去朝廷領賞？從外面的腳步聲來判斷，至少有二十人埋伏在院落周圍。

趙登雲還是小看了自己，以為自己只是個手無縛雞之力的太監。

重新返回房間內，霍勝男已經將行裝收拾完畢：「情況怎麼樣？」

胡小天道：「外面已經被包圍了。」

霍勝男道：「大不了咱們殺出去！」

胡小天搖了搖頭，心中暗忖這趙登雲好生奇怪，即便我是姬飛花的親信，他也沒必要出手對付我，畢竟現在我還頂著大康遣婚史的身分，手中還有安平公主的骨灰，這樣對我難道僅僅是為了向朝廷表達忠心？

此時外面忽然傳來敲門聲，卻聽到趙武晟的聲音道：「胡大人在嗎？」

胡小天心中一怔，想不到趙武晟居然還敢過來，當真以為自己對外面的動靜毫無覺察嗎？他向霍勝男使了個眼色，起身再度來到外面，拉開房門，卻見趙武晟微笑站在門外。

趙武晟抱拳道：「這麼晚了打擾胡大人休息，實在是不好意思。」

胡小天道：「咱家一直都睡得晚，算不上打擾，不知趙將軍找我有什麼事情？」

趙武晟道：「提督大人特地在府內設下靈堂用來安置公主殿下的骨灰，公主殿下的英靈來到武興郡，為人臣子者理當為公主殿下守靈，還望胡大人成全。」

胡小天聽懂了他的意思，這是要向自己討要安平公主的骨灰，拿走骨灰之後就可以肆無忌憚地對自己動手，心中暗自冷笑，正準備拒絕。

卻聽趙武晟以傳音入密道：「胡大人，趙登雲想要殺你！」

胡小天內心一驚，目光盯住趙武晟的雙目，趙武晟並沒有迴避他犀利的目光，坦蕩地望著胡小天道：「他乃是受了太師文承煥的委託，將你在返程途中殺死。按照他的吩咐，我已經在外面埋伏了二十名弓箭手，胡大人不用驚慌，他現在還不會動手，你將公主的骨灰送到靈堂，他會親手接過，那時是你擒住他的最佳時機，趁他不備，以他為人質，方才有逃離武興郡的機會。」

胡小天以傳音入密道：「為什麼要幫我？」

趙武晟道：「姬公公對我有救命之恩，其中的詳情以後我再向你細說，武興郡駐防的將士共有五萬，除非你拿住趙登雲，否則就憑你們兩個，絕沒有逃出去的機會。」

胡小天心中仍然有些猶豫，焉知趙武晟不是故意設下圈套麻痹自己。

趙武晟道：「時間已經不多了，現在武興郡四門緊閉，離開提督府的各大路口已經被完全封鎖，武晟能做的只有這些了。」

胡小天抿了抿嘴唇，當斷不斷反受其亂，趙武晟若是想要設局用不著親自過來那麼麻煩，他獨自前來，自己和霍勝男兩人完全有擒住他以他為質的機會，當下點了點頭道：「好，我跟你去！」

第七章

狼心小公主

簡皇后滿臉淚水道：「七七，你恨我只管衝著我來，
廷盛是你的大皇兄，你們兄弟姐妹中，他一向是最疼你的那個……
難道他過去對你的諸般好處，你全都忘了？」
七七漠然看了已經昏迷在地上的龍廷盛一眼：
「過去的事情，誰又會在乎呢？」

趙武晟向胡小天抱拳行禮道：「那末將就去外面等待！」他知道胡小天和霍勝男定然有話要單獨說，所以留給他們單獨交流的空間。

趙武晟離開以後，胡小天將他剛才所說的話告訴霍勝男。

霍勝男也抱有和胡小天同樣的懷疑，趙武晟這個人究竟可不可信？他畢竟是水師提督趙登雲的親侄子，為什麼會背叛自己的叔叔，幫助他們這兩個外人？

胡小天皺了皺眉頭道：「我們似乎沒有了其他的選擇，唯有拿住趙登雲才能脅迫這些守軍讓步。」他決定選擇相信趙武晟，雖然趙武晟和趙登雲是叔侄關係，可是從沉船事件來看，趙武晟顯然沒有考慮到這個親叔叔的利益，甚至不惜讓他擔責，胡小天敏銳覺察到這對叔侄之間很可能有著不為人知的隱情。

胡小天讓霍勝男留在這裡等待，畢竟如果帶著太多東西過去，容易引起趙登雲的警覺，以霍勝男的武功自保絕無問題，只要自己擒住趙登雲，她想要從這幫軍士的包圍中脫身還不容易。

胡小天抱著公主的骨灰盒在趙武晟和幾名士兵的護衛下向臨時設立的靈堂走去，靈堂距離胡小天所住的地方並不遠，五十餘步就走到了地方，當然本身水師提督府也沒有多大。一個普普通通的地方衙門和皇宮大內的規制自然有著天壤之別，胡小天一邊走一邊悄然觀察周圍的環境，默默記在心中，以便回頭撤離。

來到設立靈堂的院落之前，趙武晟又以傳音入密向胡小天道：「胡大人一定要答應我一件事，千萬不可傷了他的性命。」

胡小天向趙武晟看了一眼，畢竟兩人是叔侄關係，終究還是不忍心將趙登雲置於死地。

趙登雲果然在裡面等待，看到胡小天獨自一人前來，暗暗竊喜，認為自己的計策已經得逞，指了指供桌道：「就將公主的骨灰安放此處吧。」臉上還拿捏出悲傷莫名的表情。

胡小天卻沒有將骨灰放上供桌，而是雙手轉呈給趙登雲。

趙登雲心中一怔，不過並沒有對胡小天的動機產生懷疑，面對公主的骨灰盒，他不能不接，慌忙伸出雙手去接過來。原本的計畫是胡小天將骨灰盒放在供桌之上馬上展開行動，卻想不到他居然將骨灰盒直接交給了自己。

胡小天將骨灰盒遞到中途，卻沒有急於放在趙登雲的手中，語重心長道：「趙大人，咱家可把公主的骨灰交給你了，你一定要好好守護，若是出了半點差錯，恐怕對朝廷無法交代。」

趙登雲道：「胡大人只管放心，我請公主的骨灰過來無非是想為公主守靈，盡一個大康臣子的本份，公主的骨灰在趙某的眼中，比我的生命更加重要。」

胡小天道：「大人高義，咱家深感佩服，為了公主的骨灰，甚至連性命都可以不要了。」

趙登雲沒聽懂他是什麼意思，正在咀嚼其中含義的時候，卻見胡小天突然將骨灰盒往他手裡一塞。趙登雲慌忙接住，雙手剛剛捧住骨灰盒，卻見胡小天手腕一動，從骨灰盒下亮出一柄寒光閃閃的匕首來。

趙登雲萬萬想不到會發生這樣的變化，驚慌之際，將手中的骨灰盒拋到了一邊，足以證明剛才他所說的全都是屁話，什麼公主的骨灰比他的生命重要，這世上沒有任何事比自己的性命更加重要。

骨灰盒落在地上，喀嚓一聲摔得四分五裂，裡面的黑灰散落了一地，當然不是骨灰，而是煤灰，胡小天提前就已經將東西掉包。趙登雲雖然反應不慢，可是胡小天動作更快，不等這廝逃離自己的身邊，已經抓住他的領口，匕首抵在他的咽喉之上。

因為現場變化太快，隱藏在帷幔後的武士根本來不及反應，發現趙登雲被制住，方才一個個從藏身處衝了出來。

胡小天擰轉趙登雲的身軀，將他擋在身前，匕首抵在他的頸側動脈之上，呵呵笑道：「趙大人好大的場面，為了迎接公主的骨灰還真是費盡心機。」

趙登雲畢竟是大將風範，雖然落入胡小天的手中，可是表面上並沒有流露出任何的慌張，平靜道：「胡小天，你毀掉公主的骨灰，挾持邊關守將，對得起陛下，對得起朝廷嗎？」

胡小天點了點頭，反轉匕首照著趙登雲的右頰上就劃了一記，鋒刃過處，鮮血汩汩而出，趙登雲聞到濃烈的血腥味道，頓時覺得心驚肉跳，這小子雖然年輕，怎地如此心狠手辣？

胡小天道：「摔碎公主骨灰盒的是你，想要犯上作亂對公主不敬的也是你，咱家乃是皇上親封的欽差大臣，你對我不敬陰謀陷害，這就是對皇上不敬，對朝廷不敬，讓你的人給我滾開，不然我現在就殺了你。」

趙武晟裝腔作勢道：「胡小天，你不要亂來，如果你敢傷害我叔叔一根頭髮，我就讓你死無葬身之地！」其實這話說了等於沒說，胡小天都已經在趙登雲臉上劃一刀了。不過趙武晟又沒說錯，胡小天的確沒動他叔叔一根頭髮。

胡小天呵呵笑道：「趙武晟，你敢威脅我，只可惜現在發號施令的不該是你！」他揚起匕首，噗的一聲插入趙登雲的肩頭，雖然留有分寸，可匕首也刺入趙登雲的血肉半寸有餘，痛得趙登雲呲牙咧嘴，不過他也算一條漢子，居然忍住疼痛一聲不吭。

趙武晟鏘的一聲將腰間佩劍拔了出來。

胡小天重新將染血的匕首抵在趙登雲的咽喉之上：「現在讓你的人給我退出去，馬上讓開道路，打開武興郡南門，誰敢擋住我的去路，我就要了這老賊的性命。」

趙登雲怒道：「你們都傻站著幹什麼？還不給我拿下這閹賊……」話沒說完，喉頭上又是痛了一下，卻是胡小天用匕首劃開他的肌膚。

趙武晟揮了揮手，示意眾人退向兩旁讓開一條道路。

胡小天押著趙登雲向外面走去，趙登雲雖然身上多處被胡小天刺傷，可是仍然沒有流露出太多的恐懼，他畢竟是久經沙場的老將，知道雖然自己被胡小天所制，但是胡小天如果不想死的話，絕不敢輕易傷害自己的性命，他是要利用自己要脅這些將士，想要逃出武興郡。趙登雲也知道這幫手下投鼠忌器不敢動手，所以索性表現得更加英雄氣概一些，省得落人笑柄。

胡小天來到路口之時，霍勝男也騎著一匹棗紅馬牽著小灰衝出院子和他會合，因為趙登雲被胡小天控制的緣故，提督府幾百名將士竟然沒有一人敢輕舉妄動。

胡小天將趙登雲交給霍勝男，霍勝男點了趙登雲的穴道將他橫放在馬上，胡小天翻身上馬，抽出藏在小灰馬鞍上的大劍，冷哼一聲道：「爾等最好不要搞什麼花樣，等我離開武興郡，自然會放了這老賊，如果你們敢跟上來，我先切了他的卵蛋！然後將他的手足割下來餵狗！」說完之後，縱馬揚鞭和霍勝男一起向大門處衝去。

提督府的大門果然打開，眾將士跟在他們的馬後追趕了出去，來到大門處，趙武晟道：「保持距離，千萬不要觸怒了他，傷害了大人的性命。」

趙登雲被挾持的事情驚動了整個武興郡的全部守軍，此前趙武晟就說過這裡共有守軍五萬，其中並沒有任何誇張的成分在內，胡小天和霍勝男經行之處，道路兩旁全都是聞訊趕來的將士，可是駐軍人數雖多，卻不敢輕舉妄動，一個個眼睜睜看著胡小天兩人挾持著趙登雲徑直朝著南門而去。

兩人抵達武興郡南門，看到大門仍然緊閉，城門樓上數百名弓箭手嚴陣以待。

胡小天抓起趙登雲的身體，向城樓之上高喝道：「快快打開城門放下吊橋，否則我就殺了趙登雲。」

趙登雲嘶聲叫道：「胡小天乃閹賊姬飛花的同黨，結黨營私，意圖顛覆大康社稷，不可放此人離去。」

胡小天向趙登雲嘿嘿冷笑道：「提督大人，戲演得差不多就行了，都知道你英勇無畏，臨危不懼，可你要是再這麼下去，激怒了咱家，咱家當眾搧你幾個耳光，看你這位水師提督以後還有什麼顏面統領水軍？」

趙登雲聽到他威脅心中不由一凜，雖然他和胡小天只是第一次打交道，可從胡小天今天的手段來看，這廝絕對是個不擇手段的傢伙，如果當真激怒了他，不排除他會當眾侮辱自己，士可殺不可辱，更何況趙登雲本身也不想死。

胡小天道：「不如咱們做個交易，你讓他們打開城門，只要我們順利離開武興郡，確認安全之後就放你離開，你以為怎樣？」

趙登雲心中暗自躊躇，自己如果下令打開城門，那麼豈不是等於當眾宣佈自己怕死，更何況如果他們離開了武興郡，焉知他們會不會加害於自己？

就在此時，趙武晟率領一群士兵也追趕了上來，大聲道：「大家千萬不可輕舉妄動，不要誤傷了大人！」

胡小天道：「打開城門，不然咱家先將趙登雲的右眼挖出來！」這廝手中的匕首已經抵在趙登雲右眼的眼眶之上，趙登雲此時真正有些心寒了，胡小天做事心狠手辣，難怪姬飛花會對他如此看重，只怪自己馬虎大意，本以為穩操勝券，十拿九穩，卻想不到被胡小天有機可乘，居然落入他的手中淪為人質。

趙武晟焦急萬分，大聲道：「叔父大人！留得青山在不怕沒柴燒啊！您就下令開門吧！」入夜之後武興郡四門緊閉，沒有趙登雲的命令城門不得隨便開啟，即便是趙武晟也沒有這個資格。

趙登雲心中雖然害怕，可是臉上的表情仍然一副威武不屈的模樣，身為大康水師提督若是那麼快就認慫，以後還拿什麼服眾，趙登雲將雙目一閉，大吼道：「閹賊，你殺了我就是，以為我會向你屈服嗎？」

胡小天冷笑道：「看不出你還真是茅坑裡的石頭，又臭又硬！」他手中匕首一滑，沒挖趙登雲的眼睛，而是狠狠戳在趙登雲的大腿上，這廝惱恨趙登雲意圖陷害自己，下手自然存著幾分報復的成分，捅得趙登雲悶哼一聲，匕首拔出的時候鮮血已經淋漓而下。

趙武晟道：「叔父大人！」他竟然從馬上下來，跪在了地上，他這一跪，所有將士都跟著跪了下來，眾人齊聲道：「大人，您就下令開門吧！」

趙登雲被胡小天這下捅得已經是膽戰心驚，其實這城門早晚都會開，他本想再裝裝英雄，可裝英雄的代價就是流血受傷，而且這太監手黑，保不齊下一步會幹出什麼事情來，萬一被他戳瞎了一隻眼睛，又或是割掉了卵蛋，自己這輩子豈不是完了，趙武晟說得不錯，留得青山在不怕沒柴燒，趙登雲心念及此，馬上揚聲道：「打開城門，放下吊橋！」

胡小天和霍勝男交遞了一下眼神，彼此露出一個會心的笑意，胡小天道：「識時務者為俊傑，你早配合一點也不要吃那麼多的苦頭。」

有了趙登雲的命令，城門緩緩開啟，沒多久吊橋也放了下來，胡小天和霍勝男帶著趙登雲出了城門越過吊橋。胡小天不急離開，又讓守城士兵將吊橋升起，這才帶著趙登雲沿著前方官道一路狂奔而去，直到武興郡在他的視野中變成了一個小點，兩人方才勒住馬韁。

周圍沒有其他人在，趙登雲再也不敢表現出絲毫的強硬，低聲道：「你們已經離開了武興郡，還不儘快放了我？」

胡小天嘿嘿笑道：「趙登雲，我和你往日無怨近日無仇，你為何要害我？」

趙登雲道：「你是姬飛花的同黨，現在朝廷正在大力肅清朝野內外姬飛花的黨羽，你也是朝廷分發名單中的一個，我也是奉命行事。」

胡小天想起剛剛趙武晟對自己說過的事，分明是太師文承煥委託趙登雲在返程途中將自己幹掉，他肯定沒對自己說實話，胡小天道：「好！那咱們就此別過。」他使了個眼色，霍勝男將趙登雲從馬上扔了下去，摔得這廝灰頭土臉苦不堪言。

胡小天和霍勝男也不敢停留，縱馬沿著官道一路向南行去。

趙登雲被摔得七葷八素，苦於身體穴道被制，想要從地上爬起來都不能夠，等了一會兒方才看到趙武晟率領士兵追逐過來，趙武晟發現了地上的趙登雲，慌忙翻身下馬，將他從地上攙扶起，關切道：「叔父，您沒事吧？他們有沒有傷到你？」

趙登雲身上雖然被胡小天用匕首戳了幾下，可都是皮肉傷還不至於危及性命，他怒吼道：「不必管我，給我追，就算追到天涯海角也要將這閹賊給我抓回來！」

胡小天和霍勝男一口氣奔出二十里左右，看到前方小河流水，在河邊生長著密密麻麻的蘆葦蕩，胡小天決定不再繼續前行，和霍勝男一起牽著馬匹來到蘆葦蕩內暫時躲避。

按常理推斷，趙登雲絕不肯就此作罷，在重獲自由之後必然會派出軍隊追殺他們，搞不好還會聯合前方駐軍進行圍堵，盲目逃亡未必能逃出他們的圍追堵截。

兩人在蘆葦蕩內藏匿好，過了沒多久就聽到驚天動地的馬蹄聲，從蘆葦的縫隙中望去，卻見一支數百人的隊伍循著他們剛才的路線追逐而來。不過並沒有發現他們已經更改了路線，越過前方拱橋，一直向正南方追過去了。

等到追兵遠去，胡小天和霍勝男兩人方才從蘆葦蕩中出來，改變方向，沿著小河一路向西。

霍勝男道：「究竟發生了什麼？趙登雲為何要對付你？」

胡小天搖了搖頭道：「我也不甚清楚，不過康都發生了大事，據傳姬飛花已經死了。」

霍勝男道：「那你回去豈不是要有危險？」她也聽說過，胡小天乃是姬飛花跟前的紅人，現在姬飛花因謀逆之罪被殺，胡小天也很可能會被牽連，如果返回康都，等待他的豈不是死路一條？

胡小天道：「趙登雲的話未必可信，咱們先離開這個地方，等搞清楚康都具體狀況之後，再決定是否前往康都。」

霍勝男點了點頭，原本她打算和胡小天就在武興郡分道揚鑣，可是卻沒有想到胡小天居然遇到了這種麻煩事，在胡小天陷入麻煩時，她又怎能捨棄他獨自離去？

康都的雨已經接連下了三天，仍然沒有停歇的跡象，龍燁霖坐在宣微宮內，雙目呆滯，已經有三十八天了，他沒有離開過宮室半步，昏暗的宮室內瀰漫著一股腐朽和臭氣，龍燁霖感覺到自己周身已經染滿了這樣的氣息，他的生命沉淪沒落了下去，永無出頭之日。

門從外面打開，一個身材挺拔的倩影出現在宮門前，整個人如同一個發光體，耀眼奪目，刺得龍燁霖睜不開雙眼。

龍燁霖用手遮住自己的雙目，好不容易才看清門外究竟是誰，讓他驚喜的是，門外竟然是七七，龍燁霖想要站起身來，可是雙腿卻酸軟無力，方才想起已經有兩天沒有人給自己送飯了。

一段時間不見，七七長高了許多也瘦了許多，臉上已經沒有了昔日的嬰兒肥，變成了精緻的瓜子面龐，不知不覺中已經出落成為一個楚楚動人的少女了。看到七七的樣子，龍燁霖忽然想起了一個人，顫聲道：「阿紫……」說完之後，他馬上醒悟過來自己糊塗了。

七七緩步走入房內，手中端著一個托盤，托盤內放著好酒好菜。龍燁霖看到盤中的酒菜頓時雙目生光，甚至顧不上和女兒多說話，抓起那隻雞，便狼吞虎嚥的啃了起來。

七七如同清泉般明澈的雙眸望著父親，目光平靜而淡漠，闊別多日方才相見，竟然從中找不到絲毫的關切和激動。

龍燁霖吃得太急很快就被雞肉噎住了，抓起酒壺，對著壺嘴就灌了下去，接連喝了幾大口，方才緩過勁來，長舒了一口氣，拍了拍胸口繼續專心致志地對付那隻雞腿。直到將那隻雞腿啃得只剩下一支光禿禿的骨頭，龍燁霖方才想起女兒就在面前，抬起頭道：「七七……你怎麼會來？姬飛花怎麼會答應你過來？」

七七道：「姬飛花已經死了！」

龍燁霖愣了一下，滿是油膩的面孔充滿了迷惘的表情：「你說什麼？」

七七道：「姬飛花已經死了！」

龍燁霖道：「姬飛花死了？真的？」

七七點了點頭，龍燁霖哈哈大笑起來：「姬飛花死了！姬飛花死了！哈哈！天理循環，報應不爽！」在這個突然到來的好消息刺激下，龍燁霖竟然站起身來，他如癡若狂，揮舞著雙臂，赤著雙腳在宣微宮內快步奔行了一圈，大呼大喊抒發心頭快意。好不容易方才重新平復了下來，聲音顫抖道：「七七，你是來接朕出去的……朕自由了？」

七七點了點頭，唇角流露出一絲淡淡的笑意，輕聲道：「有件事我一直都想問你，我娘究竟是怎麼死的？」

龍燁霖內心一震，舉目望著七七：「你為何問這種事情？不是跟你說過了無數次，為何又要讓朕想起這傷心事？」聽聞姬飛花已經死去，龍燁霖有種滿血復活的

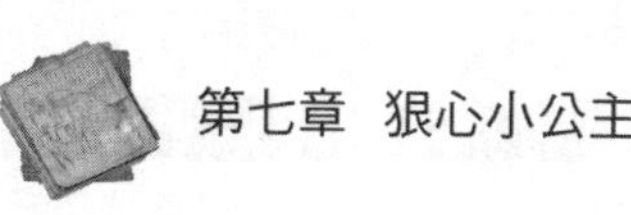

感覺，似乎他的精氣神在一瞬間又回到了身上，他還是大康天子，沒有人可以阻止他回到皇位上。

七七道：「有人告訴我，我娘是你親手殺死的！」

龍燁霖怒視七七：「混帳！竟敢在朕的面前胡說八道，如若不是念在你是朕的女兒，朕……」他感覺自己的腹部突然傳來一陣疼痛，慌忙伸手捂住了肚子。

七七淡然道：「怎樣？」

龍燁霖道：「你……你在這酒菜裡放了什麼……」他的臉色慘白，似乎想到了一件極其可怖的事情。

七七道：「你親手將我娘送給你親生父親的時候，有沒有想過會有今天？」

龍燁霖慘叫一聲，想要撲向七七，走了一步卻雙腿一軟撲倒在地上。

七七道：「這世上沒有什麼可以守住的秘密，你自以為做得天衣無縫，可報應早晚都會落在你的身上。」

龍燁霖咬牙切齒道：「朕……朕是你的……親生父親……」

七七道：「這頓飯是你的親生父親賜給你的，你放心去吧！」

簡皇后因為宮外響起的那聲炸雷而不由自主打了個哆嗦，抬起頭看了看對面的兒子，大康太子龍廷盛的臉色似乎比她更加蒼白難看，龍廷盛此時剛好也在抬頭望著母親，抿了抿嘴唇道：「母后……」

簡皇后伸出手去，握住兒子的大手，觸手處冰冷一片，其實她自己何嘗也不是一樣，根本感覺不到自己的半點溫度，她低聲道：「沒事……不會有事……」像是安慰著龍廷盛，更像是安慰她自己。

龍廷盛道：「母后，我總覺得宮裡發生了大事。」他們已經被軟禁在這裡整整七天了，這七天內馨寧宮的宮女太監被換了個遍，他們母子兩人不允許離開馨寧宮的範圍半步，他無法繼續代理朝政，而簡皇后自然也不可能垂簾聽政。

簡皇后道：「我真是糊塗，竟然相信姬飛花那閹賊的謊言，他狼子野心，根本意在咱們龍氏的江山，落到今天這種地步，全都是因為我的緣故。」

「母后何必自責，今天這種狀況也不是您所能改變的，若不是為了孩兒，您也不會跟他聯手，只怪孩兒不該輕信七七那丫頭的話，現在被她所害，悔之晚矣。」

提起七七，簡皇后不由得怒上心頭，咬牙切齒道：「那小賤人當真惡毒，她去探望太上皇之時不知從他那裡得到了什麼，竟然栽贓陷害於你。」

龍廷盛的唇角露出一絲苦笑，他對七七這個妹子疏忽大意是其中一個原因，另外一個原因卻是他也有野心，也不甘心永遠成為姬飛花的傀儡，七七口中的傳國玉璽的確燃起了他心中的希望。只是他到現在都想不明白，七七為何要坑害自己。他低聲道：「孩兒死不足惜，只是不想連累了母后。」

簡皇后聽到龍廷盛的這番話，心中不由得一陣感動，她拍了拍兒子的肩膀道：「兒啊，事情還沒有到最壞的地步，依我看，姬飛花現在還不會對我們下手。」

龍廷盛道：「這樣活著和死了又有什麼分別。」

簡皇后抓住他的手臂道：「廷盛，你千萬不可說這樣的喪氣話，留得青山在不怕沒柴燒，忍一時之氣日後方才有揚眉吐氣的一天，那閹賊想堵住天下人悠悠之口，就不敢輕易對你不利，只要我們有足夠的耐心，就不怕以後沒有機會。」其實她心中明白，在目前的狀況下想要逆襲翻身實在是難於登天了，就說這馨寧宮，裡裡外外的太監宮女全都換成了陌生面孔，連她都叫不上名字，這些人對外面發生了什麼全都隻字不提，他們的存在只是為了監視他們母子二人。

龍廷盛點了點頭道：「母后，您放心，孩兒撐得住……」

外面忽然傳來通報之聲：「永陽公主殿下到！」

簡皇后和龍廷盛聞言都是一驚，永陽公主豈不就是七七？她不是已經被姬飛花軟禁起來了嗎？怎麼會突然出現在馨寧宮？

七七並非獨自前來，她的身後還跟著五名太監，帶隊者是姬飛花左膀右臂之一的李岩。

簡皇后的第一個想法就是李岩將她押過來，或許是為了和兒子對質，可馬上又發現七七衣飾華麗，表情冷漠平靜，李岩走在她身邊卻顯得極其恭敬，心中頓時感覺有些不對。

進入宮室內，七七解開黑色斗篷，李岩恭敬為她脫下接了過去。

龍廷盛也意識到眼前的一幕極其古怪，低聲道：「七七……是姫……公公放你出來的？」

七七沒有搭理他，一名太監搬來一張椅子請她坐下，七七坐下之後，掏出手帕擦了擦俏臉上沾染的雨水，美眸盯住簡皇后道：「簡月寧，我今日前來是有幾件事要問你。」

簡皇后鳳目圓睜，臉上交織著憤怒和震駭的表情，簡月寧乃是她的閨名，在後宮之中除了皇上，誰敢當面直呼她的名字，這小妮子實在是無禮到了極點，囂張到了極點。

簡皇后怒道：「放肆！你這丫頭簡直是目無尊長！」

七七歎了口氣，擺了擺手。

李岩大步走了過去，揚起手來照著簡皇后的臉上就是狠狠一記耳光，這幾耳光打得不但用力而且響亮，打得簡皇后尖叫一聲摔倒在地上。

龍廷盛看到母后竟然被打，大吼一聲向李岩衝去，馬上有兩名太監迎了上去，分別抓住他一條臂膀將他反剪雙臂摁倒在地上。龍廷盛怒吼道：「七七，你瘋了，竟然讓人毆打母后！」

七七冷冷道：「她是你的母后，可不是我的母后！」

簡皇后雲鬢散亂，捂著被打腫的面頰咬牙切齒道：「小賤人，竟然毆打本宮，以下犯上，你不想活了……」

七七遞了個眼色，李岩抓住簡皇后的髮髻將她從地上拎了起來，然後揚起手左右開弓接連抽了她六個耳光，打得簡皇后雙頰高高腫起，唇破血流，慘叫不斷。

龍廷盛目眥欲裂，苦於被兩名太監死死摁住，他大叫道：「放開我母后，放開我母后……」

七七擺了擺手，示意李岩停下手來，然後勾了勾手指，李岩拎著簡皇后來到她的面前。

七七俯下身去，美眸望著簡皇后狼狽不堪的面容，輕聲道：「你不是叫簡月寧嗎？」

簡皇后雙目之中流露出惶恐的光芒，她伸出右手擦去唇角的鮮血，顫聲道：「你究竟想怎樣？」再也不敢辱罵七七，就算七七對她直呼其名，她也不敢做半點抗議了。

七七道：「能夠當上這後宮之主，成為萬凰之王肯定不是一個蠢人，你若是懂得識時務，我就不會難為你。」七七坐直了身子，看她冷漠的表情，高高在上的氣勢，哪還是一個剛剛成年的小姑娘。

簡皇后徹底被她的氣勢震住，顫聲道：「你想問什麼？」

七七道：「你是不是在我父皇的飲食中下了藥？」

簡皇后聞言大駭，顫聲道：「沒有！他是本宮的夫君，我怎會害他？」

七七淡然笑道：「他可不是你一個人的夫君，我父皇本來想要冊封我的三皇兄龍廷鎮為大康太子，你知道這個消息擔心自己日後的地位受到威脅，又兼之一心想讓你的親生兒子繼承大統，於是決定鋌而走險，向我父皇下毒！」七七臉上的微笑倏然消失，一雙美眸透露出陰冷如刀的光芒。

簡皇后大叫道：「你汙我清白，本宮乃是大康皇后，你竟然讓人毆打本宮，現在還要陷害本宮謀害皇上，還有沒有天理？還有沒有王法？」

七七道：「有天理，但從不在你這邊，有王法，若依照王法你早該被千刀萬剮！如果沒有證據，你以為我會來找你？賤人！你記住，從現在起，你根本不是什麼皇后，你也不用口口聲聲自稱本宮，連自己的丈夫都能下手毒害，這世上還有什麼惡事是你做不出來的？」

簡皇后聞言頓時呆在那裡，駭然道：「你說什麼？你說什麼？皇上他……他……」

七七冷哼一聲道：「你這種賤人不打就不會說實話，害死了我父皇現在還要否認嗎？」

簡皇后此時方才接受龍燁霖已死的事實，她涕淚直下道：「皇上薨了？皇上薨了嗎？」雖然她曾經下手毒害過龍燁霖，可畢竟是幾十年的夫妻，現在聽聞噩耗，整個人頓時陷入莫大的悲痛之中。

龍廷盛大吼道：「七七，你不要誣陷母后，是你害死父皇的，一定是你和姬飛花勾結害死了父皇，想不到你小小年紀心腸竟然如此歹毒！」

七七的目光轉向龍廷盛：「姬飛花都已經死了，我和什麼人勾結？皇兄，你我雖然是兄妹，可是我卻原諒不了你弒父之罪。」

龍廷盛咬牙切齒道：「七七，從頭開始就是你的陰謀，是你故意設計害我，那蠟丸是你給我的，你早已和太上皇勾結，利用蠟丸吸引姬飛花的注意，讓他對我們產生懷疑……」

七七微笑道：「你總算有靈光閃現的時候，真是不容易啊。既然你都想透了這麼多的道理，那麼告訴我，你是如何與這個賤人串通起來謀害父皇的？」

龍廷盛大吼道：「殺害父皇的是你！」

七七道：「折斷他的左腿！」

馬上有兩名太監走了過去，抓住龍廷盛的左腿，其中一人用膝蓋抵住龍廷盛的膝彎，用力朝一旁一掰，只聽到喀嚓一聲，竟然硬生生將龍廷盛的左腿自膝彎掰斷，龍廷盛痛得慘叫一聲，已然昏死了過去。

七七精緻的俏臉上卻不見有絲毫的動容。

簡皇后看到兒子受到如此折磨，比她自己受到傷害更加痛苦更加難受，她聲嘶力竭地哭喊道：「你不要傷害廷盛，他是你皇兄，他是你的皇兄啊……」

七七歎了口氣道：「你害我娘親的時候有沒有想過，她女兒的感受？」

簡皇后拚命搖頭：「我沒做過……我沒做過……」

七七道：「過去發生過什麼事情，我都早已查得清清楚楚，現在問你，不是想證實什麼，而是我只想聽你親口說出來，你若是不承認，我就會讓你親眼看著你的親生兒子在你面前受盡折磨。」

簡皇后滿臉淚水道：「七七，你恨我只管衝著我來，廷盛是你的大皇兄，你們兄弟姐妹中，他一向是最疼你的那個……難道他過去對你的好，你全都忘了？」

七七漠然看了已昏迷在地的龍廷盛一眼：「過去的事，誰又會在乎呢？」

七七平靜望著簡皇后道：「我再問你一遍，你有沒有在父皇的飲食中下毒？」

此時龍廷盛從短暫的昏迷中醒來，他慘叫道：「母后，你不可中了她的圈套……」

七七向他身邊的太監使了個眼色，馬上那幾名太監拗住龍廷盛的右腿喀嚓一聲又自膝蓋掰斷。

聽到兒子撕心裂肺的慘叫，簡皇后的精神防線徹底垮塌，她撲倒在七七腳下，悲切祈求道：「求你放過廷盛，我承認，我什麼都承認，是我在陛下的飲食中下毒，不過那全都是姬飛花唆使於我，這件事全都是我做的，廷盛對此並不知情。」

七七從李岩手中接過一張供詞，扔在簡皇后面前：「你自己知道該怎麼做！」

簡皇后連連點頭。

七七站起身來，舉步出了大門，外面的雨越下越急了，站在風雨廊下看了一會兒落雨，李岩來到她的身後，手中拿著那份簡皇后剛剛簽好的供詞，恭敬道：「殿下，她已經認了！」

七七點了點頭。

李岩壓低聲音道：「怎麼處置他們兩個？」

七七道：「一個謀害親夫，一個殺父弒君，你以為應當怎麼處理？」

李岩恭敬道：「奴才愚昧，全聽公主殿下的吩咐。」

七七道：「將他們的罪行昭告天下，大康的律法上寫得清清楚楚，該怎麼處置就怎麼處置。」

「是！」李岩說完，又想起一件事情：「對了，按照公主殿下的意思，已經將文太師、周丞相他們全都請到了勤政殿，如今都在那裡候著呢。」

七七點了點頭道：「很好！」她舉步向前方走去，馬上有小太監走了過來，舉起華蓋為七七擋住頭頂的落雨。

文承煥和周睿淵在勤政殿已經等了足足一個時辰，最近太子已經有整整七日未曾召集群臣議事，雖然他們多方打聽，可是宮內也沒有太多消息向外傳出，不過從京城羽林軍的頻繁調度來看，皇宮內應該發生了大事，兩人的政治嗅覺都是極其敏銳，內心都有種不好的預兆，這七天內整個康都城內施行戒嚴，就算他們這種一品大員也不許輕易離開府邸，這兩天陸續聽到風聲，說是姬飛花已經死了，這消息目前還無法確實，但已足夠讓他們心驚肉跳，甚至在心底已做了最壞的準備。

兩人在勤政殿內站了整整一個時辰，已經腰痠背疼，彼此間卻不敢輕易交談，焉知周圍沒有朝廷的眼線。越是在目前這種狀況下，越是需要謹言慎行。皇宮內發生了政變，但是他們兩個卻沒有聽到任何風聲，足以證明他們被這場宮變排除在外，是壞事也是好事。

身後響起一個略帶青澀的聲音：「兩位大人久等了！」

兩人同時轉過身去，卻見永陽公主緩步走入宮內，她的身邊並沒有其他人。

文承煥率先反應了過來，躬身道：「老臣拜見公主殿下！」

周睿淵慌忙跟上行禮。

七七道：「免了，你們都是大康的棟樑之臣，不必拘泥禮節。」來到兩人面前，目光在他們臉上掃了一眼道：「兩位大人為何不坐？」周睿淵和文承煥偷偷互看了一眼，這諾大的勤政殿，除了一張皇上的龍椅就沒有其他的位子，兩人膽子再大也不敢坐在龍椅上，七七的意思是讓他們坐在地上嗎？

七七道：「來人，給兩位大人送上座椅。」

此時方才從帷幔後走出四位太監，每兩人抬著一把椅子，將椅子一左一右放在下面。一位老太監慢吞吞跟在他們的身後，走起路來一步三搖。

周睿淵和文承煥定睛望去，那老太監竟然是此前已經失蹤的權德安，兩人內心中頓時都明白了什麼。

權德安笑瞇瞇道：「兩位大人請坐！」

周睿淵和文承煥看了看椅子，卻誰也不敢先坐上去。

七七意味深長道：「怎麼？我請你們兩人坐，你們不肯坐，難道非得要陛下親自請你們兩個，才肯坐嗎？」

周睿淵和文承煥兩人的脊背處都感到冷嗖嗖的，此時他們誰也不再將眼前的七七看成一個小女孩，這丫頭心機深沉，難道宮裡最近那麼多的事情都是她搞出來的？

七七似乎有些生氣了，轉身向帷幔後走去，兩人望著七七的背影消失在帷幔後，一時間不知如何應對。

權德安歎了口氣道：「兩位大人為何不願聽公主的話？」

周睿淵聽出權德安話裡有話，他恭敬道：「還請權公公指點。」

文承煥也是一般心思，他們兩個和權德安的私交都算不錯，文承煥更是和權德安一度聯手對付過姬飛花。

權德安卻什麼話都沒說，唇角帶著淡淡的笑意，低聲道：「很快你們就會明白。」

帷幔後傳來低沉的咳嗽聲，這聲音雖然不大，可是在文承煥和周睿淵的耳中卻是如同晴天霹靂，兩人對太上皇龍宣恩的聲音再熟悉不過，從他們得到點點滴滴的消息，再結合今日之所見，隱約已經猜到宮內大概發生了什麼，聽到這聲咳嗽，不等對方露面，已經知道進來的是誰。

周睿淵和文承煥兩人對望了一眼，不約而同地跪了下去。

七七攙扶著一位身穿黃袍的老人緩步從帷幔後走出，那老人正是大康太上皇龍宣恩。

周睿淵和文承煥看到龍宣恩現身，兩人的內衣頓時為冷汗濕透，雖然兩人並未直接參與過推翻老皇帝龍宣恩，可是他們兩人全都是龍燁霖任用的重臣，而且周睿淵也曾經為龍燁霖出謀劃策，文承煥在老皇帝倒台後第一時間改弦易轍投靠了龍燁霖，還將自己的義女送入宮中，單從這些事情來說，他們兩人的腦袋就算是一百顆都不夠砍。

龍宣恩生性殘暴，冷血無情，此番復辟成功必然會大開殺戒。周睿淵心中想的是，千萬不要連累我的家人。

文承煥心中想的卻是自己忍辱負重潛伏大康這麼多年，想不到功虧一簣，竟然死於宮廷政變之中，真是可悲可歎。

兩人跪在地上叩頭不止：「罪臣周睿淵、文承煥參見吾皇萬歲萬萬歲！」

不用龍宣恩聲明自己的身分，兩人都已經開始改口了，現在他們相信那些傳聞全都是真的，姬飛花死了，龍燁霖瘋了，大康又變天了。

龍宣恩在七七的攙扶下來到龍椅上坐下，他牽著七七的手，讓她坐在自己身邊，目光俯視跪在面前的兩人，臉上並沒有任何的怒容：「兩位卿家快快請起。」

周睿淵顫聲道：「罪臣不敢！」

文承煥也大聲道：「臣罪該萬死，請皇上賜罪！」

龍宣恩擺了擺手，似乎不想說話，人生一世草生一秋，龍宣恩真正感覺到自己經歷這次劇變之後，身體已經越來越衰弱了，坐在龍椅之上，再沒有昔日睥睨天下的氣勢，甚至沒有一絲一毫的滿足感，身心俱疲。

七七道：「我的話你們不聽，陛下的話你們也不想聽，難道……」

話沒說完，周睿淵和文承煥已經爭先恐後地站起身來。權德安悄悄向兩人遞了個眼色，示意他們坐下，可現在就算給他們天大的膽子，他們也不敢坐。

龍宣恩緩了一口氣道：「朕當初傳位給燁霖，本想著大康在他的手上能夠重整旗鼓，中興有望，可是卻想不到他即位不久就被奸人所害。」

兩人以為自己聽錯，當初龍燁霖登上皇位明明是謀朝篡位，硬生生將老皇帝從皇位上趕了下來，為何他會這樣說？難道老皇帝已經承認了龍燁霖即位的事實？又或是他想要將這段宮廷醜聞從歷史中抹去？

龍宣恩道：「簡月寧那對賤人母子勾結姬飛花毒殺我兒，意圖謀朝篡位！可憐我兒被他們所害，英年早逝……」老皇帝說到這裡，抬起衣袖轉過身去悄悄抹去眼淚，究竟有沒有流淚只有他自己才知道。

周睿淵聽到這裡已經明白了，老皇帝並沒有將龍燁霖一棒子打死，等於將所有矛頭對準了姬飛花和簡皇后，也就是說他等於告訴天下人，當初是他主動傳位給龍燁霖，不是被逼退位，更不是謀朝篡位。看來老皇帝終於醒悟，以大局為重。

文承煥打心底鬆了口氣，龍宣恩既然不願追究龍燁霖的責任，也就是說他現在針對的只是姬飛花和簡皇后的餘黨，或許其他人都可倖免於難，對了！連七七和權德安他都能放過，看來老皇帝這次想穩住大局，而不是大肆屠殺報復。

龍宣恩道：「國不可一日無君，燁霖被奸人所害，他親手指定的繼承人又是一個狼心狗肺的畜生，廷鎮被姬飛花那閹賊害死，朕的孫兒輩中再無一人可擔此重任，兩位卿家以為，現在應該誰來主持大局？」

文承煥和周睿淵又向彼此望去，誰都知道這問題太過棘手，誰都不想回答，其實老皇帝把話幾乎都挑明了，他的孫子輩裡已無人能擔當重任了，只能在他的一幫兒子裡挑，可是龍宣恩的兒子雖不少，可被他親手殺的也有三個，再加上龍燁霖即位之後，為了鞏固帝位，對他的那幫兄弟大開殺戒，尚且活在世上的只有周王龍燁方了。

龍燁方雖然活著，卻被軟禁在西州，成為李天衡的人質。雖然老皇帝宮變成功，但是並不代表李天衡願意放棄獨立重新歸降朝廷，龍燁方能否順利回歸還是一個未知數，眼前最合適出來主持大統的人物自然是老皇帝龍宣恩。

文承煥撲通一聲又跪了下去：「吾皇萬歲萬萬歲，大康今日之局面，唯有陛下出來主持！」

周睿淵雖然對老皇帝主政不報任何的期望，但是形勢比人強，在目前這種局勢下，如果不選擇低聲下氣隨波逐流，不但是他的性命，只怕連他全家的性命也保不住。周睿淵附和道：「太師說得沒錯，也只有陛下主持大局，才能讓群臣心服口服，才能讓大康百姓人心安定。」

龍宣恩望著兩人，呵呵笑了一聲，然後又劇烈咳嗽了起來。

周睿淵和文承煥內心中忐忑不安，卻又不約而同想到，老皇帝的身體應該不行了，風燭殘年又經歷大起大落，就算他有執掌權柄重登皇位的野心，只怕他的精力也來不了了。

七七幫著龍宣恩輕輕敲著背脊，幫助他將這口氣緩過來。

龍宣恩道：「朕已然是心有餘而力不足了，還好有你們這班臣子。」

兩人聽到這句話心中都是一鬆，看來老皇帝果然沒有趕盡殺絕的意思。

龍宣恩何嘗不知道這兩人在自己退位之後都做了什麼，可是他並不是傻子，經過這次的劫難之後忽然大徹大悟，看清了大康目前的現狀，若是他復辟之後，針對昔日之事大肆報復，只怕群臣人人自危，大康說不定就完了，龍宣恩並不糊塗，身為龍氏子孫，他也不想祖宗的基業斷送在自己的手中。如今的大康已經支零破碎，剩下的疆土就像是一個易碎的花瓶，捧在手中也戰戰兢兢，稍有不慎就會將它摔得粉碎。更麻煩的是，自己這雙顫巍巍的手已經無法穩穩將之捧住，不知何時就會徹底撒手。

正是看到了大康深重的危機，龍宣恩方才決定放下心底的仇恨，為君者當以大局為重。

周睿淵和文承煥同時跪倒在地：「微臣願鞠躬盡瘁，死而後已！」

龍宣恩道：「朕相信你們的忠心，更知道你們的本事，姬飛花禍國殃民，大康經此一劫，如同重病一場，朕看到大康如今的狀況，心中痛苦莫名，大康不僅是朕之大康，也是爾等之家國，國之興亡，匹夫有責，朕深感責任重大，然僅憑朕一人之力，只怕無力回天，你們全都是朕昔日的老臣，這些年來大康發生了什麼，你們心中清楚，朕本應該頤養天年，怎奈形勢所迫，不得不再次出山，不知你們這些臣子還願不願為大康出力？願不願意為朕效忠？」

文承煥拜伏在地：「肝腦塗地，死不足惜！」

周睿淵道：「生是大康之人，死是大康之鬼！」

龍宣恩滿意地點了點頭，他輕聲道：「坐吧！」

周睿淵和文承煥兩人受寵若驚，心中明白，今日總算逃過一劫，兩人在龍宣恩殿下為臣多年，對老皇帝的秉性非常清楚，知道他喜怒無常，朝令夕改，有道是江山易改稟性難移，焉知他明天該不會心血來潮對他們來個秋後算帳？伴君如伴虎，龍燁霖只是一隻披著虎皮的病貓，龍宣恩才是一隻真正的老虎，雖然這隻老虎已經年老體衰，可畢竟虎老雄風在。

龍宣恩接下來的話讓兩人感到更加的震驚了，他輕聲道：「此次之所以能夠粉碎姬飛花和簡月寧母子的陰謀，全都多虧了七七聰明伶俐，也多虧了洪北漠和慕容展那幫忠心耿耿的臣子。為了表揚她的功績，朕打算冊封她為永陽王！不知兩位愛卿意下如何？」

周睿淵和文承煥兩人聞言之後目瞪口呆，他們確信自己沒有聽錯，在大康開國以來的歷史之中，從未有女子封王的先例，難道龍宣恩當真老糊塗了？竟然要封七七為王！可轉念一想，如今的大康皇室之中的確也沒有合適的人選，在幾次宮變之中，幾十名王爺王孫死的死逃的逃，雖然還有龍姓子孫，但是絕非老皇帝的嫡傳，目前來看，最有資格成為儲君的唯有被軟禁在西州的周王龍燁方。老皇帝封七七為王，必然是經過深思熟慮之後的決定。他們當然明白，龍宣恩絕不是在徵求他們的意見，只是宣佈一個決定，無論別人同意與否都不會更改他的意志，事實上他們也不敢提出反對的意見。

文承煥道：「陛下英明，永陽公主聰明睿智，顧大局識大體，於大康危難之時敢於挺身而出，不惜冒著生命危險制住姬飛花，實乃女中豪傑，巾幗不讓鬚眉也！」

龍宣恩意味深長地望著周睿淵：「周卿家怎麼看？」

周睿淵道：「非常之時需用非常之手段，陛下高瞻遠矚，敢於打破陳規，不拘一格降人才，讓微臣看到了大康中興的希望。」

龍宣恩點了點頭道：「朕知道你們心中肯定有想不通的地方，大康立國至今，從未有過女子封王的先例，朕乃是第一個這樣做的皇帝，非是朕比先皇們更有膽色和魄力，朕也不是老糊塗了，更不是一時衝動的決定，朕的這些子孫，朕最清楚，七七雖然年幼，可她卻有過人之處。朕老了，朕可能做的只是墨守陳規，而不是打破陳規。冊封七七為永陽王，乃是希望七七能夠利用她的聰明智慧幫助大康走出困境。」他停頓了一下又道：「爾等是否願意盡心為大康做事？」

周睿淵和文承煥同時道：「願為大康鞠躬盡瘁，死而後已。」龍宣恩握緊右拳，堵在唇邊用力咳嗽了幾聲，長舒了一口氣道：「朕需要休息了，接下來的事情讓七七跟你們說。」

龍宣恩站起身來，七七親自將他送到帷幔之後，等他在太監的服侍下離去之後，七七方才回到勤政殿。看到兩人還跪在那裡，輕聲道：「起來吧，坐下說話。」

這次兩人趕緊聽從了她的吩咐。

七七回到剛剛那張龍椅上坐下，雙眸靜靜望著他們兩人，周睿淵和文承煥兩位大康重臣經歷無數政治風浪，卻從未遇到過今日這麼詭異的事情，被十四歲的小姑娘盯著，居然感覺內心怦怦直跳。

七七道：「我知道你們怎麼想，也知道你們擔心什麼，害怕什麼！」

文承煥道：「老臣為大康死不足惜！」

七七道：「你本來是應該死！」一句話把文承煥說得老臉通紅，噎得僵在那裡不知如何應答。

七七道：「過去無論你們做過什麼，想過什麼，都不重要，就算是有過助紂為虐的歷史，我也姑且理解為你們當時是迫不得已，被逼無奈，做錯了事情不怕，就怕你們不知悔改，其實依著陛下的意思，是要將你們全都滿門抄斬的。」

文承煥和周睿淵兩人剛剛濕透的背脊再度冒出冷汗，七七應該沒有說謊。

七七道：「我問陛下要殺你們的原因，陛下說你們對他不忠，我又問陛下，你們兩人或許做過對不起陛下的事情，但是有沒有做過對不起大康的事情？陛下想了好一會兒，方才搖了搖頭，於是我告訴他，在我看來，對大康忠誠才是真正的忠臣，一個國家首先有國，然後有民，最後才會有君主，同樣一個臣子首先懂得愛國，然後懂得愛民，反倒是忠心於某一位君主可以放在最後一位，日月交替，潮起潮落，沒有誰能夠長生不老，也不會有哪位君主可以永執權柄。」

文承煥和周睿淵兩人將頭低得很厲害，正眼都不敢向七七望去。

七七道：「許多臣子的升遷任免得勢失勢大都和皇家內部的事情有關，比如太子的人選！原本不該是你們操心的事情，你們偏偏要伸一隻手進來，以為是為大康在挑選明君，這才是忠誠，可你們認為的明君又當真適合大康嗎？你們兩人都曾經是我父皇的老師，現在我父皇已經駕崩，這裡只有咱們三人，你們不妨說句實話，我父皇他適不適合這張椅子呢？」

文承煥和周睿淵對望了一眼，兩人的目光同時流露惶恐之色，評價天子的功過可不是他們能夠做的。

七七道：「你們不敢說，害怕說錯話，又或是當局者迷，可我這個旁觀者卻認為，你們兩個老師當得相當失敗，失敗之極，非但沒有將我父皇培養成為可以中興大康的一代明君，反而讓他變得性情多疑，目光狹隘，偏聽偏信，乃至最後被姬飛花那個閹賊所操縱，成為一個名不副實的皇帝，成為閹賊手中的一個傀儡。」

文承煥和周睿淵兩人臉上同時流露出慚愧之色，七七沒有說錯，教不嚴，師之錯，他們沒有調教好龍燁霖。可有些人是註定無法成為明君的，龍燁霖或許天生就不是這塊材料。

七七道：「我跟你們說這些，並不是想追究你們的責任，而是讓你們認清自己的錯誤和不足，兩位都是大康重臣，你們見慣了朝堂風雲，無論智慧還是眼光都要比我強太多，我之所以答應當這個永陽王，也不是我這個小女子有什麼野心，天下興亡匹夫有責，身為龍氏之孫，我不能因為身為女子就躲避應該承擔的責任，大康若亡了，倒楣的不僅僅是龍氏，還有大康所有的百姓。大康衰落到今日之地步，也不僅僅是皇家的責任，你們這些做臣子的是不是應該捫心自問，自己有沒有為大康盡力，有沒有真心將大康當成自己的家園呢？」

第八章

民為水，我為魚

七七道：「民乃國之根本，民為水，我等為魚，
水離開了魚仍然是水，而魚離開了水就只剩下了死路一條。」
周睿淵因七七的話感到震驚，皇族中能夠保持這樣清醒的頭腦，
能夠有這樣的認識實在是難能可貴。

周睿淵內心劇震，七七雖然年幼，可是她的這番話句句切中了要害，太子的人選原本就不該是他們操心的事情，的確當初他們口口聲聲說是為大康的未來著想，力保龍燁霖上位，這其中很難說沒有私心作祟，如果龍燁霖不是自己的學生，自己還會不會這樣堅定的支持他？在龍燁霖和龍燁慶之間為何選擇前者，其中還有擔心龍燁慶上位之後，自身的政治利益會受到損害。每個人都有自私心，大康的衰落和他們這些做臣子的也不能說沒有關係。

文承煥真正有些震驚了，開始的時候他還以為老皇帝因為這次挫折性情大變，所以才會選擇七七出來輔佐他處理政事，而七七寥寥數語已經道盡了導致大康今日局面的原因，文承煥當然不會將大康當成自己的家園，在他的心底深處巴不得大康敗亡的一天早日到來，只有那樣他才能揚眉吐氣光明正大地恢復昔日的身分，恢復祖上榮光，告慰父親在天之靈。龍宣恩絕非明君，龍燁霖則更不用提，到了龍廷盛這一代，姬飛花權傾朝野，大康社稷已然搖搖欲墜。文承煥幾乎看到大康的亡國之日。然而此次宮變於無聲處悄然進行，文承煥幾乎在沒有覺察的前提下，大康已經完成了這次政治上的風雲劇變。

太上皇重新上位，上位之初並沒有向他們預想中那樣展開一場腥風血雨的屠殺和報復，而是表現出前所未有的寬容，甚至對他們這些曾經支持過新君的臣子全都既往不咎。看來老皇帝經歷此次挫折之後竟然做到了大徹大悟，對文承煥來說這並不可怕，真正可怕的應該是七七表現出的睿智，在過去他從未關注過這位小公主，今天才算是第一次正式領教，這小妮子真是多智近妖。幸虧她只是一個女子，若是生為男兒身，那還了得？保不齊大康真有可能在她的手上實現中興。

這樣的念頭只是稍閃即逝，文承煥馬上就否定了這個幾近荒唐的假設，大康已經病入膏肓，神仙難救，就算七七有天縱之資，單憑一個人的力量又能改變什麼？想到這裡文承煥心中安定了下來。

七七道：「兩位大人都是我大康不可或缺的重臣，姬飛花禍國亂政，大康已經被他禍害的千瘡百孔，想要復興還要有一段很長的路要走。文太師，我和陛下商量過，修復和鄰國關係的事情由你來策劃進行。」

文承煥拱手道：「老臣遵命！」

七七道：「這其中最關鍵的一環乃是西川，李天衡乃是大康舊將，昔日因為我三皇叔的事情不忿起兵，擁兵自立，自稱什麼西川王，他打著勤王的旗號，口口聲聲不承認我父皇的正統，說我父皇並非是陛下欽點的君主，現在陛下重新執政，勤王之說自然不復存在。陛下準備擬旨對他進行招降，這件事也交給文太師了。」

文承煥心中此驚非同小可，如果李天衡率部回歸大康，那麼大康就從分裂走向統一，大康的實力必然會攀升一個巨大的台階，此事對大雍肯定不利，不過李天衡過去雖然打著勤王的旗號，現在他自立為王，一個人一旦嘗過了當王的好處，又豈肯回過頭來再拜伏在別人的腳下為臣？文承煥道：「老臣必竭力而為。」

七七道：「太師辛苦，你儘快去籌畫安排這件事，擬好勸李天衡歸降的文書先拿來給我過目。」

「是！」文承煥聽出七七是在下逐客令，看來她還有事情要和周睿淵單獨談，於是起身告辭。

文承煥離去之後，七七從龍椅上站起身來，緩步走向周睿淵，輕聲道：「周大人於七七有救命之恩，當初七七在夔州的時候多虧周丞相出手相助，方才化解了那場危機。」

周睿淵慌忙站起身來，恭敬道：「殿下千萬不要這樣說，保護殿下乃是一個做臣子應盡的責任。」

七七道：「我不是個忘本的人，誰對我的好處，哪怕是點點滴滴的小事，我也會記在心頭，同樣誰要是對不起我，我也記得清清楚楚。」

周睿淵道：「臣必盡心輔佐陛下，為大康分憂。」

七七道：「你在我眼中不僅僅是大康的臣子，我還將你當成自己的親人和長輩，七七知道父皇當年對你的倚重，七七更知道周丞相為大康所做的一切，自從父皇登基以來，大康烽煙四起，一直都是周大人在忙於救火。」

周睿淵心中不覺有些感動，七七雖然年幼，可她竟然能夠理解自己的苦處，他歎了口氣道：「臣無能，雖然竭盡全力，卻無法阻止大康滑落的勢頭。」

「巧婦難為無米之炊！大康的衰敗並不是偶然，乃是長期以來的弊制積累而成，丞相大人關於變法的一些想法，我瞭解過一些，如果能夠得以推行，大康中興未必沒有可能。」

周睿淵雙目一亮，自己的政見能夠得到肯定，無疑是一件讓他欣慰的事情。

七七又道：「關於大康目前的狀況，丞相大人有什麼話想要說嗎？」

周睿淵想了想，拱了拱手道：「誠如公主殿下剛才所言，大康今日之困境乃是長期以來積累的弊制造成，正所謂冰凍三尺非一日之寒，想要除去堅冰決不可強行斧鑿刀劈，不然只會兩敗俱傷，必須要有耐性，對付堅冰，再鋒利的器具未必能夠派上用場，可是二月春風卻可輕易將之消融。」

七七微笑道：「丞相大人是在說變法不宜操之過急。」

周睿淵點了點頭道：「正是，如今的大康最應該解決的問題乃是人心，只有人心安定了，才能止住不斷下滑的勢頭。」

七七道：「安居樂業，民心想要安定可不僅僅是依靠一兩道聖旨就可以解決問題的，我可以勸陛下減輕賦稅，可是就算這樣做，也起不到立竿見影的效果。」

周睿淵道：「大康連年來天災不斷，國庫空虛，國內欠收，老百姓就面臨饑荒的問題，各地存糧根本無法支撐這麼多人口的吃飯問題。」

七七道：「民乃國之根本，民為水，我等為魚，水離開了魚仍然是水，而魚離開了水就只剩下了死路一條。」

周睿淵再次因七七的話感到震驚，雖然七七說出的並不是什麼驚天動地的大道理，但是皇族中人能夠保持這樣清醒的頭腦，能夠有這樣的認識實在是難能可貴。

七七明澈的美眸望著周睿淵道：「我知道你最頭疼的就是國庫空虛無錢可用，你無須擔心這件事，現在要做的就是去尋找購入糧食的管道。」她停頓了一下道：「錢的問題，我來解決！」

取道倉木是不得已的決定，為了躲過趙登雲派來的追兵，胡小天和霍勝男兩人沿著小河一路西行，放棄了前往康都最短的路線。胡小天同時也放棄了前往海州與龍曦月第一時間會合的計畫，從武興郡到康都，兩條最常用也是最好走的路線必然會遍佈趙登雲方面的追兵，胡小天不想冒險。自然也放棄了和吳敬善在這一帶碰頭的打算，自己在武興郡鬧出了這麼大的亂子，吳敬善應該會聽到風聲。

他也不敢進入倉木縣城，繞過倉木，直接進入了峰林峽，想起幾個月前在峰林峽遭遇渾水幫襲擊的情形仍然歷歷在目，胡小天不由得想起和須彌天並肩戰鬥收復渾水幫的情景，望著那一根根聳立於朝陽下的黃土林，唇角露出一絲會心的笑意。

因為有風，黃土瀰漫，兩人的臉上都戴著口罩，霍勝男瞇著眼睛，望著宛如迷宮一樣的峰林峽道：「走進去會不會迷路？」

胡小天笑道：「不會，我有地圖，不過這裡倒是渾水幫出沒的地方。」

霍勝男眨了眨美眸道：「有土匪？」

胡小天道：「這樣得天獨厚的地形，如果不用來打劫，實在是太浪費了。」

「我們會不會遇到劫匪？」

胡小天微笑道：「遇到才好！」他縱馬向峰林峽內奔去，霍勝男跟在他的身後，胡小天雖然來過一次，可這次回來仍然感覺到錯綜複雜，還好他記住了梁英豪告訴自己的方法，峰林峽常年颳風，但是風向多數相同，經年日久在每個黃土柱上都會留下風雨侵蝕的痕跡，形成了一條條紋路，這些紋路擁有著固定的規律，根據紋路的方向就可以判斷出正確的路途。

中午的時候，兩人躲在黃土柱的陰影後稍事休息，隨便吃了些乾糧補充了些水分，胡小天道：「等咱們離開峰林峽一定要好好的大吃一頓。」

霍勝男漱了漱口，黑長的睫毛上沾染了不少的黃土，她歎了口氣道：「我只想洗個熱水澡，才走了半天就已經變成了一隻泥猴子。」

胡小天微笑道：「就算是隻泥猴子，在我眼裡，你仍然是最美的那隻猴子。」

霍勝男啐道：「你才是猴子呢。」

胡小天向她做了個手勢，遠處傳來鑾鈴聲響，舉目望去，卻見遠處一名騎士騎在一匹黑馬之上在烈日下緩緩而行，看樣子已經是人睏馬乏。

胡小天看到他的時候，那人也發現了胡小天他們，縱馬朝著他們走了過來。

霍勝男心中暗自警惕，悄然將長弓摘了下來，以防對方會對他們不利。

那人先是張開雙臂，示意自己毫無惡意，然後在馬上抱拳揚聲道：「兩位兄台，在下在這峰林峽中迷失了道路，還望兩位指點迷津。」

胡小天聽到他的聲音有些耳熟，仔細一看這廝的面部輪廓，方才認出他竟然是在商船上遇到的紅髮男子，想不到竟然會在這裡遇上。因為那紅髮男子滿身都是黃土的緣故，所以胡小天第一時間沒能將他認出來，紅髮男子也沒有認出胡小天他們。一來胡小天和霍勝男也是黃土滿身，還有個原因就是，他們都帶著口罩。

胡小天笑道：「我們也是摸索著走。」

那紅髮男子來到他們近前翻身下馬，目光看了看胡小天手中的水囊道：「這位兄台可以分給我一些水嗎？」不等胡小天答應，掏出一錠金子扔了過去。

胡小天本來打算無償給他一些，想不到這廝出手如此闊綽，伸手接過，這錠金子足足有五兩之多。

胡小天笑道：「謝了！」將手中的水囊向他扔了過去。

那紅髮男子接過水囊灌了幾大口，然後從隨身行李中取下一個銅盆，將剩下的水全都倒在了銅盆裡，放在坐騎前方，供牠飲用。完成這一切之後，又來到胡小天面前：「兩位兄台是否願意帶上我一起同行？」

胡小天點了點頭道：「好啊，不過我們也不是本地人，對這裡的地形並不熟悉，萬一迷失了方向，這位大哥千萬不要怪罪我們才好。」

紅髮男子笑道：「能夠得到兩位的幫助，在下感激都來不及，又怎麼會責怪你們呢？在下金玉林，敢問兩位兄台高姓大名？」

胡小天抱了抱拳道：「我叫霍元甲，他是我師兄黃飛鴻，是個啞巴。」

霍勝男聞言一怔，胡小天顯然是擔心自己開口說話容易露餡，讓對方識破自己女子之身。不過這廝說謊話的本事真是讓人佩服，張口就來，連名字都編得那麼自然。

胡小天道：「咱們繼續趕路吧！爭取天黑之前離開峰林峽！」

金玉林點了點頭道：「霍兄弟說得極是，我從昨日清晨進入這黃土林內，繞來繞去到現在都沒有找到出路呢。」

胡小天道：「我聽說這峰林峽內有強盜出沒，咱們還是儘量不要在這裡過夜。」

金玉林道：「霍兄弟說的可是渾水幫？」

胡小天點了點頭道：「正是渾水幫！」

金玉林道：「我也聽說過這幫土匪，一直盤踞在峰林峽，希望千萬不要遇到他們才好。」說到這裡又笑道：「如果不是遇到了你們，我寧願被土匪打劫，遇到他們或許還有一線機會，可面對這迷宮一樣的黃土林，我卻沒有什麼辦法了。」

霍勝男嗅覺敏銳，聞到一股血腥氣，舉目望去，卻見金玉林坐騎的馬鞍之上沾染了一些血跡，雖然蒙上了不少黃土，可仍然可以一眼看清，霍勝男歷經無數大小戰鬥，單從血跡就能看出並不算陳舊，如果她沒猜錯，金玉林應該經歷了一場搏殺不久，此人很可能沒有說實話。

三人重新上馬，霍勝男趁著金玉林不備，朝胡小天使了個眼色，指了指金玉林馬鞍上的新鮮血跡。

胡小天其實也已經留意到，只是沒吭聲罷了。他縱馬和金玉林並轡而行，霍勝男則跟在後方，提防金玉林耍什麼花樣。

胡小天道：「金大哥從哪裡來？要到哪裡去？」

金玉林道：「我乃大雍邵遠人氏，要去天波城拜會一個朋友。霍老弟要去哪裡？」

胡小天道：「我們都是生意人，不知金大哥有沒有聽說過寶豐堂？」

金玉林笑道：「我對生意場上的事情並不瞭解，恕我孤陋寡聞了。」

胡小天笑道：「我們兄弟兩人乃是寶豐堂的夥計，奉了東家的命令往雍都去做生意，此次是從雍都做完生意返家！不滿金大哥，這條路我們來的時候就走過。」

金玉林哈哈大笑道：「看來我還真是遇到貴人了，霍老弟這趟生意肯定非常順利吧？」

胡小天嘿嘿笑道：「還湊合！」

此時金玉林突然抬起頭來，仰望頭頂翱翔的一隻鷹隼，臉色似乎有些變了，他迅速從背後抽出長弓，彎弓搭箭瞄準了空中的那隻鷹隼，他手中的長弓有些陳舊了，裝飾也非常簡陋，弓體之上纏著許多紅藍相間的爛布，因為經年日久大都已經褪色。霍勝男雖然看不出弓體的材質，但是卻一眼看出金玉林的弓弦乃是用犛牛筋和精鋼絲還有一種不知名的動物毛髮混合而成，張力必然極大。

金玉林弓如滿月，羽箭咻地射向空中的鷹隼，這一箭無論力道還是速度都已經達到極致，但是準頭終究還是差了一些，差之毫釐失之千里，擦著鷹隼的右側飛了出去，鷹隼被這一箭驚動，馬上飛得更高，離開金玉林的射程之外。

胡小天看到金玉林錯失了目標，故意道：「那是一隻鷹嗎？」

金玉林道：「鷹隼，通常被人用來刺探情報，發現敵人的行蹤，霍兄弟，你剛剛不是說這裡常有賊人出沒，我擔心這可能就是他們飼養的鷹隼，咱們還是儘快離開這裡。」

胡小天點了點頭，心中卻知道渾水幫才用不著這麼麻煩用鷹隼充當先鋒，他們對這一帶的地形瞭若指掌，而且他們的長處乃是在地下，並不是空中。金玉林肯定對他們撒了謊，從他的表現來看，應該是在逃避敵人。胡小天開始後悔與這廝同行了，還不知他招惹了怎樣的對頭，選擇和他同行豈不是憑空招惹了禍端，心念及此，胡小天故意道：「哎呦！我肚子有些痛，金大哥，抱歉抱歉，我得停下來方便方便。」

金玉林道：「霍兄弟請便。」他明顯有些不安，不時抬頭向空中望去。胡小天向霍勝男道：「師兄，你要不要方便啊？」

霍勝男瞪了他一眼，這廝越來越無恥了，當著金玉林的面也點了點頭，兩人縱馬向一旁的黃土柱後方繞行而去。

金玉林此時卻突然從身後摘下長弓，彎弓搭箭瞄準了胡小天。

胡小天轉過身來望著金玉林道：「金大哥這是什麼意思？」

金玉林獰笑道：「兩位將我引到這裡是何目的？」

胡小天道：「金大哥，明明是你主動要跟我們同路，我可沒有強迫你跟我過來。」

金玉林冷笑道：「落櫻宮為了一個淫賊還真是興師動眾，只可惜他們派來的全都是一些不成器的廢物，受死吧！」羽箭向胡小天當胸射去。

霍勝男在一旁已然啟動，她抽出弓箭的速度雖然在金玉林之後，可是彎弓搭箭射出的動作一氣呵成，羽箭倏然向空中那道劍光迎去，噹的一聲，兩隻羽箭的鏃尖撞擊在一起，迸射出數點火星，霍勝男的一箭成功將金玉林的這一箭阻截。

胡小天已經在第一時間內催動小灰，人馬合一，一道灰色的閃電向金玉林衝殺而去，中途已經反手抽出肩後的大劍藏鋒，爆發出一聲驚雷般的怒吼，照著金玉林一劍砍去。

金玉林看到胡小天來勢洶洶，也不敢怠慢，左手在腰間一拍，雁翎刀脫鞘飛出，右手抓住刀鞘，雙腿一夾馬腹，胯下黑駿馬長嘶一聲，後腿蹬地，原地騰躍而起。

刀劍在虛空中完成了重重的一次撞擊，噹！的一聲刺響，震得兩人耳膜發麻，雙馬交錯，兩人互換了位置，金玉林被胡小天這一劍震得手臂微麻，他根本沒想到這年輕人的膂力竟似乎還要在自己之上。

胡小天撥馬回頭，冷冷望著金玉林道：「混帳，我好心助你，居然恩將仇報！」

金玉林右手雁翎刀呈四十五度角指向右側地面，左手一拉馬韁，黑駿馬再次加速向胡小天衝去。力量遜色於對方的前提下，就需要利用駿馬的衝力，戰鬥中取勝的決定性因素不僅僅是力量，格鬥的技巧和經驗也佔有相當重要的部分。

胡小天馬上作戰的經驗的確不多，雖然小灰神駿，但是他對於這種馬背上的刺殺比拚實在是欠缺訓練，人馬之間也缺乏必要的默契。胡小天手中挽了一個劍花，並沒有催馬迎上，而是一劍劈空而出，劍風霍霍，可惜並沒有實現理想中的劍氣外放。

霍勝男看著胡小天揮出一劍，本來也懷有期待，看到他放了空炮，也是哭笑不得。手中長弓再引，羽箭咻！咻！咻！三箭連發，一箭射馬腿，一箭射向馬腹，還有一箭瞄準了黑駿馬的眼睛，擒賊先擒王，射人先射馬，對敵之時，霍勝男從不會產生任何的猶豫。

金玉林本來已經做好了攻擊的準備，卻因為霍勝男這三箭連發而不得不改變了主意，手中雁翎刀連續揮出，三刀將三箭盡數擊落。

霍勝男這三箭真正的用意乃是引開金玉林的注意，讓他放棄對胡小天的攻擊，擁有最大威力的第四箭在金玉林出刀擊落羽箭的同時已經射出。這一箭瞄準了金玉林的咽喉，箭如流星，撕裂空氣，瀰漫黃土的虛空中硬生生被箭風撕裂開一道筆直透明的軌跡。

金玉林撥開霍勝男開頭射出三箭的時候，還以為她的箭術雖然高超，可是應該還在自己的控制範圍之內，直到霍勝男射出第四箭，他方才意識到對方的真實水準，雁翎刀已經來不及回撥，危急之中，身體向後躺倒，幾乎平躺在馬鞍上，方才堪堪躲過這一箭。他的內心中卻充滿了恐懼，在他躲開這一箭的時間裡，對方有足夠的機會發動再次射擊。

霍勝男弓在弦上，卻沒有射出這一箭，冷冷道：「滾！」

金玉林滿頭冷汗，如果霍勝男不是手下留情，恐怕現在他不死也要重傷，金玉林此時方才意識到自己並不是對方兩人的對手，從這名射手的聲音聽來，應該是個女人，而且絕不是什麼啞巴。當然這兩人也並不是落櫻宮的人，否則就不會饒了自己的性命。

金玉林直起身軀一言不發，向霍勝男看了一眼，縱馬向前方奔去，胡小天本來沒想輕易將這廝放過，望著他遠去的背影，揚起手中的大劍，試圖再發一次劍氣，霍勝男來到他身邊道：「算了，他也不是衝著咱們來的！」

胡小天笑道：「我發現你變得越來越心慈手軟了。」

霍勝男道：「得饒人處且饒人，你沒聽他剛才說的話，以為咱們是什麼落櫻宮的人。」

「落櫻宮？」胡小天對江湖門派沒有多少瞭解，以為霍勝男這方面的見聞會比自己多：「你知道落櫻宮是幹什麼的？」

霍勝男搖了搖頭道：「沒聽說過！」

就在此時，天空中傳來一聲雕鳴，兩人同時抬頭望去，卻見剛剛高飛的那隻鷹隼再度降低了飛行高度。

胡小天道：「勝男，你一箭射下牠應該沒有問題吧？」

霍勝男淡然笑道：「多一事不如少一事，你還嫌咱們身上的麻煩不夠多，還想問其他人的閒事嗎？」

胡小天點了點頭道：「說得對，多一事不如少一事。」此時風停歇了下去，漫天的揚塵漸漸平息，眼前的景物變得清晰而明朗，空氣變得純淨了許多。胡小天揭開口罩，深深吸了幾口空氣，感歎道：「在這鳥不拉屎的地方生存，還真是需要一定的勇氣。」

他的話音剛落就隱約感覺到地面的震動，傾耳聽去，正有一群馬隊向他們所處的位置奔來。胡小天擔心是武興郡趙登雲派來追擊他們的隊伍，慌忙和霍勝男繞到前方的黃土柱後方躲藏起來。

剛剛藏好，就看到一支約有二十人的馬隊經過這裡，那群人除了為首是一名男子之外，其餘人全都是女子，而且清一色的白衣蒙面，胯下坐騎也全都是一根雜毛沒有的白馬。看他們的穿著應該不像是官軍，胡小天心中暗自鬆了一口氣。

那支馬隊經過他們藏身的黃土柱之時並未停留，而是繼續向前。

等到他們離去之後，胡小天向霍勝男笑了笑道：「十有八九是追那個金玉林的。」

霍勝男道：「咱們要不要繞路？」

胡小天搖了搖頭道：「等等再說吧！休息一下。」

霍勝男看到他走向另外一邊的黃土柱，好奇道：「你幹什麼去？」

「人有三急啊！」

霍勝男啐道：「懶驢上磨！」

胡小天道：「誰都有急的時候，我就不信你就沒有方便的時候。」

霍勝男氣得將長弓摘了下來，彎弓搭箭瞄準胡小天，作勢要射他，胡小天笑著逃掉，來到距離霍勝男十多丈以外的黃土柱後方，這才悠然自得地掏出了自家寶貝，對著黃土柱來了個飛流直下。

正在放水的功夫卻聽到剛剛那陣馬蹄聲又由遠而近，似乎折返向他們的方向而來了，地面都微微震動起來，覆蓋在地表的黃土因為震動而激揚起來。

胡小天慌忙提起褲子，此時一支羽箭倏然透過黃土柱鑽了出來，鏃尖距離胡小天的額頭只有兩寸不到的距離。胡小天望著這突然鑽出的鏃尖，驚出了一身的冷汗，還以為是霍勝男跟他開玩笑，正想抗議。

卻見遠處一騎正亡命向自己的方向奔來，正是剛才被他們趕走的金玉林。金玉林的身上已經連中數箭，胯下黑馬臀部也中了三支羽箭，入肉頗深。在他身後不遠處，那群白衣人正呈扇形包圍而來。

胡小天暗叫倒楣，紮好腰帶，趕緊向霍勝男的方向跑去，跟她會合在一處。

金玉林看到兩人，非但沒有想著避開他們，反而拍馬向他們衝來大聲道：「霍老弟救我！」

胡小天心中這個鬱悶啊，金玉林夠陰的，這分明是要將他和霍勝男拉下水的節奏，胡小天揚聲道：「你認錯人了吧，我好像不認識你哎！」

咻！一支白色的羽箭從後方沿著螺旋軌跡追趕上來，這一箭正射在黑馬的右側後腿之上，鏃尖從黑馬的膝蓋貫入，絞碎了黑馬的骨骼，那黑馬哀鳴一聲，噗通一聲摔倒在地，激起黃土瀰漫。

金玉林的身軀騰空從馬背上跳了下來，他滿身是血，形容可怖。他的目光充滿祈求望向兩人道：「救我……我把所有的財產都給你們！」

胡小天和霍勝男並不想招惹這個麻煩。

此時兩支白色羽箭從遠方飛來，分從左右兜了兩個弧線射在金玉林的雙腿之上，金玉林竟然沒做出任何的躲避動作，羽箭深深射入他的腿肉之中，鏃尖深達骨骼，痛得金玉林再也無法站立，雙腿一軟坐倒在地上。

那群白衣人已經從四面八方包圍過來，不但包圍了金玉林，也將胡小天和霍勝男包圍在其中。

為首那名男子坐在馬上俯視已經倒在地上的金玉林，冷笑道：「林金玉，你竟然敢殺我兄弟，竊走我落櫻宮至寶！」原來金玉林的真名叫林金玉。

林金玉坐倒在地上，捂住流血不止的雙腿，抬頭望著那男子道：「他勾引我大嫂，害死我大哥，殺他都不解心頭之恨。」

男子點了點頭，手中白玉弓如同十五之月，鏃尖寒芒閃閃瞄準了林金玉，羽箭連發，射中林金玉的雙手，羽箭將林金玉的手掌釘在了黃土地上，現場血跡斑斑讓人慘不忍睹。

兩名白衣女子翻身下馬，來到林金玉身邊，將他的隨身行李全都取下搜了一遍，並沒有發現想要找的東西，抬頭向那名男子道：「啟稟少主，東西並不在這裡。」

那男子怒道：「東西在哪裡？」

林金玉呵呵笑道：「被我燒了！你們落櫻宮的什麼狗屁《射日真經》被我燒了！」

男子點了點頭，手中又射出一道白色光芒，他彎弓搭箭射箭的速度簡直快到了極致，所有動作一氣呵成，讓人眼花繚亂，無法看清他動作的具體細節。胡小天在射箭方面是個外行倒不覺得怎樣，可霍勝男卻是用箭的高手，一看就知道這名男子的箭術已經到了爐火純青的境界。一個好的箭手可以達到百步穿楊，可以做到百發百中，可以做到一箭雙雕，但是很少有箭手可以隨意控制羽箭飛行的軌跡，霍勝男通過改造尾羽的形態或可讓箭鏃射出曲線，也可通過鏃尖和尾羽的改造讓羽箭飛出螺旋的軌跡，但是這名男子所用的箭鏃外觀和尋常箭鏃並沒有任何的分別。

白玉弓雖然精美華麗，但是其本身的材質並不適合作為弓體的材料，這名男子竟然可以利用這樣的弓箭射出軌跡千變萬化的曲線，此人的箭法早已到了神乎其技的地步，應該是利用內力改變箭矢的走行軌跡，他不但是位箭法大師，還是一位內功高手。即便是他身邊的這二十名白衣女子一個個也是箭術非凡，霍勝男此時內心中不由得有些緊張了，雖然他們和林金玉並無關係，可是難保這群人不會懷疑到他們的頭上。

男子射出的一箭，直接命中了林金玉的右腳，將他的腳掌也釘在了黃土地上。

胡小天也感到有些不忍心了，此人出手實在是太冷血殘忍了，若是林金玉做了對不起他的事情，直接一箭射殺就是，何必慢慢折磨？

林金玉慘叫道：「唐驚羽！我就算做鬼也不會放過你！」原來那男子乃是落櫻宮少主唐驚羽。

唐驚羽呵呵冷笑道：「你不會有做鬼的機會！」

此時兩名白衣女子來到胡小天和霍勝男的身邊，指著他們用命令的口吻道：「把行李打開，我們要檢查！」

胡小天道：「我們乃是過路的客商，跟他沒什麼關係！」胡小天在這一點上倒是沒有說謊。可他的話音未落，唐驚羽已經一箭向他射來。

霍勝男也沒想到對方竟然如此不講道理，不分青紅皂白，出手就是殺招。

胡小天應變也是奇快，倉促之間，右手揚起以手背去拍擊箭桿，啪！的一聲擊打在箭桿之上，高速行進的箭桿被胡小天大力一拍改變了方向，偏出目標射入胡小天身後的黃土柱內，噗！的一聲整支羽箭全都鑽了進去，鏃尖從黃土柱的另外一面透了出去，足見這一箭的力量之大。

胡小天以肉掌擊飛羽箭，手背的皮膚在和高速行進的箭桿的摩擦中也被擦破，火辣辣的疼痛。

唐驚羽顯然也沒想到胡小天的應變速度如此之快，而且居然可以徒手擊飛自己射出的羽箭，看來武功相當不弱。

第九章

蠟丸中的射日真經

霍勝男將那顆蠟丸捏碎，裡面藏著一團薄絹，
胡小天好奇地湊了過去，不看則已，一看頓時目瞪口呆，
上面哪是什麼射日真經，根本就是一張張姿態迥異的男女歡好圖。

霍勝男引弓搭箭，雙眸怒視唐驚羽，此人真是目中無人，連對方是誰都搞不清楚，竟敢出手傷人！

周圍白衣女子全都將弓箭瞄準了胡小天和霍勝男兩人，一時間劍拔弩張，現場氣氛緊張到了極點，胡小天道：「你們好像找錯人了，都說我們跟他沒有關係，為何還要咄咄逼人？」

唐驚羽一雙細長的雙眼冷冷掃過胡小天的面龐，然後饒有興趣地盯住霍勝男道：「你也會用箭？不如射我一箭試試？」

霍勝男強壓心中怒火，對方人多勢眾，且不說他自身的武功高強，單單是他身邊的這二十名女子看來也都是箭法超群的好手，雖然她對胡小天的武功有相當的信心，但是在這樣的處境下他們並沒有任何的勝算，胡小天的劍氣外放成功機率太低，時靈時不靈，恐怕劍氣還沒有放出，對方的箭矢就如雨落下，就算兩人僥倖逃脫，也難保證兩匹坐騎的安全，硬拚絕不是解決問題的最好辦法。

霍勝男道：「我們只是普通的過路客商，大路朝天各走一邊，大家井水不犯河水就是，何必拚個你死我活，兩敗俱傷！」她的這番話說得不卑不亢，提醒唐驚羽如果讓步，現在大家還可以以和平收場，如果他們一味相逼，真要是打起來，也討不到任何好處。

唐驚羽道：「你射我一箭試試！」盯著霍勝男的眼睛，然後露出一絲笑意：

「不敢？你放心，我的手下絕不會出手！」

霍勝男手臂微微一動，弓弦上的羽箭追風逐電般向唐驚羽射去。

唐驚羽看到她施射之後目光中流露出欣賞之意，等到羽箭來到距離自己面前還有三尺左右的地方，方才探出手去，穩穩將霍勝男射出的這一箭抓在手中，羽箭落在唐驚羽的手中之後箭桿仍然顫抖不停，足見這一箭的力量之大。

唐驚羽微笑道：「不壞不壞！你的箭法已經稱得上一流了，若是能夠得到名師點撥，就可完成以箭御氣的突破，不如你投入我落櫻宮門下，我今日就饒了你的性命。」

胡小天道：「你有毛病啊！以為自己很高明嗎？見人就想收徒弟？」

唐驚羽笑道：「不僅僅是收徒弟，列我門牆，就有機會成為我的寵妾！」身後那二十名白衣女子目光中都流露出妖嬈嫵媚之色。看來她們不但是唐驚羽的徒弟，也都和他有曖昧不明的關係。

霍勝男聞言勃然大怒，此人真是無恥之尤狂妄之極，手中長弓再度拉開：「狂徒，再接我一箭試試！」

唐驚羽道：「野味難尋！不過深得我心！好！我就讓你三箭！」

胡小天道：「不如你讓我砍上三劍試試！」聽到唐驚羽出言侮辱霍勝男，胡小天心中早已怒火沖天，他看出唐驚羽此人自視甚高，狂妄自大，剛好趁著這個機會投機取巧，只要唐驚羽膽敢答應，老子砍出三劍，只要有三分之一的機率成功，外放的劍氣也能將你劈成兩半。

唐驚羽瞇起雙目不屑望著胡小天，雖然胡小天剛才一巴掌拍飛了他射出的一箭表現出一定的實力，但是這還不足以引起他的重視，唐驚羽道：「三劍！好，來吧！」

胡小天抽出背後的大劍，雙手高高擎起，以傳音入密向霍勝男道：「無論我這一劍能否成功，咱們都要第一時間撤退走人。」

霍勝男抿了抿嘴唇，心中也變得異常沉重，唐驚羽箭法驚人，遠距離殺傷力奇大，他們已經沒有了其他的選擇。

胡小天大吼一聲：「看劍！」一劍揮了出去。

唐驚羽做夢都想不到眼前的少年已經達到了劍氣外放的地步，看到胡小天一劍揮出，地上的黃土被無形劍氣從中割裂開來，一道裂縫迅速向他逼近，此時方才感覺到隔空傳來的強大威勢，驚慌之中，身體脫離坐騎飛起，無形劍氣劈中馬首，將唐驚羽那匹有照夜玉獅子美名的寶馬良駒從中劈成了兩半，劍氣雖然衰減，卻仍然繼續向後方襲去，兩名不及躲避的白衣女子被劍氣擊中，立時血染黃土。

唐驚羽過於托大，方才被胡小天有機可乘，兩名手下被殺還在其次，這匹照夜玉獅子卻是他花費巨大代價方才求來的寶馬良駒，眼看被胡小天劈成了兩半，心中悲憤到了極點，身軀在空中原地旋轉，白玉弓弓弦繃緊，咻！咻！咻！連續三箭射向胡小天，胡小天從未見過這樣的箭術，對方剛剛做出射箭的動作，箭鏃就已經飛到自己的面前。

胡小天雖然看不清箭鏃的來路，但是他在無相神功上的修煉已經讓他對危險有著超人一等的判斷，手腕擰動，以大劍寬闊的劍身為盾，擋住對方接連射來的三箭，鏃尖擊中劍身，一股強大的力量沿著劍身傳到劍柄，接連擋住三箭，胡小天的雙臂被震得都已經麻木。

唐驚羽的身體在空中已經成為俯衝之勢，左手橫握白玉弓，弓弦之上同時扣上三支羽箭，他必然要將胡小天射殺當場，方解心頭之恨。

霍勝男此時也已經發動，弓弦輕響，一箭向空中的唐驚羽射去。她對射殺唐驚羽並無信心，這一箭的意圖是分擔胡小天的壓力，也可幫他解圍。

唐驚羽三箭齊發，中間一箭正對霍勝男射來的箭鏃，鏃尖相撞，將射向他的這一箭擊落塵埃，另外兩箭分向左右，劃出兩道曼妙的弧線，從不同的方向直取胡小天的要害。

霍勝男花容失色，對方的箭法已經到了神鬼莫測的地步，自己射術雖精卻無法將他的殺招一一化解。

越是在生死存亡之際，胡小天越是能夠表現出超越常人的冷靜，對方的連續三箭已經將他的手臂震得發麻，就算在正常狀態下，他也無法揮動這把重劍將兩支來自於不同方向的羽箭擊落，羽箭來勢奇快，雖然軌跡變化多端，但是目標卻始終鎖定在胡小天的身上，胡小天宛如獵豹般向前方衝去。他的腦海中能夠清晰感知到羽箭在空中飛行的軌跡，渾身的肌肉全都動作起來，右腳蹬地身體竭力前衝，強大的身體爆發力，讓胡小天前衝的速度絲毫不次於射出的羽箭。

弧形飛來的羽箭貼著他的後腦飛掠而過，羽箭刮起的罡風竟然切斷了胡小天後腦的數縷頭髮，悠悠蕩蕩落在腳下。

唐驚羽看到自己的二次攻擊落空，雙腳交錯，身體再度騰飛而起，沿著黃土柱，騰躍而上，連續攀升十丈有餘，飛掠到黃土柱頂部，居高臨下，方圓一里的範圍全都盡收眼底，範圍內的任何獵物定難逃過他的射殺。

霍勝男一箭向唐驚羽射去，除非將唐驚羽制住，不然他們就算逃跑也無法逃出對方的射程。

唐驚羽再度彎弓搭箭之時，忽然聽到一聲驚天動地的巨響，身軀劇震，卻是他立足的這根黃土柱底部炸裂開來，一時間黃土瀰漫煙塵四起，唐驚羽的目力雖然強勁，可是也看不清下方的情景。

胡小天和霍勝男也被這聲爆炸震得心驚肉跳，耳邊忽然聽到一個熟悉的聲音道：「大人！隨我來！」一塵土瀰漫中看到一個身影出現在自己的面前，胡小天從聲音中已經判斷出是梁英豪，本以為他隨同周默他們一起從海路離開，卻想不到他竟然會在這裡現身，心中又驚又喜，他大聲道：「飛鴻！」

胡小天高興過頭了，卻忘記了唐驚羽仍然在附近，唐驚羽從剛才的那根黃土柱跳躍到另外一根黃土柱之上，雖然因為塵土瀰漫看不清具體的狀況，卻聽到胡小天的這聲呼喊，循聲一箭射了過去。

胡小天感覺到暗箭來襲的時候已經躲閃不及，身體堪堪挪開寸許，避過要害，這一箭射在了他右臂上，痛得胡小天呲牙咧嘴，梁英豪和霍勝男兩人慌忙衝了過來，護著胡小天鑽進了前方的黃土洞。

胡小天心中還念著小灰，提醒梁英豪道：「小灰，我的坐騎！」

梁英豪道：「大人不必擔心，在峰林峽內還輪不到他人當家。」

唐驚羽站在黃土柱上，只聽到下方傳來陣陣駿馬嘶鳴聲，間或夾雜著女子的尖叫聲，內心中不由得變得焦躁起來，顯然有人趁著黃土瀰漫對他的手下發動了攻擊。

唐驚羽因為無法看清下方的具體狀況所以不敢盲目出箭，等到黃土散去，讓他震驚的是，現場除了幾具已經死去的屍體外，竟然再無一個身影，不但胡小天他們三個，甚至連他倖存的十多名手下也連人帶馬消失得乾乾淨淨。

唐驚羽怒火填膺，暴吼道：「不開眼的小賊，竟然敢在我落櫻宮的頭上動土，我就算掘地三尺也要將爾等抓出來，將你們碎屍萬段方解心頭之恨！」

梁英豪有一點並沒有誇張，在峰林峽內還真輪不到他人當家，借著黃土瀰漫的掩護，他們趁亂發動伏擊，不但成功將胡小天和霍勝男救離困境，還順便將唐驚羽的那十幾名手下連人帶馬拖到了地洞之中，身受多處箭眼看性命不保的林金玉也被這幫土匪稀裡糊塗地帶到了地下。

來到一處寬闊的所在，梁英豪停下腳步，和霍勝男兩人扶著胡小天在一塊土台上坐下，霍勝男關切檢查胡小天右臂的箭創，發現這一箭雖然入肉頗深，不過好在沒有傷及筋骨。

胡小天咬牙切齒道：「娘的，不劈了這混帳東西，老子決不甘休！」論到近身搏殺，胡小天現在已經有了一定的高手風範，但是在面對一個擅長遠距離攻擊的對手，胡小天還沒有太多的辦法，除非他將劍氣外放練到收放自如的地步，否則只有被動挨打的份兒。

霍勝男道：「你別動氣，先將箭拔出來再說！」

胡小天道：「別硬拔，不然會把肉帶出來一塊。」

霍勝男不禁笑了起來，揚起手中剛剛找出來的柳葉刀：「整天都是你幫助別人開刀，這下終於輪到自己了。」

胡小天歎了口氣，一副視死如歸的模樣，眼睛一閉道：「來吧！快點，我怕疼！」

霍勝男在使用手術刀方面頗有天分，切口乾淨而整齊，沒花費太久的時間就將鏃尖從胡小天的右臂內取出，又用金創藥塗抹傷口之後，再用墨玉生肌膏將傷口黏合。

此時參與行動的群盜陸續返回這裡，他們這次一共俘獲了十七名唐驚羽的女弟子，算得上一次不折不扣大豐收，這些女子全都姿容俏麗，渾水幫的這幫土匪本來就不是什麼好人，在途中就已經開始毛手毛腳，摸得這幫女子哀聲不斷。

霍勝男皺了皺眉頭，胡小天看她表情就知道她對這幫土匪的行徑不滿，向梁英豪道：「英豪，你傳令下去，讓他們不得騷擾這幫女子。」

梁英豪慌忙過去傳令，這些土匪對胡小天還是頗為忌憚，畢竟性命都捏在他的手裡，聽到命令之後果然收斂了許多。

梁英豪讓他們先將這些女子關入地洞，有人將林金玉抬了進來。看到林金玉出現在自己面前，胡小天冷笑著走了上去，林金玉死裡逃生，看到胡小天的表情感覺有些不妙，慌忙道：「霍老弟，多謝……」他本想說多謝救命之恩，話沒說完，下頷上已經挨了一拳，這一拳打得眼冒金星，一屁股坐在了地上。

林金玉抬起雙手道：「霍老弟，先別動手，有話好說……」

胡小天照著他的肚子又是一腳，啐道：「好說個屁，你居然故意坑我！今兒不打你個滿地找牙我咽不下這口氣。」揮拳作勢要打。

林金玉嚇得抱住了腦袋，他的雙手之上還插著兩支羽箭，掌心都被射穿，至今鮮血仍然淋漓不斷。

胡小天看到他這幅淒慘模樣，也動了惻隱之心，當下停手不打，指著林金玉道：「說！你到底跟我有什麼仇恨，非得變著法子地坑我。」其實胡小天也明白林金玉並不是有心坑自己。

林金玉長歎了一口氣道：「恩公！此事一言難盡，我叫林金玉，家住大雍邵遠平秋鎮，在當地也算得上富甲一方的人家，我自幼習武，從不過問家裡的經營，所以後來我爹將家裡的產業交給了我大哥，我愛武成癡，遊歷天下拜師求藝，這些年的吃穿用度全都靠我大哥在支撐，我大哥在經商上頗有頭腦，祖上留下的這份家業在他的手中得以發揚光大，我大哥生性淳樸厚道，樂善好施，本來可以安安穩穩過上一輩子，可前年我大嫂不巧死了，我侄子年幼，大哥本來沒有續弦的心思，可後來遇到了一位青樓女子，不知怎地竟對她產生了感情，不但花費鉅資替她贖身，還要將她明媒正娶立為正室。」

林金玉神情黯然，停頓了一下又道：「我聽聞這件事之後趕回家去和他一通爭吵，險些斷絕兄弟情義，可是看到我大哥心意已決，也只好由著他，我擔心侄兒受苦，也沒敢遠行，在家裡待了一年，發現這位新嫂子雖然出身不好，可對我大哥侄兒都算不錯，平日裡相夫教子懂得恪守婦道，於是我就放下心來，重新出門去遊歷，可走了半年，聽聞噩耗，我大哥和侄兒竟然被人害了。」說到這裡林金玉雙目通紅，熱淚盈眶。

胡小天聽到這裡，已經將發生過的事情猜了個差不多。

林金玉道：「我多方打聽方才知道，卻是我離家的這半年裡，那個賤人竟然和落櫻宮的少主唐驚飛勾搭成姦，兩人的姦情被我大哥撞破，於是他們將我大哥害了，事後又擔心我侄兒報復，一不做二不休又將我侄兒害死。我聽聞噩耗之後，散盡家財追蹤兩人下落，終於被我在一艘商船中發現了這對姦夫淫婦的下落，趁著他們歡好之時，我殺了他們，為我大哥和我那可憐的侄兒報仇雪恨。」

胡小天聽到這裡，對林金玉的那股怨氣早就沒有了，無論此人的手段如何，可畢竟不失為一條恩怨分明的漢子，胡小天道：「唐驚羽是唐驚飛的哥哥？」

林金玉點了點頭道：「他們兩人都是落櫻宮少主，唐驚羽和唐驚飛雖然是兄弟，可是兩人的脾氣性情卻完全不同，唐驚飛喜歡享受，不喜練功，唐驚羽卻嗜武如命，他的箭法已經深得落櫻宮主人唐九成的真傳。」

霍勝男有些同情地歎了口氣道：「原來唐驚羽追殺你，就是為了給他弟弟報仇？」

梁英豪聽得義憤填膺，在腿上捶了一拳道：「姦夫淫婦，人人得而誅之！」

林金玉道：「我也不知他們怎麼就發現了我的蹤跡，落櫻宮勢大，豈是我能夠抗衡的，我只能一路逃走，想不到終於還是被他們在這裡追上。如果不是遇到了你們幾位，只怕我現在已經死了，幾位恩人對林某實在是再造之恩，在下若能逃過此劫，必結草銜環以報幾位的大恩大德。」

霍勝男道：「路見不平拔刀相助，林兄也不必客氣，就算沒有你的事情，落櫻宮一樣會找我們的麻煩。」

胡小天一旁道：「那倒未必！」

林金玉頭皮一緊，他和胡小天接觸的時間雖然不多，但是也知道這個人不好對付，自己今天能否脫困，全都要看他的臉色，想到這裡，慌忙向胡小天道：「霍老弟千萬不要見怪，剛才我真不是存心要將他們引到你們的身邊，更沒有想過要將你們牽涉到這件麻煩中來，只是因為我對這一帶的地形不熟，只顧著逃命，誰曾想竟然又逃回了你們身邊。」

胡小天道：「唐鷲羽追殺你，只怕不僅僅是因為你殺了他的兄弟，還有其他原因吧？」

林金玉一臉茫然道：「恩公什麼意思？沒有其他原因，唐鷲羽就是要殺我為他弟弟報仇。」

胡小天心中暗罵，這個林金玉一點都不老實，剛剛明明聽到唐驚羽找他要什麼射日真經，現在居然跟自己裝傻充愣。胡小天道：「既然如此，只好找人將林兄送上去了。」

林金玉面露惶恐之色：「恩公是要將我送到仇人的手中嗎？」

胡小天向他走了一步，低聲道：「射日真經！」

林金玉心中暗暗叫苦，這廝果然是盯上了這件寶貝，苦著臉道：「我剛剛不是說了，已經被我燒了！」

胡小天道：「我也不是想貪圖你的什麼寶貝，只是我費了那麼多的辛苦，還挨了一箭，救了你的性命，非但沒有換來你的感激，你卻連一句真話都不肯對我說，既然如此，我還是將你送回唐驚羽的手裡，沒必要為了你跟他結怨。」

林金玉咬了咬牙道：「罷了！恩公，你需得答應我一個條件。」

「說！」

林金玉道：「為我處理一下傷口，再將我送出峰林峽。」

胡小天還以為他會提出一個讓自己為難的條件，想不到居然如此容易，既然救了他當然就不會將他再送出去，胡小天點了點頭道：「也好！我救你一命，你將那東西送給我，權當是一點點的報酬。」

胡小天並不知道射日真經是什麼，不過是心中好奇，他本來也沒想貪墨林金玉的東西，可是看到這廝極不老實，到了這種地步還敢在自己面前說謊，索性狠狠敲他一次竹杠，讓他長個記性。

當晚他們就留在渾水幫的老巢內休息，胡小天親自為林金玉取出箭鏃，包紮傷口，這廝也信守承諾，從大腿內側剪開縫線，從大腿的肌肉中取出一個蠟丸，將沾滿鮮血的蠟丸遞給胡小天道：「這裡面就是射日真經，此乃落櫻宮的無上秘笈，你千萬要收好了。」

胡小天對武功秘笈原沒有太多的興趣，若說秘笈，天下功法最至高無上的寶典《無上神功》他已經初窺門徑，更何況在大雍又湊巧得到了誅天七劍的心訣，單單是這兩樣東西就已經讓他受用無窮了，哪還用得上修煉其他的秘笈。不過胡小天對落櫻宮也沒什麼好感，就衝著今天唐驚羽射了自己一箭，也要將這什麼狗屁秘笈據為己有，讓這廝好好心疼一下。

胡小天來到霍勝男暫住的地方，看到房門緊閉，耳朵貼在門前聽去，聽到裡面嘩啦嘩啦的水聲，還隱約傳來霍勝男的歌聲，霍勝男十有八九在裡面沐浴。

胡小天笑著敲了敲門道：「飛鴻兄，我能進來嗎？」

霍勝男聽到胡小天的聲音慌忙將身軀藏入浴桶之中，風塵僕僕地奔波了這麼多天，好不容易才有了個洗澡的機會，霍勝男自然要忙裡偷閒好好享受一下，藏身水中之後方才想起這地洞根本沒有窗戶，唯一的房門也被自己關好了，胡小天當然什麼都看不到，頓時放心下來，揚聲道：「耐心等著吧！」

胡小天道：「你再不開門我就撞門進來了！」

霍勝男已經習慣了他這種說話的方式，舒舒服服躺在浴桶內，輕聲道：「沒人攔著你，有膽子的話你就撞進來吧，我絕不介意在你的左臂上再射一箭。」

胡小天歎了口氣道：「真恨我自己是個君子。」叫門不應，只能老老實實回到自己的房間，確切地說應該是地洞，渾水幫的老巢，大廳是地洞，廚房是地洞，監房是地洞，連臥室也是地洞。雖然給胡小天提供的已經是條件最好的一間，可仍然脫不了地洞的本質。

地洞雖然沒有窗戶，可空氣並不污濁，渾水幫的這群人最大的能耐就是打洞，他們有無數種方法可以將外界清新的空氣引到地下。至於光線都要依靠油燈照明，剛剛回到地洞中坐下，還沒有來得及研究那顆蠟丸，梁英豪就找了過來。

胡小天笑道：「梁大哥來了！」

梁英豪有些承受不起：「大人還是對我直呼其名來得好。」

胡小天道：「這次多虧了你，如果不是你及時出現，今天我就有大麻煩了。」

梁英豪笑道：「大人向來吉星高照，就算沒有我的出現，您也不會遇到任何的危險。」

胡小天下意識地摸了摸右臂的傷口道：「你別往我臉上貼金，這一箭如果再偏出一寸，只怕就要了我的性命。」

梁英豪道：「那個唐驚羽乃是落櫻宮少主，箭術極其霸道。」

胡小天道：「落櫻宮很厲害嗎？我怎麼沒有聽說過？」

梁英豪道：「落櫻宮乃是大雍的一個門派，過去曾經有箭宮之稱！」

「箭宮？大雍不是早就有了個劍宮嗎？」胡小天當然知道此箭宮絕非彼劍宮。

梁英豪笑道：「一個是刀劍的劍，一個是射箭的箭，其實落櫻宮叫箭宮的名字在前，可是後來藺百濤創立劍宮之後，劍宮在短時間內就猶如彗星般崛起，名氣超過了箭宮，在藺百濤刺殺黑胡可汗之後名聲更是如日中天，天下人只知有劍宮而不知有箭宮，箭宮於是就乾脆改了名字，變成了現在的落櫻宮。」

胡小天哈哈笑道：「聽起來倒是有趣。」

梁英豪道：「落櫻宮在江湖中的名氣雖然不是很大，但是他們修煉的功法另闢蹊徑，竟然專修箭術，成立百餘年來也一直算是恪守本分，很少在江湖中露面，在十八班兵器之中並沒有弓箭，所以很多江湖宗派也沒有將落櫻宮放在眼裡，直到十多年前，落櫻宮的勢力突然開始擴張，發展極其迅速，據說落櫻宮主人唐九成已經連成了心箭術！」

「心箭術？」胡小天充滿詫異道。

門外傳來霍勝男的聲音：「就是以心意御箭，不用彎弓搭箭，就可以自如操縱羽箭飛行。」

兩人同時抬頭望去，卻見霍勝男走了進來，雖然仍是一身男裝打扮，可是秀髮因為剛剛洗過所以披散在肩頭，肌膚細膩柔滑，雖然長期風吹日曬膚色呈現出栗色，可散發出一種健康潤澤的光芒，通體洋溢著青春活力。

在胡小天的眼裡霍勝男更接近現代的審美標準，活潑健康其實正是女人最性感的一面，他笑道：「在外面偷聽我們說話呢。」

霍勝男白了他一眼道：「門敞開著，聲音這麼大，二里地以外都聽到了。」因為梁英豪是胡小天的人，自然不用隱藏身分，其實她的樣子梁英豪在雍都的時候就已經見過，也無法掩飾過去。

梁英豪道：「霍將軍說得不錯，您所說的正是心箭術。」

胡小天道：「吹牛吧，不用彎弓搭箭就能把箭射出去，怎麼可能？」

霍勝男道：「我只是聽說，也沒有親眼見過，遠的不說，就說唐驚羽，他就已經達到了以氣御箭的地步。」

胡小天道：「以氣御箭，沒什麼好稀奇的，我還能以劍御氣呢。」

霍勝男道：「少吹大氣了，就你那時靈時不靈的劍氣外放，說出來我都替你感到丟人。」

梁英豪一旁聽著兩人鬥嘴不禁莞爾，不過這種時候他是不適合插嘴的，正想找個藉口離開。

霍勝男道：「我所見過最高明的箭手，射箭的威力大小仍然取決於弓弦之力，兩個人的膂力不同，但是在給他們同樣弓箭，同樣射箭技術的情況下，他們射出的一箭威力是應該相同的，想要改變羽箭飛行的軌跡，就必須要在羽箭的結構上做文章，才能讓箭鏃飛出不同的軌跡。而唐鷩羽卻已經做到將自身功力注入箭矢，而且可以保證他的內力蘊含在箭矢之中，在飛行的途中沒有大幅度的衰減，正因為內力在箭矢脫離弓弦之後仍然可以作用於箭矢本身，所以他才可以做到利用普通的箭矢就能夠完成各種軌跡的飛行。」

胡小天初始時候還沒覺得唐鷩羽如何厲害，聽霍勝男說完方才感覺有些後怕，說起來唐鷩羽的以氣御箭跟自己的劍氣外放似乎有異曲同工之妙。自己是劍氣脫離大劍本身運行，而唐鷩羽是內力隨著箭矢一起運行，相比較而言，自己勝在無形，對方的威力和破壞力好像應該更大，不過唐鷩羽可不是像自己這樣時靈時不靈，人家已經做到箭無虛發，而且自己即便是達到劍氣外放也無法拐彎，都是直來直去，兩相比較高下立判。

霍勝男道：「唐鷩羽都能做到如此，他的父親落櫻宮主人唐九成想必更加厲害，就算沒有修煉成心箭術，也相去不遠了。」

胡小天撓了撓頭道：「如此說來，咱們惹了個大麻煩？」

梁英豪道：「其實他們這幾日就已經在峰林峽設伏，我們幫中的兩個弟兄前往刺探情況，被發現後射殺。落櫻宮做事的手法實在是太冷血，太不通情理了。」

胡小天想起剛才唐驚羽不分青紅皂白，舉箭瞄準自己就射，梁英豪的這番話果然很有道理。

霍勝男道：「你們打算如何處置哪些俘虜？」

梁英豪看了看胡小天，渾水幫本來就是土匪，他們損失了兩名弟兄，憋著一股勁想要報復，如果換成過去，肯定是將這十多名落櫻宮的女子先姦後殺，可當著霍勝男的面，就算有這樣的想法也不敢說出來。

胡小天當然明白梁英豪的意思，他笑著向霍勝男道：「我們也正頭疼呢，不如你想個解決的辦法。」

霍勝男道：「那些女子也都是迫於淫威，被強迫加入的落櫻宮，唐驚羽的罪過不應該強加在她們的頭上，我看不如將她們放了。」

梁英豪道：「放過她們倒沒什麼，只是擔心她們以後會捲土重來報復我們。」在他的心底當然是不願意放。

霍勝男道：「你如果將她們全都殺了，只怕更加深了落櫻宮和你們渾水幫之間的仇恨，到時候他們集結大隊人馬過來復仇，恐怕這座峰林峽也護不住你們。」

梁英豪知道霍勝男說得不錯，沉默了一會兒，胡小天拍了拍他的肩膀道：「霍將軍說得不錯，多一事不如少一事，不過她們畢竟是你們的俘虜，如何發落還是你們說了算，可是無論你們做出如何決定，這裡只怕是不能再待了，萬一落櫻宮集結人馬前來報復，你們恐怕無力抵抗。」

梁英豪道：「大人，我和兄弟們早已做好了打算，以後追隨大人做事，有生之年就算不能建功立業，也可光明正大堂堂正正做人！」

胡小天笑道：「好，你們收拾收拾跟隨我一起返回康都就是。」

梁英豪道：「我這就去跟兄弟們說。」他起身告辭離去。

等到梁英豪走了，胡小天起身將房門關上，笑瞇瞇回到霍勝男身邊。

霍勝男道：「你真打算帶著渾水幫的這群人一起返回康都？」

胡小天道：「就算回去也不能同路，現在康都也不知道是什麼狀況，我就怕自己是泥菩薩過江自身難保，萬一回到康都落罪，只怕就顧不上他們了。」

霍勝男道：「那還答應他們一起走？」

胡小天道：「如果他們不走，唐鷩羽以後必然會捲土重來將他們斬盡殺絕，他們雖然是土匪，可做事都講究一個義字，沒有他們，咱們根本沒有機會在這裡聊天，更不用說洗上一個舒舒服服的熱水澡了。」

霍勝男哼了一聲道：「剛剛你敲門做什麼？」

「你不說我險些都忘了！」胡小天將威逼利誘從林金玉那裡騙來的蠟丸遞給了霍勝男。

霍勝男接過那顆蠟丸充滿詫異道：「什麼？」

胡小天神神秘秘道：「射日真經！」

霍勝男將那顆蠟丸在手中拋了拋，然後一下將之捏碎，裡面果然藏著一團薄絹，展開放在桌上攤平，胡小天也好奇地湊了過去，不看則已，一看頓時目瞪口呆，上面哪是什麼射日真經，根本就是一張張姿態迥異的男女歡好圖。

沒等胡小天反應過來，霍勝男的粉拳已經問候在他的右眼之上：「你這個無恥下流的小人……」

霍勝男的這一拳實在突然，胡小天全無防備，被她一拳打了個正著，腦袋向後仰起，慘叫道：「我也不知道……」捂著鼻子眼淚嘩嘩流了下來。

霍勝男惱羞成怒，認定了胡小天利用這張污穢不堪的畫來調戲她，所以這一拳也是分量不輕，胡小天雖然沒有被揍出鼻血，也被霍勝男打得鼻子酸痛眼淚直流。

霍勝男看到胡小天涕淚直下的樣子又忍不住笑了起來，可目光落在那張圖上，簡直是無地自容，咬了咬牙道：「你這混帳。」

胡小天捂著鼻子流著眼淚道：「這蠟丸是你捏開的，裡面有什麼我哪裡知道，你居然打我！還打我又高又挺的鼻子！」真是滿腹委屈。

霍勝男聽他這樣說，這會兒方才想起剛才的確是自己親手捏開了蠟丸，胡小天對裡面有什麼肯定是不知情，自己十有八九是誤會他了。

胡小天把手放下，鼻子已經被霍勝男這一拳捶得紅腫，女人果然不好惹，下手夠黑，這一路走來同甘共苦的感情全都忘了，該出手時就出手。胡小天拿起那張圖看了看，射日真經？他姥姥的，果然是名副其實，不用問，肯定是被林金玉那孫子給戲弄了。

胡小天心中暗怒，滿腔的怒火都轉移到了林金玉的身上，將那幅射日真經塞到自己的衣襟裡，起身就走。

霍勝男這會兒多少有些內疚，知道自己冤枉了他，輕聲道：「你幹什麼去？」

「找他算帳去！」

林金玉看到胡小天氣勢洶洶地衝進來料想這廝沒什麼好事，還沒有來得及說話，胡小天已經一拳問候在他的鼻子上，一報還一報，胡公公從來都不是個甘心吃虧的主兒，林金玉苦於雙手受傷，胡小天又在氣頭上，這一拳無論速度還是力量全都超水準發揮，打得林金玉連人帶凳子全都摔倒在地上，慘叫道：「恩公莫打，恩公莫打！」

胡小天照著他屁股上就是一腳，踢在中間位置，林金玉痛得將雙腿一夾，哀嚎道：「你怎地出爾反爾不講信用。」

胡小天指著他的鼻子道：「林金玉啊林金玉，老子先後救了你兩次，你不知感激，反而坑我。」

林金玉委屈萬分道：「我何嘗坑過恩公……」

胡小天將那張圖掏了出來：「你大爺的，這就是你給我的射日真經？」

林金玉定睛一看，也是呆在了那裡，也難怪胡小天會動怒，說好的射日真經怎麼變成了一幅歡好圖？

胡小天咬牙切齒道：「你敢玩我啊！」

林金玉哭笑不得道：「恩公，我都淪落到如此境地，怎麼敢戲弄您，我發誓這東西真是我從唐驚飛身上找到的，對了，還有一樣東西。」看到胡小天動了真怒，林金玉也感到心驚膽顫，畢竟現在性命捏在人家的手裡，如果不老實，只怕這姓霍的現在就能殺了自己，別看這廝笑咪咪的，可是心狠手黑，真要是惹火了他，保不齊會將自己置於死地。

林金玉道：「恩公，事到如今我也不瞞你，我從那對姦夫淫婦的身上收到了不少的財物，因為不好攜帶，全都被我掩埋在了倉木縣東門十里亭旁的老槐樹下，我一直都以為這蠟丸裡面藏的是射日真經，因為聽到那對姦夫淫婦的對話，那賤人問唐驚飛這裡是什麼，他說是射日真經，如果知道是這種東西，我絕不會費勁辛苦將它藏起來。」

胡小天看林金玉的表情不像作偽，那蠟丸他也未曾打開過，或許真不知道裡面是什麼。

林金玉道：「恩公，我早就該想到的，那唐驚飛乃是一個淫賊，他口中的射日真經指的原來是這種事情。」

胡小天冷笑道：「你最好沒騙我。」

林金玉道：「我對天發誓，若是我欺騙恩公，天打五雷轟，不得好死。」

胡小天轉身離去，向門外駐守的兩名渾水幫成員道：「看好他，沒有我的命令，不得讓他隨意出入。」

來到門外，梁英豪剛好聞訊趕來，好奇道：「大人，發生了什麼事情？」

胡小天擺了擺手，這種窩囊事當然不能向外說，嘿嘿笑了一聲道：「也沒什麼大事。」

梁英豪有些好奇地看了看他又紅又腫的鼻子：「大人的鼻子？」

「不小心碰到牆上了！」胡小天訕訕解釋道。

梁英豪心裡自然不信，可也不好繼續追問，低聲向胡小天道：「我派出查探情況的兄弟回來了。」

「怎樣？」

梁英豪道：「唐驚羽在外面大為震怒，胡亂射了幾箭，沒有找到咱們的蹤跡，於是退出了峰林峽。」

胡小天道：「他倒是有些本事，峰林峽內道路錯綜複雜，連我都暈頭轉向，他居然能夠順利找到路線。」

梁英豪道：「有鷹隼為他引路，那鷹隼在高空中可以俯瞰峰林峽內的狀況，我擔心唐驚羽此次離開之後，很快就會集結幫手捲土重來。」

胡小天點了點頭道：「事不宜遲，還是儘快離開這裡吧。」

梁英豪也是這個想法，他低聲道：「我的那些兄弟還有一些人不想離開。」

胡小天道：「千萬不要勉強，何去何從，悉聽尊便。」

梁英豪道：「大人打算什麼時候離開？」

胡小天道：「現在就走。」想起唐驚羽神乎其技的箭法，胡小天還是有些膽寒的，一個人可以將弓箭使出狙擊步槍的效果，在當今時代實在是有些逆天，更何況他的背後還有一位可能已經練成心箭術的高人，如果真要是被他們知道了自己的身分，這些人隨時都可能躲在暗處給自己一箭。

梁英豪道：「我們可能還需要收拾一下，不如這樣，我派人先將大人送出峰林峽，等這邊的事情安頓好之後，儘快前往康都和大人會合。」

胡小天連連點頭，離開之前又想起一件事：「對了，那些落櫻宮的女子還是放了吧，若是將她們全都殺了，就和落櫻宮結下大仇了，明槍易躲暗箭難防，咱們雖然不怕什麼落櫻宮，可畢竟多一個這樣的敵人並不是好事。」

梁英豪笑道：「大人的意思我懂，其實我也是這個意思。」胡小天尚且都忌憚落櫻宮，更何況他們這些渾水幫眾，如果當真觸怒了落櫻宮，只怕他們這些人會首當其衝成為對方誅殺的目標。

胡小天又將林金玉的秘密告訴梁英豪，梁英豪聞言大喜，決定親自往倉木走一趟，搶在林金玉之前將東西挖出來再說。胡小天又讓他親自前往海州去一趟，通知等候在那裡的周默等人一聲，因為康都風雲突變，所以他臨時更改了計畫，無法前往海州和他們會合。

翌日黎明，胡小天和霍勝男兩人已經在一名渾水幫成員的帶領下離開了峰林峽，回望峰巒起伏的黃土林，想起昨天在峰林峽的驚魂一幕，胡小天打心底鬆了口氣。和嚮導分手之後，兩人縱馬馳騁，一路向東南方向而去。

大康的天氣變得越來越炎熱，夏天就要到來，最近朝堂的風雲變幻自然也引起了百姓的關注，先是當今皇上龍燁霖駕崩，後來又傳出他死於簡皇后母子和姬飛花的聯手謀殺，先是姬飛花伏誅，屍首被懸掛於午門，梟首示眾，而後簡皇后被賜了一丈紅，連剛剛成為太子不久的龍廷盛也被推出午門以弒君篡位之罪問斬。

太上皇龍宣恩再度出來執掌政權，老百姓對於這一系列朝堂上的變化雖然關心，可是他們更關心的是如何填飽自己的肚皮。

真正對這場政權更迭感到緊張和不安的乃是大康的臣子，如今在位的臣子大都經過龍燁霖一任的清洗，昔日太上皇龍宣恩手下的那幫寵臣，或被滿門問斬株連九族，或被打入牢獄，發配流放。

一朝天子一朝臣，龍燁霖登基之後委以重任的那幫臣子，自從政權更迭之後便處於惶恐不安的狀態之下，生怕老皇帝掌權之後來個秋後算帳，大開殺戒大肆報復，而那些曾經因為忠於老皇帝而被新君問罪罷免的官員，現在心中卻都充滿了希望，他們知道自己的翻身之日已經不久了。

然而龍宣恩在重新掌權之後，並沒有急於改變目前朝廷的官員結構，也沒說何時更改，一切職位沿襲前朝，甚至連太師文承煥、丞相周睿淵兩個最重要的位置都沒有做任何的變動。

須知周睿淵乃是龍燁霖上位的積極推動者之一，在龍宣恩掌權之時就曾經親自將他削職為民。龍宣恩重新掌權之後，既沒有搞任何的加冕儀式，也沒有明確向天下頒佈詔書，甚至在召開了一次朝會之後，就重新潛居於深宮之中。

於是外界又開始有了流言，說老皇帝的身體已經不行了，只怕用不了太久時間就會駕鶴西去，大康就會重新陷入無主之境。

不過對老百姓來說還是有好消息傳來，大康境內六大糧倉開始同時放糧賑災，雖然對大康目前的狀況來說只是杯水車薪，可是至少朝廷已經表明了態度，他們不會放任老百姓餓死不管。

龍宣恩站在縹緲峰上，望著已經成為廢墟的靈霄宮，深邃的雙目中流露出極其複雜的光芒。洪北漠身穿青色儒衫，恭敬陪同在他的身邊。

龍宣恩道：「有一天大康會不會像靈霄宮一樣？」

洪北漠望著前方的靈霄宮，眼前不覺浮現出那場驚心動魄的大戰，集合自己、李雲聰、慕容展三大高手之力方才將姬飛花艱難擊敗，而且他們三人也付出了慘重的代價，自己因為使用化血般若功而損耗了五年的壽元，李雲聰也在這場決鬥中失去了右眼，慕容展內傷頗重，其實他們三人直到現在也沒有完全復原。真正讓洪北漠擔心的卻不是這些，而是……

他的目光不覺投向腳下的瑤池，姬飛花敗走當日，從瀑布一躍而下，這一個月以來，他發動宮廷內可能發動的所有力量，搜遍整個瑤池和縹緲山，卻仍然一無所獲，姬飛花活不見人死不見屍。洪北漠的心底深處有種不祥的預感，姬飛花並沒有死！

龍宣恩蒼老的聲音在他的耳邊響起：「你說他會不會還活著？」

洪北漠明知故問道：「陛下說的是誰？」

龍宣恩向洪北漠看了一眼，歎了口氣道：「你不用瞞朕，其實朕也能夠猜到，連續一個多月，始終沒有停止對瑤池的搜索，看來還沒有找到姬飛花的屍體。」

洪北漠道：「陛下明鑒，的確還沒有找到，不過陛下放心，姬飛花應該是已經死了。」

龍宣恩歎了口氣，他聽出洪北漠語氣中存在著太多無法確定的因素。

洪北漠並不想在這個話題上繼續下去，目光落在業已崩塌的靈霄宮上：「陛下打算何時重建？」

龍宣恩搖了搖頭道：「永不重建！」靈霄宮這座皇城內最高的宮闕，站在其上可以俯瞰整個皇宮的情景，記得剛剛建成靈霄宮的時候，他曾經站在這裡，有種眾生皆在我腳下的感覺，可自從被軟禁在靈霄宮之後，這裡留給他的卻是今生最為痛苦的經歷和記憶，他不願再回憶起這裡發生的事情。

洪北漠道：「也好。」

龍宣恩道：「你已經開始重建天機局了？」

洪北漠道：「天機局始終都存在，只是沉寂了一段時間罷了。」

龍宣恩道：「洪先生學究天人，你知不知道這世上是否真的有長生之術？」

洪北漠道：「臣聽無數人提及長生之術，但是卻從未見過有一人可得長生。」

龍宣恩聽他這樣說，臉上流露出頹喪之色，輕聲歎了口氣道：「朕也明白，其實這世上根本就沒有什麼長生的事情，朕不知在這世上還有多少時日。」他停頓了一下，望著洪北漠道：「玄天館的任天擎有沒有下落？」

洪北漠道：「這兩年都沒有他的消息。」

龍宣恩道：「如果這世上真有人能夠尋找到長生之秘方，那個人必然是他。」

洪北漠微笑道：「都說任天擎能夠起死回生，可是他當年卻連自己的妻子都沒有救回。」

龍宣恩道：「若非如此，他又怎會成為天下第一神醫！」

洪北漠沒有說話，天下第一，一個人如果真正成為了天下第一，那麼他的心中又該如何的寂寞啊！

胡小天和霍勝男兩人日夜兼程，披星戴月終於回到了康都，本以為因為此次宮變，康都又要變得風聲鶴唳，雞犬不寧，卻想不到除了城門出入時候盤查比起昔日嚴格一些，並沒有什麼特別的變化，胡小天不敢直接返回皇宮覆命，而是先來到了寶豐堂。

按照他和蕭天穆的約定，蕭天穆已經先於他返回康都，安排他父母的事情，以防不測發生。

蕭天穆聽聞胡小天回來，也是驚喜無比，將胡小天和霍勝男兩人引到內宅。

胡小天顧不上歇息，直接來到蕭天穆所居的院落裡，看到蕭天穆坐在樹蔭之下，身邊的石桌上已經沏好了一壺好茶，就等著胡小天過來。聽到胡小天的腳步聲，蕭天穆的唇角露出一絲會心的笑意：「三弟回來了！」

胡小天快步走上前去，握住他的臂膀道：「二哥！我回來了！」

蕭天穆握住他的手晃了晃道：「平安回來就好！快！先喝杯茶！」他摸索著茶壺想要給胡小天倒茶。

胡小天搶先將茶壺拿起，先幫他斟滿茶杯，自己才倒了一杯，一口氣喝了個乾乾淨淨，感覺茶香沁入肺腑，通體舒泰，不由得舒了口氣道：「還是家鄉的茶葉好喝。」

蕭天穆微笑道：「水是故鄉甜，大雍也並非沒有好茶，同樣的茶葉你在那裡喝不出味道，無非是因為心底的鄉愁作祟！」

胡小天呵呵笑道：「二哥說話總是包含著那麼大的道理，跟在你身邊讓我長了不少的見識。」

蕭天穆笑道：「你定是嫌我嘮叨了。」

「豈敢豈敢！」兩兄弟同時笑了起來。

胡小天又飲了一杯茶，這才感覺喉頭的乾渴感覺減退，低聲道：「二哥，皇宮那邊是什麼情況？」其實一路之上他也打聽到了不少的消息，只是這些消息畢竟無法證實。

蕭天穆簡單將他所掌握到的情況簡單說了一遍。

胡小天聽完不覺濃眉緊鎖，低聲道：「你是說老皇帝重新上位，現在仍然沿襲此前的一切，並沒有做任何的改變？」

蕭天穆點了點頭道：「不錯！除了姬飛花、簡皇后和太子被殺，這場政治風波並沒有波及到太多人。」

胡小天道：「老皇帝一向性情殘暴，冷血無情，怎麼這次突然轉性了？居然放過了這些昔日背叛他的臣子？」

蕭天穆道：「或許他經歷了這場波折，終於明白了一些事理，也認清了當前現實，維持現狀才是目前最為可行的策略，若是大開殺戒，只怕馬上他的王朝就要面臨傾覆之危，證明他還沒有老糊塗，還沒有昏庸到要將祖宗家業徹底斷送掉的地步。」

胡小天道：「我爹現在如何？」在他看來，老皇帝上位，自己的老爹理當是率先被惠及平反的一批人，畢竟老爹當年曾經是龍宣恩面前的寵臣。

蕭天穆道：「依然住在水井兒胡同，胡夫人不在康都，聽說去了金陵娘家。」

他顯然明白胡小天問及家人的意思，低聲道：「目前朝廷並沒有做出任何人事上的變動，所有官員得以沿用，老皇帝也放出風聲，此前的任何事情他都會既往不咎，連文承煥和周睿淵兩位大員都沒有受到任何的波及。」

胡小天嘖嘖稱奇，端起茶杯又灌了一口：「看來老皇帝經歷這次波折還真轉了性子。」

蕭天穆道：「安平公主是他的親生女兒啊！」他顯然是在提醒胡小天，龍燁霖對安平公主這個妹子的死或許無所謂，但是龍宣恩卻不同，龍曦月是他的親生女兒，或許會因為這件事雷霆震怒，追究胡小天的責任也未必可知。

胡小天擔心的卻不是這件事，皇室之中感情寡淡，即便是父女也不會有什麼真感情，他曾經在去年除夕陪同龍曦月前往縹緲山靈霄宮探望老皇帝龍宣恩，當時龍宣恩就兇神惡煞般扼住龍曦月的咽喉，險些將親生女兒置於死地，當時胡小天聽到動靜及時衝入靈霄宮內，將龍宣恩一把推倒。不知那老皇帝還記不記得那件事，還記不記得自己的樣子。

只是當時無論如何都沒有想到，風燭殘年的老皇帝居然還有復辟之日。不過自己倒也不怕，不是還有李雲聰這張牌嗎？至少李雲聰能夠證明自己當初也是為老皇帝出過力的。

蕭天穆道：「你打算怎麼做？何時入宮覆命？」

胡小天並沒有回答他的問題，而低聲道：「禮部尚書吳敬善有沒有回來？」

蕭天穆道：「他還沒有回到康都，目前仍然在天波城等著你的消息，估計也是拿不準老皇帝的態度，所以故意拖延行程，一是為了等你的消息，二是為了觀望事情的發展。」

胡小天道：「早晚都得見，不過這次我的大雍之行就算沒有大功，也不算是有什麼過失，而且此次我從大雍回來還帶來了一個好消息。」

蕭天穆笑道：「什麼好消息？」

胡小天這才將薛勝康把東梁郡作為補償送給大康的消息說了出來。

蕭天穆聽完不覺皺了皺眉頭道：「聽起來是好事，可實際上卻是將一個燙手山芋扔給了大康。大康若是接管之後在東梁郡駐軍，只怕派去多少都等於羊入狼群。」

胡小天道：「無論他出於何種目的，總算是幫大康滿了一回面子，我有這座城池在手，也好向朝廷交代。」

蕭天穆道：「老皇帝雖然重掌大康權柄，但是聽說他現在很少過問朝政，代他主政的乃是永陽王！」

胡小天聽到永陽王不由得一怔，他在宮裡待了也有很長一段時間，王爺郡主啥的也接觸了不少，但凡有名有號的他都了然於胸，可這個永陽王卻是從未聽說過，難道是老皇帝的私生子？他撓了撓頭道：「永陽王，我怎麼沒聽說過？」

蕭天穆道：「這位永陽王可以稱得上是大康自開國以來最特殊的一位王爺。」

胡小天道：「有何特殊之處？」

蕭天穆壓低聲音道：「這位永陽王乃是一位女性！」

第十章

永陽女王

既然事態已經向最壞的一面發展，胡小天反而不再害怕，
望著七七，若是這小妮子膽敢對自己起了殺心，
就算拚了自己這條性命也要拉她一起陪葬，
以現在的武功，在這樣距離取她的性命還不是易如反掌。

女人封王？胡小天頓時感覺不可思議了，忽然腦海中靈光閃現，七七過去不就是永陽公主嗎？難道這小妮子在自己離開大康的這段時間，搖身一變成為了永陽王？以這妮子的心機和手段未必沒有可能，只是她不是龍燁霖的女兒嗎？當初還被老皇帝追殺，在權德安的保護下倉皇逃竄，若非遇到了自己，恐怕他們已經死在蓬陰山了，怎麼會突然得到老皇帝的重用？

胡小天是有些糊塗了，為何老皇帝會封七七為王？還對她委以重任？

不過無論這其中發生了什麼，七七被封為永陽王對自己來說都應該是個好消息，自己好歹也是她的救命恩人，不過七七那妮子雖然年齡不大，可內心卻極其狠辣，兼之性情多變喜怒無常，過去她對自己還算馬馬虎虎，可那時候畢竟自己對她有利用的價值，現在她已經搖身一變成為了永陽王，不知對自己的態度會不會產生變化。

蕭天穆道：「三弟如何打算？」

胡小天道：「暫且沒什麼打算，先瞭解瞭解狀況再考慮回宮覆命的事情。」

蕭天穆點了點頭道：「也好！」

胡小天道：「有沒有飛煙的消息？」

蕭天穆道：「一直都沒有見到她出現過，真是讓人奇怪呢。」

胡小天心中不由得感到憂慮，他低聲道：「麻煩二哥多派出一些人手打探。」

蕭天穆道：「你放心，有她的消息我第一時間通知你。」

大康皇宮雖然風雲變化，可是並沒有對這些太監們的日常生活造成太大的影響，無論誰當主子，都得要人伺候，正是數以千計的太監宮女的辛苦勞作，方才能夠維繫這個龐大家庭的正常運轉。

史學東最近明顯變得心緒不寧，老皇帝復辟成功重新上位，他本以為自己的老爹可以東山再起，官復原職，擔任大康吏部尚書，自己也能夠得以擺脫奴顏婢膝的太監生涯，重新過上昔日衙內的生活，可皇宮內已經變天整整一個月了，卻沒有聽到老爹被重新任用的消息，種種跡象表明，老皇帝似乎要維持目前的狀況，並沒有興起重新啟用昔日臣子的念頭。史學東的內心從開始的興奮變成焦慮，從焦慮變成失望，隨著時間的推移已經漸漸變成絕望了。還沒有走到絕望那一步的原因，是因為他心中還有一絲希望。

這絲希望就是他的拜把兄弟胡小天，也許胡小天回來之後能夠改變這一切，雖然胡小天也和他一樣只是一個太監，可不知為何，他總覺得胡小天有種神奇的力量。

身為司苑局的採買，每日出宮採辦乃是史學東的必修課，自從老皇帝上位他就沒心思做這些事情，索性將所有的事情都推給了小卓子，自己寧願坐在市集附近的茶社裡聽一些傳言。

史學東正支楞著耳朵聽鄰座人議論姬飛花的事，卻有一人在他對面坐了下來。

史學東微微一怔，雖然他是太監，也是有身分的太監，什麼人這麼大膽子居然敢在自己的對面落座，舉目一望，雙目頓時瞪得滾圓，然後一張嘴巴張開老大，樂得牙槽肉都露出來了：「原來是……」

胡小天帶著遮陽用的斗笠，豎起食指向史學東噓了一聲，示意他不要聲張，以免吸引他人的注意力。

史學東慌忙閉上嘴巴，向周圍看了看，確信無人注意到他們，方才滿面喜色道：「兄弟，你什麼時候回來的？」

胡小天道：「這裡並非說話之地，咱們去馬車上說。」

史學東連連點頭，扔了一錠銀子在桌上，跟著胡小天出門，來到了門前的一輛馬車內，兩人一上車，馬車就在街道上緩緩行進起來。

史學東忍了許久的感情此時終於可以酣暢淋漓地爆發出來，雙手抓住胡小天的肩膀道：「好兄弟，你可回來了。」

胡小天笑道：「幾個月不見，東哥好像又富態了，畢竟是在宮中養尊處優，日子過得一定悠閒自得吧。」

史學東叫苦不迭道：「兄弟啊，你以遣婚史的身分出使大雍何其風光，我在宮裡過得提心吊膽心驚肉跳，說來說去還不是當奴才，談得上什麼悠閒自得？」

胡小天很快就將話轉入正題：「東哥，我聽說宮裡最近發生了不小的變化。」

史學東點了點頭道：「可不是嘛。」他將自己瞭解到的情況一一告訴了胡小天，雖然史學東身在宮中，可是他瞭解到的內部消息還真沒有多少，這讓胡小天不由得有些失望。

史學東感歎道：「兄弟啊，你說奇不奇怪，陛下既然又回來坐了皇位，為何不將那些昔日背叛他的臣子全都拿下？難道真打算既往不咎？」

胡小天當然知道史學東關心的並不是老皇帝何時秋後算帳，而是他老爹何時才能夠官復原職。

胡小天道：「我今天來找大哥還有一事相求。」

史學東道：「有什麼事情你只管說，咱們兩兄弟還有啥求不求的，當初如果不是你罩著我，哪有我今日的風光。」別看史學東過去是個橫行霸道的衙內，可是這一年多的宮廷生活已經將這廝的鋒芒消磨殆盡，他已經漸漸適應了太監的角色，本以為這輩子都要在宮裡幹著伺候人的活兒，得過且過，能活一天就算一天，本來他已經對生活知足，卻沒有想到老皇帝居然復辟成功，這件事又重新燃燒了他離開皇宮重獲自由的希望。

胡小天道：「我想你安排我入宮！」

史學東笑道：「兄弟說笑了，就憑你的身分還要我來安排……」說到這裡他忽然又意識到了什麼，壓低聲音道：「你是想不驚動任何人悄悄入宮？」

胡小天點了點頭道：「聽說現在宮裡是永陽王當家，我想先見見她。」

史學東道：「就是永陽公主！她現在可是風光得很。」

胡小天道：「我不瞞你，我之所以能夠成為遣婚史出使大雍，全都仰仗姬飛花的推薦，現在姬飛花死了，很難說朝廷會怎麼對我。」

史學東此時方從剛才和胡小天久別重逢的喜悅中清醒過來，胡小天是姬飛花面前的紅人，這是宮中廣為人知的事實，姬飛花倒台，過去他身邊的一幫親信全都被清除殆盡，胡小天幸虧這段時間出使大雍，否則很難說會不會波及到他，難怪胡小天回來之後遲遲不敢前往面聖。

史學東道：「現在又是權德安權公公當家了。」

胡小天道：「我必須先見到小公主，搞清楚她對我究竟是什麼態度，如果她肯出面保我，一切事情自然就迎刃而解了。在見到她之前，我回來的事情不可讓任何人知道。」

史學東道：「最近因為姬飛花作亂的事情，進出宮裡的盤查比起過去嚴格了許多，就算我能夠帶你回到司苑局，可是想見到永陽王也沒那麼容易，且不說皇宮內每個路口都有侍衛盤查，單單是她的身邊也時刻有人貼身保護。」

胡小天道：「她仍然住在儲秀宮嗎？」

史學東搖了搖頭，壓低聲音道：「搬了！自從簡皇后自縊在馨寧宮，她就搬離了儲秀宮，據說是嫌兩座宮室挨得太近，如今搬到了紫蘭宮居住。」

胡小天聞言大喜過望道：「莫不是安平公主出嫁之前住過的地方？」

史學東道：「正是那裡。」

胡小天心中真是喜出望外，正所謂踏破鐵鞋無覓處，得來全不費工夫，正想著如何接近七七，機會就送到了眼前。

從司苑局酒窖有一條密道直接通往紫蘭宮，過去胡小天就曾經利用這條密道和龍曦月幽會，想不到今天又終於可以派上用場。

他摟住史學東的肩膀道：「東哥，這次你無論如何都要幫我，只要你帶我回到司苑局酒窖，其他的事情我自會搞定。」

史學東道：「酒窖？」

胡小天點了點頭。

史學東道：「就在幾天前，權公公讓人將酒窖給封了，還傳令說，誰敢私自拆除封條進入酒窖，定斬不饒。」

胡小天道：「你別管他，你只需將我帶到地方，其他的事情我自會解決，出了任何問題，也有我來擔待，絕不會牽扯到你。」

史學東猶豫了一會兒，終於點了點頭道：「好！」

大康皇宮的戒備雖然仍然嚴密，可是比起前些日子已經放鬆了一些，尤其是像史學東這種司苑局的採買，因為天氣漸漸炎熱，幾乎每天都會運送幾車水果蔬菜返回皇宮，沿途守衛也就是象徵性地檢查一下。

胡小天就藏身在拉水果的車內順利混入皇宮進入了司苑局，離開大康皇宮已有多日，重新回歸故地心情多少還是有些親切，如今這種狀況下胡小天當然不能公然露面，和他昔日的那班部下聊天敘舊。

來到司苑局的時候，天色已經漸漸黑了，史學東尋了個藉口支開其他的小太監，胡小天從拉水果的車內跳了出來，迅速藏身在黑暗角落。

史學東看了看周圍，確信無人發覺，方才低聲向他道：「酒窖已經被權公公重新上鎖封存，我沒有鑰匙，只能幫你到這裡了。」

胡小天點了點頭，向他做了個手勢，示意他去忙他自己的事情。胡小天對司苑局這一帶的地形無比熟悉，躡手躡腳向酒窖走去。來到酒窖前方，看到大門果然被上了封條，而且重新上了一道大鎖。

胡小天從腰間抽出一柄匕首，既然準備入宮就得有所準備，這廝雖然沒有開門別鎖的本事，但是這把匕首卻是削鐵如泥，向鎖扣上用力一揮，鏘的一聲匕首就將鎖扣切斷，大鎖應聲而落，胡小天一把抓住，生怕動靜太大驚動了附近出沒的小太監，還好酒窖在司苑局內屬於比較偏僻的位置，過去胡小天掌權的時候，就嚴令小太監們沒事不得前來這裡，雖然胡小天離開司苑局數月，可是司苑局的太監早已記得這個規矩，時間長了也就成為自然，平日裡沒有特殊事誰也不會到這裡來，更不用說在晚上。

胡小天直接無視門上的那道封條，推開酒窖大門，然後從裡面將酒窖大門插好，既然來了就沒想過要從這道門出去。胡小天對酒窖裡面的擺設極為熟悉，就算閉著眼睛他也知道應該從那裡行走，更不用說他現在修煉無相神功已有所成，雙目在深夜之中可以清晰視物。

酒窖的密道早已談不上什麼秘密，權德安、李雲聰、姬飛花、七七全都知道這裡的情況，權德安封鎖酒窖的用意或許就在於此。七七離開儲秀宮前往紫蘭宮居住，難道她已經將酒窖地下所有密道的秘密全都摸清楚了？

胡小天沿著酒窖地下的密道一路前行，本來他還擔心密道有可能事後被人封閉，還好證明他的擔心只是多餘，密道依然如故，胡小天沒有遇到任何障礙就已經來到了紫蘭宮的那口水井內。

置身在水井之中，抬頭望去，卻見井口的夜空正有一輪明月懸掛其上，月光倒影在井水中，皎潔的光芒反射到整個井壁，胡小天不由得想起當初經由密道前來和龍曦月夜會的情景，心中感到一陣溫馨，此次大雍之行，費勁千辛萬苦總算將龍曦月神不知鬼不覺地解救出去，如果不是康都突然發生宮變，現在自己應該在海州和龍曦月相聚，想起龍曦月溫柔可人的模樣，胡小天頓時感覺血液有些沸騰了。

外面忽然傳來人聲，胡小天的思緒瞬間回到現實中來，當務之急乃是解決好自己的問題，只有七七幫忙，他才可以順利完成這次的任務，才可以繼續堂而皇之地混在皇宮中當他的太監。

那聲音就在井口附近，聽起來有些熟悉，胡小天仔細想了想，說話人竟然是李岩。

李岩道：「你們幾個到處看看，有無可疑的地方，務必要仔細檢查，不得有任何疏漏。」

一名太監回應道：「李公公，殿下不讓我們留在這裡。」

李岩道：「那就守在外面，殿下若是有什麼閃失，咱家唯你們是問！」

「是！」

胡小天聽到李岩的聲音充滿了高高在上的倨傲味道，昔日此人曾經是姬飛花身邊的左膀右臂，想不到姬飛花落難，他卻可以安然無恙，而且竟然可以貼身侍奉七七，由此可見此人或許一直都是隱藏在姬飛花身邊的內奸。

胡小天過去對李岩就沒有什麼好感，一想起李岩很可能背叛了姬飛花更是從心底產生了一種厭惡，他忽然意識到自己對姬飛花還是有感情的，姬飛花雖然做事心狠手辣，可是他對自己還算不錯，而且他做的每件事都似乎有他自己的準則。相比權德安和李雲聰之流，姬飛花縱然算不上高尚，也不會比他們更加卑鄙。

身處在政治權利巔峰的中心，無論做任何事都已經沒有了選擇。在這樣的地方如果一個人還可以守住本心，將是如何的艱難。

胡小天退回密道，在裡面靜候了約莫一個時辰方才再度來到水井之中，傾耳聽去，那幫太監應該已經離去。水井周圍也沒有任何的動靜，胡小天施展金蛛八步，沿著光滑的井壁攀援而上。

從這條密道偷入紫蘭宮對胡小天而言已經不是第一次，可感覺卻完全不同，昔日來夜會龍曦月的時候，心中裝著慢慢的幸福感，如今紫蘭宮的主人換成了七七，胡小天的心中再沒有昔日的那種幸福感，取而代之乃是前所未有的凝重，甚至還有那麼一丁點的緊張，連胡小天自己都感覺到自己有些好笑了。緊張什麼？七七就算是變成了永陽王，畢竟還是一個未成年的小姑娘，她能拿自己怎樣？又敢拿自己怎樣？這小妮子雖然不好對付，可自己也不是吃素的。

雙手扒在井口邊緣露出一雙眼睛向外望去，卻見紫蘭宮的內苑之中竟然沒有一個宮人，書齋處亮著燈。胡小天甚至產生了錯覺，彷彿龍曦月仍然在紫蘭宮未曾離去，就在書齋內等著自己。

胡小天觀察了一下周圍的動靜，方才躡手躡腳來到書齋門外，從門縫中望去，看到一個少女正面朝自己坐在書案前，書案之上奏摺堆積如山，她認真翻閱著，不時還停下來用筆批註。

在胡小天的印象中很少見過她這麼認真的樣子，這小妮子人小鬼大，焉知是不是在裝神弄鬼。思前想後，決定還是敲門而入，輕輕敲了敲房門。

七七道：「什麼人？不是說過不許打擾本王休息嗎？」

胡小天鼓足勇氣，推門走了進去，捏著嗓子道：「公主殿下，是我！」

才幾天不見，居然就自稱本王了。

七七看到是他進來，美眸中掠過一絲喜色，旋即臉上的表情變得冷若冰霜：「你居然能夠活著回來！」從她的語氣中聽不出高興還是生氣，別的不說，單單是這妮子的這份沉穩的心態，已經讓胡小天佩服了。

胡小天深深一躬，作勢要跪下去：「小天參見公主殿下千歲千歲千千歲！」，按照以往的經驗，七七十有八九會阻止他下跪，可這次，七七卻沒有出聲制止的意思，胡小天只能硬著頭皮跪了下去，心中暗罵，小娘皮，一見面就讓老子給你下跪，成為了什麼狗屁永陽王，果然架子也大了許多。

七七道：「什麼時候回來的？」

胡小天趁機將左腿抬了起來，想要站起來說話。

卻被七七及時發現了他的目的：「跪著說！」

跪你老母！胡小天心頭這個鬱悶，無奈權勢壓人，只能乖乖又跪了下去：「啟稟公主殿下，我是今天剛到的。」

「剛到就來見我？按照章程好像不是這個樣子。」七七的目光仍然盯著奏摺。

胡小天道：「因為小天心中最想見的人就是公主，這皇宮之中，對小天最好的，能讓小天最信得過的也只有公主了。」

七七歎了口氣道：「你這張嘴還真是舌燦蓮花，這麼會說，可惜說的全都是謊話。」

胡小天叫苦不迭道：「天地良心，小天句句屬實，若有虛言，就遭天打雷劈……」心中卻想著要劈也是劈死你這個小賤人。

七七道：「你撒謊習慣了，發的誓言自然不能作數。」她終於將手中的奏摺放下，起身站了起來，緩步來到胡小天身邊：「明明可以光明正大的回來覆命，卻非得要偷偷摸摸，看來你還真是甘心做賊，樂此不疲！」

胡小天歎了口氣道：「還請公主體諒小天的苦衷，實在是不得已而為之。」

七七道：「你是怎麼進來的？」

胡小天張口結舌，密道的事情要不要跟她說？

七七道：「其實你不說我也知道，院子裡的那口井中有密道通往司苑局酒窖，你一定是先想方設法混進了司苑局，然後從酒窖的密道中爬過來的是不是？」

胡小天心想你能猜到也不足為奇，此前你就曾經逼著老子帶你從密道潛入瑤池尋找地下寶庫，看來在我前往大雍出使的時候，你一定抽時間將幾條密道都查了個遍，但凡不是傻子都會明白我是怎麼過來的，他恭敬道：「公主果然神機妙算，我做什麼事情都瞞不過您。」

七七唇角現出一絲冷笑道：「你嘴上誇我，可是心中卻不以為然，一定在想沒什麼稀奇，畢竟你此前和我一起探察過密道的秘密，發現了這三條密道的走向，所以能夠想到也不足為奇。」

胡小天臉上的笑容有些尷尬，這小丫頭真是太精明，老子想什麼都被她猜到。

七七道：「皇宮最近發生了不少事，在各大路口設下層層關卡，檢查也比過去嚴明了無數倍，可看來仍然是百密一疏，你能夠混進來，證明皇宮的安防有所疏漏，明日定然要好好追究他們的責任。」

胡小天聽得頭皮一緊，想不到自己的行為為一幫侍衛引來了禍端，慌忙道：「殿下息怒。」

七七道：「我才沒有生氣，現在說說你是如何混入了皇宮？」

胡小天道：「公主那麼聰明，我就算不說您也能猜到。」

七七道：「既然你讓我猜，那好，我就猜上一猜，問題應該出在司苑局，每天都會有太監出宮採買，你過去曾經負責司苑局，在司苑局內培養了一批親信，現在負責採買的就是史學東，他好像是前吏部尚書史不吹的兒子，你一定是找到了他，利用他的幫助，藏身在蔬果車內，混入宮內。」

胡小天此時脊背上的衣物已經全都被冷汗濕透，這妮子真是奸詐似鬼，自己無論如何都不會把史學東給供出來，可是七七卻如同親眼看到了一樣，將他如何入宮的經過說得清清楚楚絲毫不差，除了佩服也就只剩下無奈了，胡小天拱手拜求道：「小天冒昧入宮，實乃逼不得已，公主殿下若是責罰，就請責罰到小天一個人身上，千萬不要遷怒於他人。」

七七道：「那就是已經認了！」她回到自己的位子上坐下，輕聲道：「起來吧！」

胡小天這才站起身來，滿臉堆笑望著七七道：「幾個月不見，公主殿下比過去長高了，也更漂亮了。」

七七冷冷望著他，胡小天不知自己是不是說錯了話，訕訕笑了笑，把腦袋耷拉了下去。

七七道：「你前往雍都之時，我曾經怎樣交代你，你還記不記得？」

胡小天道：「記得，公主殿下讓我一定要照顧好安平公主殿下！」他撲通一聲又跪了下去，眼含熱淚道：「小天無能，沒有完成公主交給小天的任務，辜負了公主對小天的期望，請公主賜罪，要打要殺悉聽尊便，小天絕不會有半句怨言。」

七七道：「就算我殺了你，我姑姑能夠復生嗎？」

胡小天道：「不能！」聽七七的口風應該是不會殺自己，一顆心頓時放寬。

七七歎了口氣道：「你說說吧，我姑姑究竟是怎麼死的？」

胡小天道：「啟稟公主殿下，安平公主乃是被大雍董淑妃和她兒子薛道銘聯手害死的。」這是他早就想好的對策。

七七道：「大雍方面不是說，是大雍女將霍勝男因嫉生恨，所以才策劃了謀殺我姑姑的事情嗎？」

胡小天道：「他們自然不敢認，小天之所以忍辱偷生苟活到現在，就是為了將這件事情的真相告訴公主殿下，自從我們抵達雍都之後，就受到淑妃母子的種種刁難，究其原因，全都是因為他們認為大康國力衰微，聯姻之事不能帶給薛道銘太多的好處，所以他們才會抵觸這場聯姻，甚至不惜謀害公主而達到目的。」

七七咬了咬櫻唇，對胡小天的這番說辭並未懷疑，若非大康落寞，龍曦月也不會遭遇如此悲慘的命運。她輕聲道：「這件事你不要再告訴其他人。」

「是！」胡小天心底已經徹底踏實了，從七七這句話就能夠推斷出，她仍然將自己當成自己人看待。胡小天道：「小天此次回來，還有一個好消息要告訴公主殿下。」

七七點了點頭，胡小天從地上爬了起來，將大雍皇上薛勝康寫的親筆信呈上。

七七接過那封信看完，沉思了一會兒方才道：「薛勝康要送一座城池給我們，作為對安平公主一事的補償，你知不知道？」

胡小天也不隱瞞：「公主殿下，在雍都之時，他就向我提起過。」

七七道：「你怎麼看？」

胡小天道：「東梁郡對大康來說只是一座孤城，薛勝康想什麼時候拿回去就什麼時候拿回去。」

七七道：「不錯，薛勝康就是做做樣子，如果我們派軍駐防，派出多少都是他們的囊中之物。」

胡小天恭維道：「公主明鑒！」

七七道：「可既然人家送了份大禮給我們，咱們也沒理由不收。」她又道：「聽說黑胡四王子完顏赤雄也死在了雍都，這件事跟你有沒有關係呢？」

胡小天微笑道：「公主明鑒！」在大雍這是了不得的罪過，可對大康這可是大功一件，如果沒有刺殺完顏赤雄這件事，恐怕大雍很快就會揮軍南下，以大康目前的國力，根本無法和大雍一戰的可能。

七七道：「我就猜這件事跟你有些關係。」

胡小天道：「不可說，不能說！除了在公主面前我才敢說實話，若是這件事透露出去，恐怕我要成為黑胡和大雍的公敵了。」

七七一雙妙目瞟了他一眼道：「大雍的皇帝對你不是挺看重的嗎？」

胡小天呵呵笑道：「公主這話從何說起？」

七七道：「我雖然人在康都，可外面的事情多少也聽說了一些。」

胡小天笑瞇瞇道：「比如……」

「比如你沒有完全跟我說實話，比如你在雍都的時候還有一件大事瞞著我。」

胡小天心想老子在雍都做過的大事太多了，誰知道你指的是哪一件？故意道：「公主殿下不妨將事情說得更明白一些。」

七七道：「如果不是你出手，大雍皇帝薛勝康恐怕活不到現在吧？」

胡小天這才知道七七已經聽說了自己給大雍皇帝治病的事，心中大駭，究竟是什麼人將消息傳出來的？這消息若是讓大康方面知道，豈不是要了我的性命？胡小天道：「沒有的事！」

七七道：「你不用狡辯。」

胡小天道：「一定是有人想要利用這件事來離間我們之間的關係，讓公主懷疑屬下的忠誠，甚至一怒之下將我問斬，做出這種親者痛仇者快的錯事。」

七七饒有興趣道：「我還沒想好怎樣對你，你居然就已經幫我將結果想到了，若是我不殺你，豈不是對不起你的這番思量。」

胡小天道：「公主真要殺我？」

七七道：「你辜負了我的信任，沒有保護好我姑姑，又在大雍治好了一個最不該救的人，無論是哪件事都足以砍掉你的腦袋。」

胡小天道：「公主若是這麼認為，小天也沒有辦法，要殺要剮悉聽尊便。」

七七道：「你之所以深夜偷偷入宮過來見我，還有一個原因，此次你擔任遣婚史前往大雍出使，多虧了一個人的推薦，這麼重要的事情你不會忘記吧？」

胡小天內心一沉，七七終於提起姬飛花的事情，既然事態已經向最壞的一面發展，胡小天的內心反而不再害怕，靜靜望著七七，若是這小妮子膽敢對自己起了殺心，自己就算拚了這條性命也要拉她一起陪葬，別的不說，就以自己現在的武功，在這樣的距離下取她的性命還不是易如反掌。

七七道：「你不敢來覆命的真正原因，還是因為姬飛花吧！」

胡小天道：「公主殿下這麼說，小天也沒有辦法。」

七七唇角露出一絲笑意道：「你當然不肯承認，若是我要將你劃到姬飛花的同黨一列，你猜最後的下場是什麼？」

胡小天道：「滿門抄斬，株連九族！」

七七道：「我若是做出這樣的決定，以你的性情會不會鋌而走險，衝上來害我呢？」一雙美眸望著胡小天，充滿了挑釁的意味，望著胡小天古井不波的雙眼，七七的芳心深處忽然感覺泛起了一絲漣漪，甚至有些不安，難道自己會怕一個太監？

胡小天道：「我胡氏一門忠烈，對大康忠心耿耿，就算冤死，也不會做對朝廷不利的事情，更何況……」胡小天停頓了一下，目光流露出藐視之意：「公主只是一個小孩子，小天怎會跟您一般見識。」

他的這番話果然成功勾起了七七的憤怒，七七怒道：「大膽！」

胡小天這次沒有跪下，他發現自己跪下的時候，七七非但沒有被自己的忠誠感化，反而表現得咄咄逼人，這妮子根本就是個吃硬不吃軟的變態，你給她越是賠笑臉，她越是想打你臉，既然如此，索性老子就不給你臉了。

七七怒斥之後，看到胡小天仍然站在她的面前，怒道：「你因何不跪？難道不怕我殺了你！」

胡小天道：「既然公主已經決定要殺了我，小天跪也無用，小天是什麼人，你應該清楚，我因何入宮，你比任何人都要清楚。」

七七冷哼一聲：「我怎麼會清楚，本公主大事都忙不完，怎麼會關注一個太監的事情。」

胡小天道：「小天是如何當了太監，又是為何接近姬飛花，這些事情你縱然不清楚，權德安權公公總是清楚的，你想知道什麼只管將他叫過來詢問。欲加之罪何患無辭，公主真心想要殺我，只管把人叫出來就是，小天如果皺一下眉頭，就不是英雄好漢。」

「你本來也不是什麼英雄好漢，胡小天，你給我跪下！」七七經胡小天這麼一鬧，感覺自己好不容易端起來的威儀已經減退了大半，似乎在胡小天的面前已經沒有了剛開始的震懾力。

胡小天果然不跪，仍然站在那裡道：「既然公主懷疑小天的忠誠，又何必讓小天下跪！」

七七冷笑道：「還真是有些骨氣，好啊！男兒膝下有黃金，不願跪下，那我就特許你以後見我永遠都不需跪拜。」

胡小天聞言將信將疑，明明是氣話，可聽著又像是賞賜自己呢：「真的？」

七七道：「當然是真的，不過你得先變成徹徹底底的太監才行！來人！」

胡小天內心一驚，玩真的？這妮子知道自己是個假太監，難不成要將自己變成真太監？老虎不發威你當我是病貓啊！七七啊七七，你非要逼我咬人是不是？

此時屏風後一個陰測測的聲音傳來：「公主殿下有什麼吩咐？」

胡小天魂飛魄散，他本以為自己的無相神功已經有所成就，可是仍然沒有覺察到這書齋的屏風後面藏了一個人，轉念一想自己畢竟還是疏忽大意，七七身嬌肉貴，當然不可能身邊沒有人保護，權德安無疑是最合適的人選。

此次回來見到權德安，明顯感覺他整個人的精神氣質煥然一新，用意氣風發來形容這老太監也不為過，過去一直佝僂的腰身也挺拔了許多，比起過去好像年輕了十歲，一人得道雞犬升天，姬飛花落敗，皇宮大內的權力肯定落在了權德安的手裡，想不得意都難。

胡小天對權德安的武功還是有所瞭解的，別看老太監斷了一條腿，可武功並沒有受到太大的影響，現在這條假腿應該非常不錯，連走路都看不出來他少了條腿。想起權德安當初強迫輸入自己體內的十年功力，胡小天知道就算自己武功最近提升了不少，可應該還距離他相去甚遠，幸虧自己對七七只有加害的念頭，沒有加害的行動，不然今晚倒楣的那個人肯定是自己。

七七道：「權公公，胡小天剛才的話你都聽到了？」

權德安微笑道：「聽得清清楚楚！」也只有面對七七的時候，他的臉上才會流露出一些笑意。

七七道：「他說的是不是實話？」

權德安道：「肯說實話就不是胡小天。」

胡小天道：「權公公，我好歹也救過你的性命，你就算不打算回報，也不至於坑我吧！」

權德安道：「不提這件事咱家還不生氣，咱家的這條腿就斷送在你的手裡！」

七七道：「過去的事情就算了，權公公不必再提！」

權德安恭敬道：「是！」

七七道：「當初是你一手將胡小天領進了皇宮，他的事情自然要由你對外解釋清楚。」

「是！」

七七道：「你打算怎麼解釋？」

權德安道：「姬飛花禍國殃民，專權跋扈，老奴發現他的野心之後決定派人接近他，尋找他意圖謀朝篡位的證據，因為姬飛花為人機警，宮內太監的底細他全都清楚，於是老奴決定尋找一個陌生面孔進入皇宮，胡小天瞭解此事之後為保大康江山剷除奸佞，決定隻身犯險，忍辱負重潛入宮中，接近姬飛花搜集他謀反的證據，為最終剷除姬飛花立下汗馬功勞。」

胡小天無論如何都想不到權德安竟然會說出這番話來，驚得張大了嘴巴，只差沒把下巴頦掉到地上，權德安居然會說自己的好話，莫非太陽從西邊出來了？

七七點了點頭道：「胡小天，如今頑凶已經伏誅，你也可以功成身退，恢復自己本來的身分了！」

胡小天眨了眨眼睛，一時間不知七七是什麼意思。

權德安道：「還不趕快謝過公主殿下！」

胡小天怔怔道：「公主的意思是，以後我……我不用再當太監了？」

七七唇角露出一絲淺笑：「你若是想當，我也可以賞賜給你一個太監身分！」

胡小天撲通一聲就跪了下去，什麼男兒膝下有黃金，狗屁的黃金，黃金能換回男人的自尊和人權嗎？真是喜從天降，想不到自己居然就成了功臣，莫名其妙就成了剷除姬飛花的大功臣，此前的一切行為全都成了忍辱負重臥薪嚐膽，故意接近姬飛花搜集他的謀反證據，七七啊七七，你總算還有良心。

七七道：「男兒膝下有黃金，你以後見我還是不用跪了，省得心中埋怨。」

胡小天道：「小天豈敢有半點埋怨。」

七七道：「口是心非就是你這種人，尊敬一個人未必一定要跪下，起來吧，權公公，你先退下，我有些話想單獨和胡小天說。」

胡小天站起身來，看到權德安要走，趕緊去送他，昔日對權德安的埋怨全都因為今晚的事情一掃而光了，無論權德安過去是不是坑害過自己，可此一時彼一時，那時候權德安也是為了扳倒姬飛花，如今他肯出面為自己作證，還給自己一個自由之身，已經讓胡小天感恩戴德了。

胡小天將權德安送出房門，不忘謝他：「多謝權公公成全，大恩大德，小天沒齒難忘！」

權德安出了房門臉色卻是一變，神情漠然道：「你不用謝我，若非公主殿下保你，咱家才不會幫你正名。」

胡小天聽他這樣說，心中對七七更是好感大增，小妮子還算是有些良心，要說七七正處在情竇初開的年紀，該不是喜歡上自己了吧？這貨馬上就被自己的這個念頭給嚇到了。誰要是被她喜歡上，豈不是遇到了大麻煩，以這妮子的性情，她喜歡的東西豈肯與他人分享？大吉大利，人家還是個未成年少女，胡小天你想到哪裡去了？

權德安陰測測望著胡小天道：「你切記住了，若是敢做出半點對不起公主的事情，咱家第一個不會放過你。」

胡小天道：「權公公，你我相識這麼久，我是什麼人你應該清楚。」

權德安冷笑道：「清楚，再清楚不過，你是個不擇手段的奸惡之徒！」

胡小天苦笑道：「還能不能做朋友了？」

權德安道：「咱家和你永遠都不可能成為朋友！」

權德安的這通警告如同給胡小天兜頭澆了一桶冷水，剛才得到好消息的興奮感頓時消退了大半。七七恢復自己的身分未必沒有目的，還是先冷靜下來，看看她想幹什麼再說。

回到七七面前，胡小天微笑道：「不知現在我是應該稱呼您王爺殿下呢？還是公主殿下？」

七七道：「稱呼什麼並不重要，姬飛花雖然只是一個太監，可是他卻執掌大康權柄，我父皇雖然是大康天子，卻虛有其名，只是被他操縱的一個傀儡。」

胡小天暗讚，這小妮子的頭腦倒是清晰得很。

七七道：「胡小天，單就這次的出使任務而言，你完成的還算不錯，雖然也有過失，可功過兩相抵消，這次我就饒了你。」

「多謝公主！」

七七道：「相信你對康都現在的狀況已經有所瞭解，太上皇重新執政，大康經過這番浩劫，元氣大傷，百廢待興，萬事都得從頭來過。」

聽話聽音，胡小天馬上就聽出七七話中包含的意思，上前一步道：「小天願為公主效犬馬之勞！」

七七道：「大康的臣子雖然不少，但是可信任的並不多，陛下讓我出來代他處理一些朝政，那些大臣們表面不說，或是不敢或是不願，可是在他們心底深處肯定是不屑的。」

胡小天道：「公主目光如炬，果然看清了問題的實質所在，在多數人的眼裡，公主只是一個未成年的小丫頭，他們肯定不會相信公主可以處理好政事。」他是借著別人把自己心裡的想法都說了出來，他也不看好七七能夠處理好朝政。

七七道：「是不是你心中也這麼想？」

胡小天笑道：「公主那麼聰明，小天說句不恭維您的話，您是我有生以來見過最聰明的一個。」聰明也要分為大智慧小聰明，七七的小聰明胡小天已經深刻領教到，至於她有沒有大智慧就不清楚了，不是每個女人都有成為武則天的潛質。

七七道：「我沒什麼野心，更不想當什麼永陽王，陛下此次重新登上皇位也是沒有其他的選擇，放眼龍氏宗主內部，一時間再也找不到適合統領天下的人選，陛下原本應該頤養天年，卻不得不再次出山，也唯有他坐在這個位置上才能震住這幫臣子，才能讓大康的百姓心安。看著陛下如此年邁卻要為國操勞，為人子孫者於心何忍，所以我才硬著頭皮答應幫助陛下分憂解難。」

胡小天道：「公主真是孝順！」心中卻暗忖，別人不瞭解你，我還不清楚？當初你和權德安被老皇帝追得滿山跑，如果不是遇到了我，恐怕早就死在了蓬陰山，卻不知為何現在居然和老皇帝達成了默契，成為同盟，還深得他的重用。

七七道：「除了權公公以外，我身邊並沒有其他人可以信任。」

胡小天抬起眼睛看著七七，意思再明顯不過，還有我。

七七道：「經歷姬飛花禍國之事以後，陛下重申了宦官不得干涉朝政的事情，以後即便是權公公也不得對政務說三道四。」

胡小天心想，這就是讓我恢復正常人身分的根本原因嗎？

七七道：「胡小天，你會不會幫我？」

胡小天抱拳躬身道：「赴湯蹈火在所不辭！鞠躬盡瘁死而後已！」

七七道：「你這個人雖然沒有實話，可畢竟還是有些能力，一直以來雖然你對我都不好，可我卻始終都將你當成是自己人。」

胡小天真是哭笑不得，老子三番兩次救了你的性命，是你對我不好，恩將仇報，現在反倒倒打一耙，你將我當自己人才怪，無非是想利用我罷了。

請續看《醫統江山》卷十八 如夢初醒

醫統江山 卷17 射日真經

作者：石章魚
發行人：陳曉林
出版所：風雲時代出版股份有限公司
地址：10576台北市民生東路五段178號7樓之3
電話：(02) 2756-0949
傳真：(02) 2765-3799
執行主編：劉宇青
美術設計：許惠芳
行銷企劃：林安莉
業務總監：張瑋鳳

初版日期：2020年8月
版權授權：閱文集團
ISBN ：978-986-352-840-1
風雲書網：http://www.eastbooks.com.tw
官方部落格：http://eastbooks.pixnet.net/blog
Facebook：http://www.facebook.com/h7560949
E-mail：h7560949@ms15.hinet.net
劃撥帳號：12043291
戶名：風雲時代出版股份有限公司

風雲發行所：33373桃園市龜山區公西村2鄰復興街304巷96號
電話：(03) 318-1378
傳真：(03) 318-1378
法律顧問：永然法律事務所 李永然律師
北辰著作權事務所 蕭雄淋律師

行政院新聞局局版台業字第3595號 營利事業統一編號22759935

定價：270元

國家圖書館出版品預行編目資料

醫統江山 ／石章魚 著. -- 初版 -- 臺北市：風雲時代，2020.03- 冊；公分

ISBN 978-986-352-840-1（第17冊；平裝）

857.7 108022924